中国年度优秀散文诗

2016卷

杨志学 亚楠 主编

郝子奇 执行主编

新华出版社

图书在版编目（CIP）数据

中国年度优秀散文诗.2016卷/杨志学，亚楠主编
北京：新华出版社，2017.1
ISBN 978-7-5166-3090-7

Ⅰ.①中… Ⅱ.①杨…②亚… Ⅲ.①散文诗—诗集—中国—当代
Ⅳ.①I227

中国版本图书馆CIP数据核字（2017）第014092号

中国年度优秀散文诗（2016卷）

主　　编：杨志学　亚　楠	执行主编：郝子奇
责任编辑：李　成	责任印制：廖成华

出版发行：新华出版社
地　　址：北京石景山区京原路8号　　邮　　编：100040
网　　址：http://www.xinhuapub.com
经　　销：新华书店
购书热线：010－63077122　　中国新闻书店购书热线：010－63072012
印　　刷：河北鑫宏源印刷包装有限责任公司
成品尺寸：150mm×230mm
印　　张：19　　　　　　　　　　字　　数：300千字
版　　次：2017年1月第一版　　印　　次：2017年2月第一次印刷
书　　号：ISBN 978-7-5166-3090-7
定　　价：45.00元

图书如有印装问题，请与出版社联系调换：010－63077101

目 录

长安诗稿（节选）……………………………………… 卜寸丹/1
砸过暮色的野果子（外一章）………………………… 三色堇/3
苏小小墓（外一章）…………………………………… 干海兵/5
远山（外三章）………………………………………… 马东旭/7
线装的苏北（节选）…………………………………… 马亭华/9
把文字一遍遍写疼（外一章）………………………… 小　睫/11
时光碎片（三章）……………………………………… 王　妃/13
人间札记（三章）……………………………………… 王　琪/15
乡愁符号（三章）……………………………………… 王忠友/18
海殇（外一章）………………………………………… 王明伦/20
青海（外一章）………………………………………… 王泽群/22
我看到了成吉思汗（外一章）………………………… 王剑冰/24
吐鲁番风语（外一章）………………………………… 王信国/28
阒寂（外二首）………………………………………… 王崇党/29
上弦月（外二章）……………………………………… 王猛仁/31
落幕及其他（三章）…………………………………… 王幅明/34
星云湖…………………………………………………… 木槿子/37
塔克拉玛干以北（二章）……………………………… 支　禄/39
我试着将一群人赶上天空（外二章）………………… 方文竹/41
夜雪……………………………………………………… 扎西尼玛/43
万物终将逝去（外一章）……………………………… 水　湄/44
中年的莲花（二章）…………………………………… 风　荷/46

月光下的事物（外一章）	石桂霞/49
山路弯弯（外四章）	申　艳/52
悬崖上的春天（外二章）	白炳安/56
雨锈在门上	叶枫林/58
乌兰布统草原	史　枫/59
就让雪擦拭头顶的星空（三章）	史松建/62
微红（三章）	卢　静/64
抵达远古	卢子璋/67
芒种（外二章）	司　舜/70
追随茶马古道的脚印	司　念/72
鱼的哲学	亚　男/73
蓝色迷宫（六章）	亚　楠/75
枯枝上的乌鸦（外三章）	成　春/78
书法家（外四章）	旭　宇/81
一个有秘密的人	老　秋/84
一朵花的姿容让我感受春意	庄　剑/85
吹箫人（五章）	许　淇/86
刻骨的乡愁（二章）	许泽夫/92
风雅塘河（三章）	任泽健/94
午后，在宽窄巷子里走神	任俊国/97
灰喜鹊（外一章）	安　琪/101
最后的麦田（外一章）	如　风/103
天都峰是我锁定的表情（外四章）	阮文生/106
印象青州（二章）	刘　静/109
一匹奔驰的马（外三章）	刘向民/111
一个北方男人在南方	刘俊科/113
夜窗（四章）	李　成/115
黑白时光（九章）	李　耕/118
深秋的话题（二章）	李　凌/121
草尖上的伊犁	李　萍/124

在长安	李　皓/127
桥上的风景（外一章）	李见心/129
柔软词（二章）	李俊功/132
硅化木（外三章）	杨　锦/134
土地的心脏（外一章）	杨启刚/136
闲梦扰眠	杨柏榕/138
疼痛的村庄（节选）	杨剑文/140
一个人的村庄	杨胜庄/142
猫惑	苏　扬/143
残雪	苏启平/144
雨落在了徽州	沙　飞/146
彭阳：生命里的荣誉	汪志鑫/147
折纸：梦与彩虹（二章）	汪维伦/150
时间的河流上（外一章）	沈　健/152
草原上的野兔（外一章）	何　文/153
十月之末（外一章）	何敬君/155
慢中暖景（外二章）	邱春兰/157
行囊（外一章）	宋清芳/159
稻草人	宋晓杰/162
低处的水（外二章）	孜　澜/164
墨田守望者	雨　兰/166
像少女一样，奔向你（三章）	雨倾城/168
墙	武　稚/171
辩解（二章）	转　角/173
弥漫（外一章）	庞　白/175
惊蛰	林　溪/176
一种声音（三章）	张　元/177
一堆玛尼石里藏有多少祈祷（外一章）	张九龄/179
麦田	张生祥/181
别让惊喜吓着自己（四章）	张庆岭/182

复活的爱恋 …………………………………… 张沫末/184
竹叶纹蜡石 …………………………………… 张绍金/186
大沽河之秋（外二章）………………………… 张晓林/187
边走边唱（组章）……………………………… 张敏华/189
庐江雨中短曲（三章）………………………… 陈　俊/191
风车 ……………………………………………… 陈计会/194
高原物事（三章）……………………………… 陈波来/196
剧（外一章）…………………………………… 陈茂慧/199
咀嚼生活（三章）……………………………… 陈修平/201
独唱（三章）…………………………………… 青　玄/203
路途（三章）…………………………………… 南小燕/205
舞蹈的鹰（节选）……………………………… 封期任/209
仰望阿让山 …………………………………… 牧　风/212
我在周期表中，寻找家门？（节选）………… 周小平/213
阿尔山的态度 ………………………………… 周庆荣/216
返村（外一首）………………………………… 周根红/220
南山南，云悠悠（外一章）…………………… 邹冬萍/221
鹰雕（外二章）………………………………… 邹岳汉/223
此时（外一章）………………………………… 邵　超/227
桃花岛：鸟鸣的小径 ………………………… 阿　土/228
羊的记忆 ……………………………………… 阿洛夫基/229
花语（五章）…………………………………… 草馨儿/232
贞节牌坊，那些记忆性的疼痛 ……………… 侯立权/235
潮音（外三章）………………………………… 香　奴/237
一种过程（三章）……………………………… 皇　泯/240
遥远的两棵树 ………………………………… 拾谷雨/243
梦中人（节选）………………………………… 洪　烛/245
这些叫作父亲的土 …………………………… 赵大海/247
大禹渡掠影（五章）…………………………… 郝子奇/248
青海湖 ………………………………………… 胡　蝶/253

外滩，或者路	语　伞/255
绝壁（五章）	耿林莽/259
千里洮河图（节选）	聂　白/263
我用现实的眼光去看天路	夏　寒/266
大地的风骨（三章）	崔国发/268
回望湾前村	倪俊宇/271
一个人的河流（四章）	徐　泽/273
母亲口里衔着一群麻雀（外一章）	徐　庶/276
缀在介词之后的山水（二章）	徐澄泉/278
你的神迹（节选）	唐朝晖/280
心中有红马（外二章）	爱斐儿/285
爱，并与时间同悲欢	容　浩/287
泉城之诗（四章）	栾承舟/289
光与影的每个表情（节选）	海　叶/292
独出阳关（三章）	海　湄/295
雪的祖国（外二章）	堆　雪/297
隐约的动静	曹　雷/300
清水湾：蓝湾小镇（外二章）	黄亚洲/302
故乡（三章）	萝卜孩儿/305
写在北美的枫叶上（三章）	郭　辉/307
日照（外二章）	郭文阁/310
一生只为穿越一堵墙（三章）	郭长玉/312
远山（外一章）	郭召磊/314
旧物的火焰（外一章）	清　水/316
牡丹，三月的会晤（外一章）	清水心荷/318
淇河，诗意抵达灵魂	朝　颜/320
在透明的夜做个透明的人	鸽　子/321
子虚、海棠如来（节选）	章闻哲/323
伊丽莎白是一匹马（外一首）	韩　冰/326
祖母的皮箱	韩嘉川/328

在异乡（二章）	彭俐辉/331
雕饰（三章）	蒋志武/333
花开花落，和玉兰共饮一盏孤独（外一章）	棠 棣/335
汉字意象（二章）	喻子涵/337
世界，静止在湘家荡	鲁 橹/339
凝望大沽河（外一章）	鲁本胜/342
秦岭：一个人的苍茫（外一章）	鲁绪刚/343
东湖寻春（四章）	谢克强/345
今夜（外二章）	谢明洲/349
有故乡的人（外二章）	蔡 旭/352
节气里的江南（四章）	萧 风/355
荆棘之路	潘玉渠/359
天地书（外一章）	潘志远/360
向南偏西（二章）	毅 剑/362
黄河穿越鹊华二山	墨未浓/365
一匹白马入月光	霜扣儿/366

长安诗稿（节选）

卜寸丹

绿度母

"蓝莲花盛开，神迹显露，我小小的母亲从远处回来"
"请将她的银镯子银簪子擦亮，请将灯火点燃"
"请向着那条永逝的河流，那个虚空的九月"
"请映现我手里所持的遗物"
"春天的桃枝、鸟鸣、苦难，我所遗传的妖娆的一切"
"请打开那枚玄妙的果实，重新生长，复现过往的岁月"
"让我能与她重新在一起，像月光里的小兽蹭着她的脸睡觉"
"让我听得见她的声音，和悦的赞词，看得见她的神色"
"让我每餐能将热热的米饭捧到她的手里"
"秋天的风吹拂着她的灵柩、黄土、前世"
"留下幻象吧！"
"留下五谷给我尚在的亲人！"
"留下豢养者的血！"
"留下不可捉摸的玫瑰的花蕾！"
"留下星空、道德的准绳、相人之术"
"留下最末的一日，也留下最新的第一日"
"我小小的娘化现万物，伴万物枯荣，迎来晨曦与朝露"
"那包裹她的黑终将碎成时间之屑末"
"那光，已注满未来之海"

"所有的阴影、形体、幽暗的物质正在不断抹去"
"神说,这尘世,只是生者的欢场,却是所有死者的永宿之地"

广仁寺

经幡垂挂,一尊尊菩萨镀满金身,面目各异
我们的脚步停在每尊佛前,有人双手合十,屈膝跪拜
信仰像一根苇羽那样柔软,却又坚硬似铁
它令信者火中取栗,掏出灵魂,
瞬间的开示,有如在灰烬中提取明灭的光焰
当然,等下我们就会奔波下一个景点
这些尘世的孩子,乖戾,逍遥,肮脏而又干净
他们会走到哪里去?
他们能走到哪里去?
他们心相丛生,便自己抟泥塑像
他们将这泥胎的真身抬进庙宇、殿堂顶礼膜拜,供奉在上
他们心神不定,颂经咒、修持仪轨
广仁寺香火不断,布满梵音、鲜衣裹身的游人和香客
绿度母、千手观音、菩提树、手绘的唐卡、驭虎的勇士
每一座寺庙都是精神的集散地,佛安静地赐福众生
"我害怕拥有一颗神秘的舍利!"
烈日下,猛兽飞奔,强弩所向,它们一起向死而生

选自《延河》2016年第8期

砸过暮色的野果子（外一章）

三色堇

这些树上凋落下来的野板栗、野核桃，你丝毫不用怀疑它们真实的身份。

它们曾挂在枝头，被隐喻成一盏神灯的朗照，一片秋色中孕育的良知，一座灵魂里被加冕的守望……

当暮色来临，它们抖擞精神，飞蛾一样扑向苍茫的大地，扑向黄昏中跳闪的金黄，"嗖嗖"地尖叫着，几乎要发出人声。它们将憋了一生的热情炸响，它们在与时间对峙，含着大地的重量，不停地涌动，沸腾。然后在更大的寂静里，欲言又止。

暮色潮湿，暮色已被野果们惊动得魂不守舍，当世界向你展开秩序，当灰鸟在尘埃中喳喳飞过，当波澜再起时，万物剩下的只有广袤的慈悲和人生的执念，一切仿佛在瞬间幻化，一切皆能从容面对，拍打尘寰。

风起，亦能心有木鱼，风过，亦能笑对涟漪。

终南草堂

浓郁与充满光感的色彩，篱笆的柴门，宽松的粗麻布衣，披挂着时光的长袍，甩着盛满清风的袖子，一幅叙述性的画面，一位素颜的女子正在低头煮茶，俯身听泉……

所有的芦苇，花草都是她的旧相识。

她放牧着光阴，放牧着自己的影子，宽大的衣袍，不说轻重，不叙风情——

泛黄的书页，老旧的蓑衣，耕读、听风、素食、搬柴、运水、静修……

在群山峻岭中就连鸟鸣都是朴素的韵律。

我于暮色时分抵达这里，辟谷的隐士，那安然、淡泊的目光，徘徊在精神的边界。我仰慕悠悠岁月，欢喜昂然生色。

终南草堂，文人的题咏越来越多，这里万物之宁静，之素朴，之寡淡，让人顿生敬意。那些树下的落叶，静堂的蒲团，枯干的腊梅，每日都在恩典着爱的光泽。这里流水无声，碧波无澜，夜色下的一切充满变幻，一觉醒来，眸子里荡漾的尽是山水之情。

选自《诗潮》2016年第10期

苏小小墓（外一章）

干海兵

青骢马是一页翻过去的灯光。而现在的梅雨，生长在油壁车半掩的小窗上。温庭筠来过，李贺来过，徐渭来过；茉莉花来过
西湖的鲫鱼来过。虎丘山不动声色，灵隐寺的小沙弥
一整夜都在超度不安的湖水。
她在露珠唱歌的小径上结茧，化不化成蝴蝶要看明天早上来的第一个游客。
是只看她一眼，还是扶上小三轮驶向灯红酒绿的市区。
这一生多么漫长，传说中的小书生一直在云烟笼罩的西泠桥赶考
时世幻变，莫来由的相思长出了青苔
今夜我将绕道走过她的小院，一座石头砌成的爱情太重，给其他人吧
我只愿邂逅落在无人小道的青红手绢

逝去的马帮

沿西线以西，马帮们驮着盐在静静的山脊赶路。
像赶了十二个春夏，也未走到近近的打箭炉。马帮们驮着的
孩子，在雪风中妖娆地成长
沿西线以西，格桑花落满回家的道路
喊过几嗓子的人们就静坐在青稞酒的旁边，喊过几嗓子的孩子
迎娶了姑咱最后的蚂蚱

十二月格桑花没有踪影,马帮们在乱云中穿行
十二月将有二十四个节气一字排开,像松耳石项链被绝情人抛向折多河不眠的黄昏

选自《边地》2016年第2期

远山（外三章）

马东旭

远山微云。

远山已倦于无限的金黄，遍覆穹顶。我认出了昆仑神，并活在其庇护中。沙尘从白鞋子升起。

沙尘暴从脸部升起。

为了一株枣树开花，结果，我必须从柔软的腹内取出汗水和爱，一根尖锐的骆驼刺。

它深扎。千回百回。

此时，我的虚怀充满人类之苦辛，不悲不喜，且相信未来的石杵，把小小的肉身捣成幸福的糊状。

源　自

多次唱颂的申家沟，它的黄金经卷还在。

香雾缭绕。

我的欢愉源自其神示的宁静。自在，源自简单，如榆木疙瘩。我必须原谅这个湿漉漉的世界，源自对它的深沉的爱，我爱那柔软的部分，譬如一朵仁慈的梨花开在古典恩泽的豫东。

福杯满溢，源自我可以免了人的债，如同基督可以免了人类的债。

此刻，我拥有灵魂。是因为我自己。

与草木有着同样的血液和素心。我愿做一株麦子，麦田中籽粒最饱满的一株，垂首人间。麦芒上闪着神赐的拂晓之光。哦，我所有的丰饶，源自深深的甜蜜的水——申家沟的水。

但我无法洞悉其入定时的样子，退藏于密。

天之涯

风吹乌鹊，密集的。

正把穹庐拉黑，它们是托格拉艾日克最高的王，虚无的王。我牧着雪白的羊群晚归，落日如驴蛋。和维吾尔族姑娘，并让其胸口牧我，换一种姿势，以芳唇牧我，暗暗地震颤。

颠沛至此。

仿佛是苦涩的圣途。抽烟、饮酒，修剪枣树，我是其中的一株，有自己的尖锐和信仰，朴实的肉身不放弃在风暴之间绽开细小的甜蜜的花朵。

神赐的花朵。在黑夜凶猛的南疆闪烁。

遥　想

遥想青岗寺的金顶。

金顶上的安宁与辽远，一只乌鹊歇息，是无限个黑的一部分。遥想棘古村的莲池，一对蝴蝶交媾，看不见高洁的心呐。谷水清澈，在三年前隐入一抔黄土之中。

活着：

各自紧靠着他的轮盘。

各自紧靠着他的透明的前定。

在豫东平畴的麦田里，我们躬身劳作，驮着落日——日不落。不说新生，不说消亡，不说万物唱颂的红头文件。

说，与不说。

我们都是哑默之物！

选自《延河》下半月刊2016年第9期

线装的苏北（节选）

马亭华

一

在我的苏北，有袅袅炊烟，有两岸稻米香，有淡蓝色的声声呼唤。

一朵朵野荞麦的花儿，在黄河故道边上排列着大地与天空的秩序。不远处，九里山上的木房子廊檐上的铜铃，像耳坠，在阳光下熠熠生辉。

旷野无边，时光倒流。春天多么辽阔，漫山遍野的花儿全都变成了怒放的红颜。

从古驿道边，荒烟蔓草的斜阳里，一轮红日坠入山坳那边温暖的怀抱。

一条悬空的河床，露出了鹅卵石的牙齿，行云流水的汉字，从古色古香的大地上升起，成为一种道法自然的中国精神。

二

这春日，越发料峭，十年前的少年，从青涩中走来，唱着一如既往的青涩。

他在春水中洗砚，练习春秋的书法，荡漾出一圈圈的年轮。

身后的枯木逢春，举着鸟巢，抱紧村庄的欢愉和青瓦的浅笑。随风飘远的是一缕缕炊烟。菜园里，白菜在阳光下闪烁，光芒无法阻挡。

白菜，有月光的轻柔，她的内心住着一位细腰的美女。

大地之上，桃花，风吹，蓝天，雨露，处处飘浮着众生的尘埃。

三

阳光下的油菜花地，遍地黄金，春天的加速度也有黄金的质感。

一匹匹时光之驹，风驰电掣，奔向辽阔的天边，蹄印的花朵汇成了海洋。我愿做春风的舢板，相遇在金色的海洋，海洋之子在抛洒幸福耀眼的金币。

陌生人，我也愿与你成为重逢的故友，覆盖温暖的回忆。五湖四海的兄弟姐妹，手挽着手，进入春天，用骨髓里的爱，拯救心灵的荒芜。

我情深的祖国，是长满鼓声的大地，用一生蓄满了泪水和星芒。苦难的河流打磨卵石，苏北的村庄被季节轻轻地传唱。

春天的风，正以一种神秘的力量，锻造锋芒。

四

清风明月，吹开了族谱，吹透了你的身世。

持久的风来自你温柔缱绻的吹拂，一颗蔚蓝的翡翠之心，来自你清濯的、透亮的、露珠的眼睛，仿佛含着星芒和神谕的宝石。

远的山水，近的苍生。

阳光下闪烁的鳞片从芦笛中醒来，在春风荡漾的故乡，一年年红鲤似火，鱼贯而出。

水边的村庄迎来了新娘，一声紧似一声的爆竹，唢呐芦笙齐鸣，一路滑翔的烈焰，幸福的马蹄，奔涌成笔下楹联的锦绣意境。

波光的涟漪中，惊慌了林中的小鹿，顾盼流连的眼睛，以及隐忍的海阔天空。

选自《星星·散文诗》2016年第6期

把文字一遍遍写疼(外一章)

小　睫

穿越五千年的风雨而来,爱上你的同时,我交出了自己。

不论白天黑夜,你始终在我的身体里,呼吸与共,欢喜忧伤与共。从此我拥有了你的气息,你拥有了我的温度。

一同在历史与诗书上徜徉,饱满。沐浴唐朝的风,邂逅宋时的雨,并同时爱上一个叫梅的女子,爱上雪花的白。一起感冒发烧,柴米油盐,在尘世的边缘平凡地活着。

我用体内的血液喂养你,你渐渐学会了分辨是非,心存感恩。我用太阳的光芒照耀你,你懂得了彼此关怀和温暖。

我在众目睽睽之下反复摔打你,你忍住夺眶而出的泪水,还我一个水晶般灿烂的微笑,一个充满温馨的拥抱。

你常常跑出我的视线,到远方的枝头栖息。无需呵斥与指责,我没有任何理由禁锢你的自由。可以恣意地红,像深秋漫山遍野的红叶,可以清澈地蓝,像宽阔无边的大海,可以缤纷成花雨。

与岁月同生死,成就现实主义,浪漫主义。亦可成为一剂良药,治愈那些无法用处方消除的隐疾。

与爱恨无关,一些虚构的事物和场景终会被现实打得粉碎。

直到,真实在骨头里开出坚韧的花朵,你的背面不再有虚伪和谎言,真理永远被叫做真理。

覆水难收。

因为爱,我一次次带你逃离红尘的烽火硝烟,躲进时间之外。

夜深人静,我捧出体内的月光,照亮这方小小的桌案,用那支金质的笔,把文字一遍遍地写疼。

时光驶过辽西的土地

下午两点多的阳光如瀑,闪着耀眼的金色。穿越身后纷飞的大雪,厚重的事物,以及深深浅浅的脚印,在一望无际的大地上流淌。

躺在田野上的玉米秸秆,轻盈如絮,与云朵平行,一起飞翔,心无旁骛地爱着梦中的那片蓝。

掏出体内全部的饱满,秋风横扫落叶前,把籽实送给你爱的人,把最坚韧的部分留给大地,即使被一团火焰点燃,焚烧,化作一缕淡淡的青烟,也会融进如血的残阳。

一群羊在我的目光里掠过,它们试图寻找秋天遗落的零星绿意。因为喜欢低头行走,亲近土地,原本洁白的身体渐渐着色。拥有炊烟的灰,泥土的黄。

失去青葱的树,依然挺拔,昂着失血的头颅,内心的春天已悄悄发芽。朦胧的远山为此刻的光阴镶上一层朦胧的诗意。

枝丫上被寒冷托起的鸟巢,让我突然羡慕起最原始简单的家,和里面彼此拥挤的暖。

村庄被日子切割,错落有致,每一座院子里都有我熟悉的身影和声音。

列车由北向南,奔驰。

把怀中仅有的思念留下,把余下的生活交给前方,和即将抵达的黄昏。

风声于耳畔呼啸,时光驶过辽西的土地。

选自《散文诗》上半月刊 2016 年第 7 期

时光碎片（三章）

王 妃

银杏叶

总有些日子，大地也怀有疲倦之心。季节失神走过，落叶拆穿了永远年轻的谎言，在风里抗拒着风，在冷里抗拒着冷。

银杏叶还峭立枝头。悬铃木、乌桕、海棠……所有的落叶都在它的俯视之下。它有过犹疑吗？它有过伤感吗？

当时间终于抬脚走进了初冬，银杏叶披上了黄金甲：这里没有妥协。战死沙场，生命才显得高贵。

冬季的第一场风雨扫荡了大地。

总是这样，大地四处都有裸露的伤口。

银杏叶是最别致的创可贴，带着微小剂量的止疼剂。

云朵低垂

风稍息。空气敛住潮湿而凝重的翅膀。

她感到：原本瘦弱的身体又矮了几分。躲在胸腔里、那个叫"思念"的小东西又遭挤压，在喉咙里呼之若出。

云朵低垂。多像一个寡情的人，拍一拍爱人的头顶就走了——留下来的，将是一场大雨倾盆。

两只鹭鸟还在江面上追逐盘旋。

——爱情中的鸟儿，底色纯白，宛如白云朵朵。

性感的树

它站在灵山村口的最高处,哗啦啦脱光了自己。

冷风穿过它光洁的身体,吹向走来走去的人群。这彻骨的寒啊,逼得男人低头女人弯腰,屈从和不屈的念头反反复复,最终被严实地缠裹,天寒地冻成为人间仅存的真相。

它赤裸着身体,却高昂着头,俯瞰着低处的世界。

太阳从背面照耀过来,它的硬骨头在逆光中析出神圣的暖意。

选自《四川诗歌》2016年第2期

人间札记（三章）

王 琪

山 河

火车经过一城一河边沿，发出呜呜呜的响声。

一条与暮春反方向疾行的水域，沐浴于浑然不觉的光线，汇聚又分开。是离开的时候了，有人互道珍重，自此握别。杏树林那边，隐约传来的钟声，是整座清凉寺献给东山北麓的久久回音。

要经过多少次舍生忘死般的攀缘，才能将辽远的一生望尽？新生长的事物，遍及目触之处。即使春风十里，也不过为故人与远方的斯人频频眷念。桃花映红的脸颊，堪比叠叠芳草，鸟鸣与百合在绿风中的应和，令惘然于黑夜的魂灵，不再空造一场异梦。

田野无边，油菜们情绪饱满、热烈，似为大地发出的咏叹。山岭上，醉了的花枝随风颤抖，却不曾掏空旧年月的惊雷与冰霜。

有些睡眠的人是找不回来了。鸽子盘旋而至，炼金师发出号令，我拎不动的古老光阴，拥有寥落星辰般的寂寞，与伤悲。从千里而外，从三河口，连夜赶赴奔来的雨水，停歇在翅膀隐匿的屋檐下，滴滴答答，像要解开四月的符码。

春天的吻痕，落满旷野之上的万里山河，令风尘中的旅人，一次次为之动容、失色。

山河受孕。一种朴素之爱，从一踏入这无垠的土地，似乎在我们身边，就从未消亡过。

月 夜

月黑风高，天光隐约。

谁在后花园，去掉狰狞的面目且歌且舞？一道紧固的高墙内，几束凋落的叶片，在昏黄的时辰里，形成一道清晰可辨的魅影。

诗篇里，你夜夜歌吟，失信于这亘古的风华与许诺。

缓步于青石板铺成的林荫小径，能望得见一小片天空带来的阴郁。似乎以前遥远的日子，夹着风雨，从眼前萧萧而去。

忍住伤悲，盛大的孤苦，正抵达念想的故园深处。

流走的时光，像天井秘密泄露下的虫鸣和鸦声，令我无法沉着如斯。

熬干血汗，掏空身体里藏着的骨头，我愿以接近嘶哑的呐喊，赎回年轻时的种种罪名。

请原谅，那曾被恶雨打湿过的不败青春。

哦，请向隐去的月牙忏悔吧，向岁月滑过的那道额纹，献上暖意的抚摸吧。我不听箫音独奏，不看窗前挑灯，灵魂刻写的那篇铭文，是还原于这个夜晚，面对月华往事，一次真实的心灵悸动。

族 谱

王姓族谱上，看到一个个熟悉的名字，就像穿过久远年月，看到一场场纷繁的尘事。

落在罗敷河两岸的雪，多半是悄无声息的。苍山起伏，鸟迹飞绝。我难以读懂的村落，在花朵淡去的寒冬腊月，表情肃穆，黯然无色。

寒风舔舐日暮，割开的伤口，加速了一个接近中年之人的衰老。他从梦中迟迟不醒。他在异乡迟迟不归。他漂泊于不可预知的远方。

——但他确信，没有什么，可以擦亮屋檐下，那盏唯一悬挂的麻油灯。

去往外婆家的沙坝，槐树枯死，河道变窄，鸟音稀少。落日里的背影，是一叶扁舟，永远载不动的乡愁！

柴火愈来愈旺，它将和烈酒为我们暖身。碎银一般布满夜空的星子，指明回家的方向，却再也不能廓清，那些故去亲人的面影。

献给一座村庄的兴衰史，在一本厚厚的族谱上，被一阵隔年隔月的晚风，轻轻翻动，不出声响。

选自《星星·散文诗》2016 年第 8 期

乡愁符号（三章）

王忠友

梁祝传说

逃出庄周梦养的笼子。
你在为谁孤寂，眷恋尘世的千古绝唱？
江南的，飞在江北的山上，还是江北的，飞到江南的水上？
一帖爱情的药方。
坟墓，瞬间打开，翩然而起的蝴蝶，想给那个病快快的纲常社会，换个心脏。
朝代遗老。花朵上的蝴蝶，白衣着跨朝代的誓言。
泪水，绽放在传说之上。
在这个爱情观糟糕的时代，一个诗人应该代替两只蝴蝶，喊出——
所有蝴蝶天长地久的疼，痛！

孟姜女传说

一根柔弱的草，
憋屈得，有着怎样惊天动地的信仰和力量！
哭倒的，是生病的年代、战争和风俗。
民间的草，有多少被历史埋葬，有多少被史记遗忘，有多少被践踏过而后生！

时光从传说的指缝间漏去。
齐长城也罢,秦长城也罢。
那根脆弱草,是漫山遍野野草的代表。
泥土里出生,
传说里歌唱……

西施传说

苍茫,是一轮落日。
这个秋天,苎萝山麓的冷,更接近西施殿香火的淡。
渡口。我又听见飘摇着白发的母亲,深深的呼唤。
你是与范蠡泛舟五湖而去,还是被送到与鱼同乐的海之天堂?
父亲静静地伫立在黄昏,望着你离家时的山峦。
残酷的战争,离一个女子有多远?
草还生,花还红。
有人,在流水中捣衣。
有人,打西施滩悄然而过。
李商隐,哀叹不动你浣纱的样子。
我也只能是苎萝村头,隔着旷世,
和鱼对视的瞬间,一滴春秋战国的水了

选自《大沽河》2016年第3期

海殇（外一章）

王明伦

那片碧蓝的港湾，是渔村最美的名片。

远来的鱼群钟情于山光水色，毫无顾忌地浮上水面。落潮时，礁丛中的海葵伸出手来，挽留它们。

看似柔若无骨的沙堤，展开太极手法，让潮水的每一次偷袭都无功而返。

岁月就这样慢慢流逝，一千年，抑或一万年？

豪华车队在海边停下。手，将蓝图展开，指点江山，挥斥方遒。

施工队筑起长长的挡浪坝。妙龄女一路走过，曼妙的身材凹凸有致。

四处漫游的寄居蟹，渐渐在混凝土中窒息。曾叠印过无数恋人足迹的沙滩，乘上货车去远方定居。

浪花的长舌依然温柔，石堤却不解风情，冰冷的唇让海浪愤怒。

风暴潮频频光顾。巨浪面前，坚硬的花岗岩软如棉絮。

石堤步步退却，海浪得寸进尺。临海的渔村，被迫迁往远处。

而气象台又发布了橙色预警：风暴潮即将来袭。

河 殇

远道而来的小河蹒跚至此，已是风烛残年，像被书画家丢弃的笔洗，一湾浊水泛不起半点涟漪。

世居的鱼虾沦落为背井离乡的游子。水鸟飞去却不再飞回。它们衔走的，还有深秋的芦花和鸟语样清澈的河水。

星斗，已被村姑敲落。垃圾袋随山洪漂流，泡沫如雪覆盖了小河。而雪，已经冬未落。

汛期已过，洪水并未将污浊带走。啄木鸟在老柳树上敲响丧钟，无家可归的秋蝉，为小河唱起最后的挽歌。

选自《山东文学》下半月刊2016年第8期

青海（外一章）

王泽群

蓝，是蓝得不能再蓝的天
白，是白得不能再白的云
油菜花儿在日月山青青的山峦间，夸张地铺开了一方又一方
幸福的黄手帕
向蓝天白云青山大地野花绿草大声地呼唤着
幸福，幸福，幸福……
一只鹰。又一只鹰
寂静地呼啸着，在高高的雪线之上、云之上盘旋……
是婉转的"花儿"牵住了它的魂灵吗
是雪白雪白的凉帽儿吸引了它的眼眸吗
鹰子不动
在太阳下面凝成一个飞的
图腾
依旧有高车
骨碌骨碌地，在柏油公路上彳亍
依旧有丞毛驴队
的得的得地，在柏油公路上奔走
帕萨特超过去了，奔驰超过去了，莱斯劳斯超过去了……
一路向西，向西
向西啊，西边，仍然是我的青海
只是更荒凉更辽阔更锦绣更精雕细刻罢了
如果……

您懂。

青海湖

那一片苍茫，苍茫茫成了蔚蓝
那一片蔚蓝，蔚蓝蓝进了苍茫
强劲的风
刀子一样
从春夏秋冬直到春夏秋冬
哦哦，中国第一，中国内陆的第一大的"海"哦
二十三年，多少年多少次走过你的身边
远眺，瞩望，亲近，以我年轻的手指抚摸你的冰凉
冬的冰封春的惨淡秋的枯黄……秋的枯黄春的惨淡冬的冰封
只有夏，只有夏那油茶花和青青草绕出你在那三千公尺高大陆上的一弧蓝
蓝得多么艰难
多
么
艰
难
看见你时我的心事苍茫
抚摸你时我的意志坚强
告别你时我的方向高远
想起你时我的心上惊涛骇浪
哦哦，中国第一，中国内陆的第一大的"海"哦，我的青海湖，青海湖
我的镜子，我的图腾，我的生命纪念碑

选自《大沽河》2016年第4期

我看到了成吉思汗（外一章）

王剑冰

一

我看到了成吉思汗，他依然在草原上驰骋，骑着他的快马，一日飞行千里。他的马鞭指向哪里，哪里就一片欢腾，那是草的欢腾，神的欢腾。

我看到了成吉思汗，在草原牧民的歌声里，那歌声带着眼泪，滚滚流在一个个酒杯中。

成吉思汗啊，我在草原上狂奔，我知道你在我跑过的每一处，我呼唤着你的名字，就像呼唤着风雨雷霆。

二

一场大雨来临，大雨之后，草原只会更加丰满美丽。那是你的女人，你的血脉。

成吉思汗啊，草原的雄鹰，永远高翔于世界的苍穹。我张开臂膀只是知道歌唱。我唱不好，但我还是放开嗓子，因为我来到了草原，来到了天苍苍野茫茫的地方。

让我就这么奔跑下去，我不知道前面是哪里，到处都有成吉思汗的脚印，有黄河的水流，注淌着成吉思汗的辽阔和奔放。

三

我看到了成吉思汗，草原有多大他有多大，蓝天有多高他有多高，我知道草原人都那么爱戴他。

当我走进草原的时候，草原的人民手捧着哈达和奶茶向我走来，我就知道，我来到了成吉思汗的家乡。我亲切地和他们一起起舞，拉着他们的手臂，那种温暖迅速通过血脉涌遍我的全身。

书院秋声

一

我的记忆在涨水，我曾经来过道口镇。那个时候我还很小，我天真地寻找着那个道口。一定是有一个道口的，它在摆渡着来往，引导着方向。

可是我没有找到。

现在，我依然在道口徜徉。有个声音告诉我，欧阳书院就是道口的标志。我看到一扇门无声地开启，一股清风灌了满怀，我的怀里立时温热起来，心里在荡舟。

我曾经找过的那个历史的道口，就芳香四溢地站在四通八达的地方。

二

滑州，你是作为一个音符在那里发着骨感的声响吗？你的卫国的月光里，飘着许穆夫人的裙裾，一曲未经化妆的绝唱，在时光深深的庭院里舞蹈。

那个在乎山水之间的人找到这里的时候，"星月皎洁，明河在天"，一缕秋风正在流浪。他记住了那个朴素的路碑，正如多少年后我们循着那个路碑，毫无偏差地找到你。

三

我试着像欧阳修一样在秋声里沙哑地歌唱，真的，我真的在那种歌唱里越过了灵魂的高峡，在一片清澈而亲切的水上飞奔。

水的四周是辽阔的北中原，中原一派玄黄。一个个经过无数次痛苦和愉悦而繁衍的村庄，把这玄黄连缀起来，就如汉赋、唐诗、宋词的连缀一样，将广袤和丰收连缀起来。一个人从广袤和丰收里站直弯着的腰身，甩出一串汗水，那汗水变成了飒飒秋风。

带着秋香的风吹过大地，大地上一片繁忙。欧阳修来的那天，是否也是这样的景象？我去过欧阳修的家乡，正是"白水芦花吹稻香"的季节。

四

一群学子的声音水一样缱绻在风中，我听到了你们的歌唱，不，不惟是我，我身后那个摇摇晃晃的醉翁也听到了你们的歌唱，他激动得抖动着胡须，陷入了沉沉的回忆，似乎感怀那两次人生短暂的行程，感怀历史的理解和千年中滑州人的感情。欧阳公，六一居士，你始终让心居住在孩童中吗？你的生命里，重叠着那个儿童的节日，我们叫起来是那么亲切。

声音就这么缱绻地流着，我在这流水里偷偷地泡着自己的泪光。我回头看欧阳公，欧阳公的眼睛里映着清澈的天空。

五

欧阳书院已成卫河边的风景，我在这风景的夜晚久久不能成眠。

秋风拂过大地，我随风扶摇而上，看一个人怎样地对天惆怅，惆怅中又带着怎样的调侃与放浪。你一定流过泪，没有泪水的男人是不真实的，只是我没有看见。故乡沙溪旁，满头白发的芦花摇出的风，一直吹过卫水，抖乱你的衣衫。

"草木无情，有时飘零。"人生不可能长驻春天，那就在秋天里扎下根，把春天重新孕育。绵州、夷陵、扬州、滁州、滑州，欧阳公，你把坦荡和豪情种植在这些山水的深刻部位，让它们长出思想和灵魂，长出文字和墨香，没有人知道你的痛苦，亦如不知道你的快乐。你看，童子都睡了，你露出了宽怀的笑意。

深秋的风重复着重复着，一直重复到现在。

其实我不该想起这些，我应该想起醉翁亭的快意，想起蝶恋花的清香。我还想起你的直率，你的不屈，你的无愧。就让我这样的多想一些吧，想得多了，我就离你越来越近了。

不，我一点都不怀疑你的意志，你只是借助秋风放飞一下自己的思绪，就如你放飞吹落的一根胡须。"人为动物，惟物之灵，百忧感其心，万事劳其形。"谗佞的草在你的跟前，早拂之而色变，《秋声赋》后不知去向。

滑州，让我搬运些秋声走吧，我要把它扎成生命的篱笆。

六

在欧阳中学，我看见那些不老的风，在雨中丝丝落地，长出又一茬嫩苗。风雨之间，千岁欧阳依然"子夜读书"。

欧阳书院，请允许我作为你的一位晚来的学子，让我再坐在那方舢板样的小桌前，用我满腹的激情诵出："初淅沥以萧飒，忽奔腾而砰湃……"

选自《山东文学》下半月刊 2016 年第 1 期

吐鲁番风语（外一章）

王信国

长方形走廊，从东到西，贯穿戈壁沙漠荒原、空寂的心脏。

一滴雨水里复苏的风语，在吐鲁番的黑日子白日子行色匆匆。

绿洲很近，近得让一滴水忘记行程；近得让一只蝴蝶梦见沙枣花飞翔。

而远去的云朵，在吐鲁番的底色里，涂染雁阵的影子。

灰色或黑色的影子，高处的飞翔比低处的奔跑更加漫长。

吐鲁番，在风语中放浪形骸。风语，枯萎过、复苏过、公开过、隐藏过。在长方形走廊，寻找自己，放弃自己。

风语，属于吐鲁番的植物宫殿，不放弃，不改初衷。

一只羊的玉门

玉之门，让一只羊西出阳关，无怨无悔。

为梦活着的生灵，从一株草的血脉走向一片草原的天涯。

一只羊的玉门，荒漠上奔波的猎手，木箭头焚毁，铁箭头上的王权，锈迹斑斑。

没有杀戮的战场，风吹黄沙，吹灭世袭帝王点亮的灯火。吹不走千年的忧伤与辉煌。

一只羊的玉门那么宁静。静得让风风火火的西风无处藏身。

这是一只羊的玉门，与草有关。与草无关。

选自《延河》2016年第2期

阒寂（外二首）

王崇党

古镇有话要说。

它斑驳的喉咙深不可测，一定是刚喝过一大坛陈年黄酒，巷子里全是陈酿的酒香，上了年纪的风摇晃着身子扶着墙根在走。

老式的木门上，有的喜字还鲜红着。

地上的青砖如一个个伸开的大手掌，总想抓住我，使我不敢在一处久留。

我想知道古镇想要告诉我什么，侧耳细听，却又阒寂无声。此刻，我已进入得太深，成为其中轻轻颤动的簧片。

我终究不属于古镇，无法解开巷子深处的死结。

回望古镇，古镇如一盘卷尺，已收回了我走过的深巷。

穷 人

终南山的茅蓬，是寂静在山腰上长蘑菇。

住在里面的人，是端坐在云彩上的人。

他从不对大山提出问题，回声里，只有大山不断重复的疑问。

他知道——

所有的答案，都蕴藏在冥寂里。

他富足的脸上没有一丝忧愁。对我各种疑问，他都不置可否，只告诉我——

一个没有寂静可以偎依的人，

是一个穷人！

哺

　　林杪之上,月光漫漶如乳。芽梢的嫩手轻抚幻白的肌肤。

　　湖中那枚皎洁的心,跳动得平静安好。

　　夜深了,这乱糟糟的人间终于模糊在了一起。我放弃了抵抗,悄悄结在就近的枝条上。

　　世界轻合眼睑,停止了喧闹,让母亲优雅地哺乳。

选自《诗潮》2016 年第 2 期

上弦月（外二章）

王猛仁

今夜，我分明看到一颗流星，划过纯净明洁的夜空，隐入掀动着清波的湖水，而后，寂然无声。

相信天边的新月可以佐证。那逝去的岁月没有为我们留下一缕轻影。留下的，只是我们少年时代月光下的相偎相亲和两颗明澈如晶的心。

日临清风，夜伴明月。为了化为一只殷勤的青鸟，在你离去的时日里，我沉默了。

如今，我们渐渐变老。也许今晚我们不约而同地走出庭院，微凉的风拂动你的衣角，也戏弄着我单薄的短衫。

我们的记忆如同两朵火焰之间产生的潮晕，演绎平仄中精彩的句子，不让它因生长过度而一味地凋零。

我的思念阔步前行，钩住上弦月随风飘扬。

颤颤的心头宛如花蕊吐香，迎接着更多密码般的暗示……

今晚的月光依然多情，轻托着我们曲曲折折的思念，仿佛一夜之间，我们化成了一首闪亮的诗。

西斜的上弦月蓦地被云朵遮住，但是却永远留下冰蓝色的光影，从心头升起，浮在平静的水面，像一粒珍珠永不下沉。

——我知道了，所以我决不陶醉。

窗　前

谛听。谛听两种呼唤的声音。

那声音，来自北高峰的窗外；那声音，来自飞来峰的云端。

当四季的笑声穿越整片松林，当虔诚的灵魂盛满温柔的雨滴，我的伫望，时常像擦肩而过的行旅，陷入梦境。

总被西子湖畔的黎明唤醒，一声唷叹，天天妩媚含笑，试图将窗前的百亩茶园装扮成一轴壮锦。

我坐在石阶上偷听鸟鸣。

让无穷无尽的流云撞击心扉，颠覆我志凌云霄的豪情。

我愿意吸一口北来的风，让它裹带沁脾的黄河清香。

此刻，没有云雀高飞，没有鹦鹉饶舌。只有蛾眉月光带着小星星，在湖蓝色软缎的被面上穿行。

孤独，像是一股温暖的洪流，不经意间，淹没了我的幸福。

灯在哪里？在思潮上浮沉。

出行时，还黝黝黑发；返程时，已满头白霜。

山上洒下一阵喜雨，那是淡紫色的黄昏送来的深情，那是彩笔绘起的夏日华章。

我喜欢江南的古巷，江南的静，以及让时光无法阻隔的残留，在夏夜酣梦里的吻痕……

好一场细密的休闲之旅，已金子般千里成文……

夜的眼

岁月流逝，此心如铁。

空旷，荒凉……

夜的狂风暴吼着，鞭笞着，撕咬着，诅咒着。

看似挺拔的身躯，沉默而凝重地支撑着寥廓的苍宇。

每一次回眸，有一句动人的说词；每一片新绿，演绎着一个缤纷的故事。我把缠绵的恋歌献给蓝天。

目极无际，心括宇内。自以为是自由之子，是睥睨万众的精英。

苍凉的梦里，总有金色的太阳，在苦行中留下深深的足迹。

试图拒绝虚饰,远离尘俗,时东,时西,犹如晃动的历史镜头。
　　夜的原野上,一只受伤的鹰跌落了。
　　只因夜的狰狞的黑,过于沉重,过于凶残。
　　它没有流血,没有眼泪,它没有睁开愤怒的双眼。
　　黑夜沉默着。
　　流着荒芜的岁月紧绷的弓弦……

选自《星星·散文诗》2016年第7期

落幕及其他（三章）

王幅明

落 幕

1

在婴儿的啼哭声中，幕布徐徐拉开。当心脏的起博图像成为水平，大幕瞬间落下。

永难忘怀的一幕：父亲在弥留之际让我紧紧握住他的手。他在安祥中长眠。可我觉着，他永远都在醒着。

2

老艺术家的告别演出。多次忘记台词，颇显尴尬，他不停向观众道歉，赢得的却是海潮般的掌声。

一个不事张扬又名不见经传的单身工人。去世后，人们从他的杂物中发现了一把纸条，是从各个灾区或个人寄来的，共计数十万元的捐款收据和感谢信。

一位大演员将美丽永远留在人间。在如日中天时突然息影，独身，隐居，直到几十年后寂然离世。

3

高原上的枯树吸引了我。也许有数千年的树龄？不知见证过多少王朝的兴衰。只有干枯的树干。部分树根裸露在外面，根须已与大地融为一体。

枯干的洞穴里长出幼苗,鲜艳无比。

狭窄的小巷,稀疏的住户,高低不平的道路。可就在这道路的下端,隐藏着惊天的秘密。

谁会料到,二千多年前,这里曾是繁华的都市?

4
大幕落下了。观众都已散场。

清场时,发现有一个人依旧坐在座位上。他沉浸在剧中不能自拔。

迟到的信件静静地躺在邮箱里。谁来开启?收信人已在孤独中离去。

5
有形的幕布落下了,无形的大幕却又拉开。

你将无处遁迹。

陌 生

无法不面对陌生。

一天到晚,总会收到无数个陌生的电话,向你推销产品,问你买不买住房和黄金。

曾经熟悉的城市,熟悉的友人,甚至自己,突然间,全都不敢相认。

在一场令人捧腹的欢笑之后,你意外发现:自己的丑态被人出卖,刊登在网刊和微信中。那个滑稽的人是我吗?一瞬间,对这个世界,感到彻骨陌生。

也有令人惊喜的陌生。进出小区的大门,全身警服的保安绅士般的向你微笑问候。此刻,你突然觉得,自己也在不经意中变成绅士。

暴力美学

　　风、沙子、尘土,与魔鬼合作,制造了暗无天日的乱象。瞬间,太阳隐去,山脉隐去,河流隐去。远处升起蘑菇云。树木和电杆被狂风拔起,建筑物倒塌,农民的温室大棚被撕毁,秧苗倒地。机场关闭,航班取消,火车与汽车停开。美女用头巾把面孔遮掩。四处传来刺耳的杂音。

　　莫非,世界末日正在到来?

　　头发被风竖起,迫使人用力思考:这是上帝的发怒?抑或导演的杰作?

　　将朦胧演变为暴力,也可称为美学?

选自《散文诗》2016年第5期

星云湖

木槿子

要有多少滴水才能汇集出你的风景。

要有多少个故事与传说，才能写下你的前世与今生。

夜间星月皎洁，银河照映湖心；清晨霞光初现，湖水宁静微澜。

如果有风，就有了涟漪，有了波浪，有了荡漾的层次，有了浪拍打着岸的亲密，有了追溯和回忆。

时光像长了翅膀，我们回到水边，回到星云湖，也回到从前，回到一个个雨季与粉绿色的夏日，我们小成一滴滴水珠，一朵朵小花，还有一粒粒的白沙。

在湖岸数停泊的船只；看远远的天边飞翔的水鸟，走着，看着；一遍遍摸索穿梭在杨柳中的风；在沙石中光着脚丫追逐上岸的浪花。

或者，纵身跃入湖水中，在蓝天之下，明月之下，零距离触摸星云湖无尽的风情，彼此缠绵，彼此眷念，彼此相融，体验一滴水对一片湖的渴望。

那时，我们眼神清澈，身体洁白，四肢柔软。

那时，我们念歌谣，在沙滩上奔跑，直到大雨小雨落下。

我们携清风，驻扎在这里，日出日落，微起的波浪拍打着那么多的爱和笑容。

岁月，悠长。

一茬一茬疯长的记忆，悠长。

如今，当我又一次站在这里，湖岸寂静。

童年的呼唤惊醒的，不只有我的耳朵。

还有大片的阳光和花朵，它们在水中荡漾，荡漾。

在天上荡漾，荡漾。

我睡在梦里，睡在童年，睡在水中，睡在云上。

星云湖，我们的高原明珠，它是我们的骄傲，是给了我无限温暖与回忆的湖，是我们最钟爱的——母亲湖。

选自2016年8月5日《玉溪日报》

塔克拉玛干以北（二章）

支　禄

岩　画

古老的兽们，一只只用骨头撑起瘦骨嶙峋的日子。

一旦四蹄死死地踏住时间，谁也奈何不了。

三千年过去了，一个个看上去像刚刚爬上岩面时一样鲜嫩，与衰老不沾边的过着四处悠闲晃荡的日子。

大把大把花费时间，像尘世的阔佬们花费金银珠宝；它们一旦说再活五千年，一分一秒不差就活五千年。

从不面对河流长叹：逝者如斯夫，不舍昼夜。

像是活在时间之外，却与时间之内的生灵一把一把交换风云雷电；交换一茬一茬的春夏秋冬；交换北草坡上干净的阳光；交换弓箭、射手和马牛羊；交换布匹、干馕和金黄的麦子。

更多的时候，用悠长的目光牧放岩面外的老鹰，远方就飘来了潮湿的云朵！

沿着西北角，闭上一只眼睛，一次次搭弓射箭上演古老的射日。让嫦娥奔月，让精卫填海，让女娲补天……

永不疲惫，演绎人类蓬勃的童年！

时间让我们一茬一茬老去，又一茬一茬接着活下来！

岩画外，人类实在不敢停留太久！

晌午一过，有人两鬓沧桑，有人已是白发三千丈！

断山口

在鹰跌断骨头的地方！在盘羊不知所措的地方！在天鹅碰破头的地方！

在云朵，碰得鼻青脸肿的地方！

太阳，趟出了一条路！

干大事情的太阳，也干麻雀挖路的小事。

当星星从断口处流出来，大地上灯火辉煌；当月牙儿倚靠断口横吹羌笛，悠悠扬扬的烟波在尘世起伏跌宕；当春风从断口处吹来，又一年绿了塞上千万里河山；当云朵从断口处奔来，为我们带来干馕、牛羊和唱歌的粗嗓门、热瓦甫、木卡姆……

断山口，再低一点儿，就让目光爬过去！

然后，一只鸟过去：目睹太阳的辉煌。

太阳低下头，大地高了这么多！

太阳，请接受尘世卑微的我和一棵草微不足道的致敬：我们会把米粒大小的事情干得粒粒饱满！

选自《星星》2016年第24期

我试着将一群人赶上天空（外二章）

方文竹

我试着将一群人——鼠目寸光的人。斤斤计较的人。没有理想的人。饱食终日的人。实打实的人。没有趣味的人。按部就班的人。从不幻想的人。不会做梦的人——赶上星空：宇宙伟大的艺术迷宫。

让他们接受星光的锻打，体会一下高远、阔大、深邃、神秘，……直到内心拥有一座自己的星空，然后相互照亮。

万箭穿心

我还没有死，因为我把心交给了别人。

当我把心收回来的时候，已经筑成了一块世界上最牢固的盾牌。

铁 环

在生活极端无聊的日子，我学会了玩铁环，或说生活锻打的铁环——

挂。滚。飞。旋。跳。落。击……

挂：在墙上，它是一幅隐秘的地形图。

滚过去：冰。刀丛。火焰。沼泽地。广场与窗口。目光的交汇。命运无终的承诺。飞鸟也没有这样的呼吸均匀。

滚过来：我在淘体内的仓库，赶忙上前接受这一件礼物。可是一只铁环永远不会和我合二为一。

飞上去：一只铁环在追忆它的前世。一只铁环永远有着自己的目的。

（邻居老张对我说："这些天来，总是听到你在半夜发出怕人的惊叫。"）

旋起来：像一轮红日。像一只乳房。像一只古老的陶罐。像一头来自梦境的怪物。像一只有节奏的钟摆。像一个生者的心思九曲回环。

跳起来：惊异或醒悟的风度。反规则。万物有灵论。

落下去：答案一样。蝴蝶包围着它，但它不是花，而与一滩烂泥无异。像一位残废待医的帝王。

击过去：黑夜的城堡。暗疾。物质和精神的硬物。呈现的骨头。魔鬼档案。千年一叹。

乌有的铁环，我不停地给它打磨、除锈。

当真的有一只铁环从我的头顶飞过去，我却认为它是齿轮：一个暴徒。

这一切有关铁环的记录和传奇发生在生活里，像谜语一样，扎伤我。

像生活的插花术。

乌有的铁环，我却要不停地给它淬火，打磨，除锈。

一只铁环——

挂。滚。飞。旋。跳。落。击……

选自《中外散文诗60家》，河南文艺出版社2016年1月版

夜 雪

扎西尼玛

一群小菩萨。降落,离开高处的虚空。

庄重步履,漫长的路。经过大厦昏黄的眼帘,在乔木干枯的骨头上入静,聆听众妙法门的风声。

布衣的蝴蝶,寄身电线。不妄语,不偷窥。叠加在一起,咬住隐秘热流,这是生命存在的另一种方式。

落英停歇,孝子,原地不动。鞋底的伤口,反刍撒盐的滋味。我走着,在长街的通道,内心有火车轰鸣。脚窝延伸,淘洗越冬的米粒。这低徊的肋骨,辗转反侧,梳理大地的咕咕饥肠。

来回纷飞,甄别明与暗的分界。

我对黑色的沉淀,是为吉祥的梦境腾出场地。

垂钓人间鼾声!

选自《星星·散文诗》2016 年第 7 期

万物终将逝去（外一章）

水 湄

冬天将带走一切。

在人生简约的草图中，每一种孤独都有它的隐衷，痛苦在啃咬，一个伤口进入，一次一次我们被自己撕裂成裂缝。

一个落日和另一个落日，思想的荒原，风吹影动，日子加起来就是我们的生命。

"常恐霜霰至，零落同草莽"，万物终将逝去，心再倒不出任何东西，一次悲哀的长啸里，希望枯竭。

那些流水、闪电、嘶鸣、鸟语，月光和香草美人已抽离而去。

从无遮掩的我们身体内部穿过……

有些消逝，便是永远的消逝！

就这样么？不，我要用我的血、肉、骨骼，重构一座佛塔——

晨钟暮鼓，偈语声不断，带着佛教徒的虔诚，独树一帜。

黎明诞生。

在梵音中，我回归到一种真实，被未知的神性授予，被隐形的眼睛破译。

爱与错觉

你爱他们的文字，尽管去爱罢了，不要尝试着走近他们具像的个体生命，走近了，你或许会感觉"认得"只是一个错觉。

真正在精神和文学上有造诣的人，凤毛麟角，你不会那么幸运地遇见。你只有在被虚拟化的现实社会中，独自去实现自己人生意义的建构。

但这纷繁的现象,不会消解我们对美原初的认知,那种内在的才情、性貌、品格、风神吸引着,感召着我们。我们依旧保持着这种审美理想和趣味。

诗人与诗人之间有保持距离的态度。被赋予了永恒性的秘密,他们都在自己梦中的国,狂诞不经,做着自我的君主。接触也永远以另一种方式。

一个人独坐的时候,其实更能有秋空一样高远碧蓝的心境。顺达通畅,像一青白的水域。

选自《散文诗》上半月刊 2016 年第 2 期

中年的莲花（二章）

风 荷

一株闪电

洗尽身上的黑。

把过去埋葬，新的植株，在天空开出花朵。

解开生命和时间的真相。

你如刀锋犀利，切割乌云，切割自己，谁说你选择了自杀，你笑傲，蔑视。现在满天灿烂烟花。

闪电，你淬火之后的身躯，有生铁的骨骼，有发亮的眼神。

天马行空。

地平线就在脚下，相信寻找不会遥遥无期。

你如苍茫大地上生生不息的河流和道路，不断抛出自己的肋骨，行走，奔跑，寻找真谛……

仿佛神谕。

你，仅是一株闪电而已，却包裹了人间万般烟火。包裹了生的疼，爱的纠缠，离索的痛苦。你挥剑一笑，又是那么洒脱，率真。

闪电，一个霹雳之词。

闪电，一个有烈火亮度的符号。

在纸上。现在是活的，颤栗的灵魂。亲爱的，仿佛来自你的身体。

习惯低头走路，这次我挺直了身板，打量你。你拼命的姿势如一只跳舞的豹子，投影在我的心湖，照出我的懦弱和卑怯。

自省，忏悔。

我的灵魂在你之后的一场大雨中苏醒，额头发烫，我想我是得到了一次洗礼。

我是接住了你抛给我的一根肋骨，在黑暗来临之前，我擦亮眼睛，把它安装在自己的体内。

得以重生，捧出菩提。

并对你说出一个滚烫的词。

中年的莲花

江南，是丝帛做的，易于绣古色古香的花。

现在整个夏天灌满了水。

梦也有水的形状。

聪慧，性灵，一朵莲在水里打开了自己。

一匹马寻来，蹄声在涟漪里拔节。

风声呼啸。

一匹马在人间打捞我的名字，那是我的虚名。真正的我如一株莲，在皎洁的月下。

开放，以悠远，以宁静……

我的青丝、裙袂翩然，可绣一个侧影给你，中年的莲瓣该有了皇后的风范。

半面妆，猜疑与卑怯都付了流水。

雕花笼，棉质的心在身体里微笑。

爱只爱，马蹄扬起的风声。

挂满词牌名的望江楼头，你的舌尖如剑，挑走我所有战栗。一条江的国度里有山，亦有英雄美人。

清水洗白乌云。

远处诵经，近处打坐之人都是我，我在自己的菩提树下修行。体内的庙宇渐渐溢满幸福的秘密。

针脚干净，丝线清爽，蜻蜓立于锦帛之上。

一朵中年的莲花,旷世弥香。
于其间。

选自《散文诗》2016年第3期

月光下的事物（外一章）

石桂霞

有人指着高过头顶的地方，喊出：星空！星空！
期待已久的圆，在银河漫无边际的畅游里，渐渐丰满。

不计其数的星子，已兵分多路，时隐时显，或明或暗，它们都是月光出色的理由。

愿月色是明亮的，无论台前幕后，圆不过十六，缺不过初一，每到十五，给人间最完美的答案。
适合举杯畅饮，互诉衷肠。天机一语道破，星光四溅，仿佛以柔克刚，撞碎了皇冠最璀璨的珠宝，布结满天星子。

日落时分，谁在等待微醺四散的缓缓柔柔，以炊烟取暖，用黄昏沐浴，看不到炽热和高调。
宛若水里，又如镜中，一个人的盛宴，有暗暗的香，淡淡的黄，暖过秋凉和人心，似水非水，接近荒凉的山野和人间最冰冷的部分，撒下无数颗种子。

月光留给自己最轻的脚步，最窈窕的背影。怀抱月光的人或被月光抱着，先是桃花绽放，又是一地金菊，不是传说，是传奇般，转瞬化为苍雪。
殊不知，白是独有的，落在冰面上，欲言又止。
修行打坐，漫过膝腿的银盘里，须发长袍缀满梨花，有流水漫过瓷屑的细微之音。

智者慧目微闭，不谈色彩和沙漏。

回想万物的名字，消隐了掌声和跫音，只有彼此凝视的目目深触，嘴唇和手脚微颤，以及密密交织着无所不在的心动。

是目光与溶雪的月光，不经意间蓦然相遇。

不必许诺，不必夸下海口，去追随月亮久居清寒的宫阙。
群鸟飞尽，别再质疑通天的烟云隐身千山密林。

存在，或梦

小楼昨夜，西风压过东风，似曾相识的目光，嵌入不再宁静的飞渡，乱云混沌，狂野的语境一泻千里，一幕深过一幕，不让看清负重、失眠、祈祷的姿态；不让了解所谓的疯人之语、口水战、戏台上下的背景；不让摸透串供，暗箱操作的龙来去脉……

它扶墙而立的样子是虚幻的，影子不是翅膀，被大树构想的莫名飞翔，没有路径和方向。

亮光属于天空，天是苍穹，空是无限，一切不可捕捉，隐喻，救赎，一而再，再而三地敦促水涨船高。

潮汐也是虚幻的，不能埋藏什么，也不能浇灌什么，只有旭日，能唤醒沉溺其中的人。

饥饿，潦倒，面对黄昏，不再指望月亮如饼，银河似水，能填充空胃和饥肠，误入过岐途，被传世的寓言反复提醒和敲打，按紧伤处，疼却不能喊出。

身后的伪装，那深邃如海的蓝，被夜一遍遍搅混又涂抹，颠覆原本的悬浮与下沉。

夜还在微微摇晃，它将双手伸入时空，继续挖掘深不可测的陷阱，谁由此命名，由一个深渊到另一个深渊，一个又一个淹死的美梦，被人们如实指证。

一觉醒来,东风还是那么柔,西风还是那么烈。
令人虚惊一场的,往往不是现实,而是梦。

选自《山东文学》下半月刊 2016 年第 9 期

山路弯弯（外四章）

申 艳

山与山的私语是风传送的，石头上深深浅浅的脚窝，随山势弯进了树林里。你若把路走丢了，就听不见大山倾心的交谈。

流水拨弄的琴声绕着我的好奇，鸟啭清晰，似向我询问大山之外尚存几许春色。我看不见小溪，也看不见鸟，只能沿着石头脚窝一步步向上，有点像那年误入闹市的一条蛇，怯怯地窥探着陌生的世界。

引路的小背篓一忽儿不见了，仿佛藏进一首歌里。鸽子花不言不语，却用翅膀的洁白诱出我惊喜的尖叫。哦，这传说中的仙葩，竟然活灵活现地碰疼了我的视线，也用淡淡的馨香缠紧了我的双脚。

曾经有人告诉我，在山里迷了路就循着水声走去，而此刻，却是一挂水帘迎面飞落。淅淅沥沥的水，隐隐约约的虹，清清凌凌的潭，嶙嶙峋峋的石，郁郁葱葱的峰……正细细看时，一团浓雾顿然消散，山腰间洞开一孔天门，让人疑心那定是天上仙班往来人间的洞门了。

天门山，我突然悟出你这山间小路弯弯曲曲、时隐时现的因由了，是大山把这绝美的景致，藏在它心的深处了。一阵清风吹来，我终于听见了山与山窸窸窣窣的密语……

四月的静夜

原野不动声色地漫过来了，城市在谁的一首诗里浸泡着，已经显得发胀。

很远处是一条河，她赶着杂色的羊群。这些前世的孤儿，今生的呼唤太过柔软，但它们仍然要朝更远处奔波。离得最近的就是窗外这株红樱桃了，这些相互安慰的惊悚，一直不肯闭上眼睛。还有晚开的紫玉兰，接不到流星的眼泪，整夜未眠……

所有的静，都隐匿于这个夜，所有的血液，都在这个夜里年轻。很多很多的门都打开了吧，很多很多的梦都缠绕在一起了吧。

那么此刻，他，会从哪一横门楣下走出，一身清爽。那些闺房里的唇膏、粉底霜以及超短裙，此刻为谁伤感，或者等待。

四月的静夜，你可以把自己分成若干部分，一些用于叹息，留下一些用于微笑，也可以让一部分衰老，让另一部分回到年少，或者用骨骼倾听生长。

让心跳沿龟背竹阔叶的边缘爬行，假如翅膀上的羽毛，还有一些尚未被呼唤打湿，倒不如让它们先飞起来，而剩下的你，暂且和城市一起，浸泡在那首诗里。

寻找一首能够发酵的诗

翻遍所有的山峰，我想，寻找一首能够发酵的诗。

我讨厌那些打水的和尚，用小聪明把寺院藏起来，讨厌用蝌蚪测量蛙鸣的距离，希望那逗号一般的尸体尽快腐烂。假如能够找到那首诗，我就把它们掺和在一起。

我决不出售面包，也不想用悲悯号召同情，我只产生酵母。哪怕是一种隐喻也好，我宁愿自己也在隐喻中腐烂。那些集合起来的泡沫，我要一个个地引爆，让可怜的竹笋般生长的山峰，无奈地接受坍缩。

是的，那些才华横溢的山峰，多少有些太急于生长，我只得暂时收回仰望的目光，也先把敬佩珍藏于谷底，留下爱戴，留下与他们共同发酵的理由。

我会拣起那些古老的比喻，以及陈年的象征、拟人格等等，要让它们的腐烂也随着发酵，以此，那些坍缩后的山峰，我要重新设置它们的密度，令其拥有结实的愤怒。

我当然愿意镌刻自己的灵魂，但不是现在。

寻找还没有结果，虽然曾经遥见它的灵光，但我知道，它的确就在某座山的缝隙中坚忍地发芽。

日 出

一只老蚌缓缓张开，微光横亘，一条平行的线变幻着颜色，有异彩射出，大地的翅膀逼退黑夜，暗云铺为无边锦缎，等待老蚌，吐出秘藏的珠。

那是在子宫里滋养的血红，那是在死寂中磨砺的喷薄，世界从一棵幼芽的心里生长，葵花转过脸，寒夜走来的残喘重新生出希冀。蜂蝶成阵，光芒撞响所有故事的引子。

从一粒沙开始，从疼痛开始，任夜色潮起潮落。

守护一粒沙，给它圆润和光泽，用疼痛，用隐忍，用失语的分泌。

一粒沙，照彻城乡以及森林里蚁穴的洞口。

看着它，卑微或者高贵的目光；看着它，垂死或者新来的生命。一切都鲜活起来，山峦奔跑，大海起飞……

而已被遗忘的老蚌，将重新含进一粒沙，孕育明天。

千年白果树

我不急于深入土层，去拜访根系上庞大的汉代，汉光武帝那条缰绳的另一端，早在西风残照里拴紧某座青石陵阙；我不急于穿过树干，去翻阅年轮里盛唐的奢华，金戈铁马，霓裳羽衣，早与宋元明清的浓荫一并散去。

我宁愿接受这个春天的邀请，到那些普通的叶子上去漫游。

在豫东平原的一个小村旁，一棵白果树，两千年挺立，两千年繁茂，生命的故事密密匝匝。

　　如果可以，我想居住在枝桠上，像小鸟，啄几口柔润的光点和清露，让自己羽翼丰满；或者成为一片叶子，春天把风染绿，也在秋天来到时，打开金箔制成的折扇，等待飘落。那时，我会在隆冬的一场大雪之后，用腐烂将自己揉碎而融于冰凉的雪水，再等春回大地，从伸向东方的那个枝头上，露出面庞，开始又一番生命的轮回。

　　其实，一棵树演绎的传奇，不过是由树的年龄造成的，包括承接多少向往，树都未必介意。白果树是它自己，它的欢喜和疼痛，渴望和畏惧，生长、砍伐、雨水以及火焰。它不拒绝描述或者猜想，只将每一道叶脉通向明天。

　　所以，我尤其钟爱它至今萌发着的千年之绿，就像它钟爱自己的生命。我庆幸不是它，或者它的一粒白果，因而得以在它漫长生命历程的一个点上，阅读一个与我相似的传奇，并且，可以明年再来寻找那一片相似的我。

选自《河南诗人》2016年第4期

悬崖上的春天（外二章）

白炳安

经过一个冬天的验证，站在悬崖上的，是梅花的化身。

寒风一到，它花质的声音就亮开了。

而曾经的飞雪来过一回回，它并没有让花蕊里的那一抹美色招展出来。

花香在它体内发酵成春天。

恰好，让一只掠过的鹰看见——

它站在危险之上！

乌云带着阴天的密令向它压来。被迫喝下一杯苦雨，它还是迎风而立，拒绝了断自己的孤独。

世界演变成灯红酒绿的戏剧。

它仍然站立在悬崖上，守望一座江山，没有人看见它的绝望。

它不掉下去，永远是风光无限的春天！

今天之诗

过掉的昨天，变旧了。

我要从生活的时间里抽取一段光阴，打造成宝贵的今天，试着用一碗茶香，替换一杯苦涩。

为了过好今天，我动用了慧能的哲理，善待生灵，忽略明争暗斗的声音，慈悲为怀，拣来孔子的论语，修正自己的言行，尽力把悲伤与快乐的距离缩小，把幸福再擦亮一些，通过镜子，看见不沾一点尘埃的蜂蜜。

为了让今天走得更自由、轻松，我们启用了先进的理念，依靠不生锈的思想，把那些不合时势的旧路崎岖的土路弯曲的烂路，修整出新的模样，在危险的转弯处，竖立警告的标记。

浮夸的往事，不能再作今天的修辞。

今天的药方，是简单实用的五花茶，可以治疗湿燥的社会病症。

不管如何，尽快忘掉苦涩的昨天。

从今天开始，放弃不长一物的荒芜地，留下一片阳光的亮色，照耀生活。

她：是我表达的春天

一列时间拉着一个季节，穿过冬天，停靠在某个站台。

下来的是谁？

她吞尽雪花，吐出一地绿。

她以柳丝的方式进入我的体内，让我的心情柔顺起来，温暖起来，有了一脸的春风。

她把春风翻动了一下，触及花的容颜，并没有阻止几片草芽潜伏夜晚的行动，但揭开了一些苍白的物体蓄意掩盖昨天的污垢。

乍暖还寒，她点亮那些怀有好意的星光，照着微弱的虫鸣，让埋在冬天的日子重生。

她：是我表达的春天。

选自《岷江》2016年春季卷

雨锈在门上

叶枫林

雨锈在门上。那是什么时候的雨没人告诉我。
是南宋的黄花谢了,跑到2015年的天空蓝了一回。
是啄食的鸟蹲守乡村,十一月方形的针扎痛搜寻的目光。
门上动词晃晃地响,一定有被注入了思想的风掠过。
闪电总是故意显得撕心裂肺。
午夜的阵雨像银两。只是你在梦中替釉青的瓷器导出缤纷的雨水。
桐油伞、布袋、对襟的褂子,戏子的天空羞答答。
焚烧秸秆的傍晚,有一双眼睛始终对着一扇门。
也许只有你听懂了轻敲门环的回音。
雨还未滴落到地面,就被门上的锁孔接住。
来不及奔跑,来不及感谢屋檐。
四季昼夜居住,它们怀上的月光,老到一碰就碎。
太多的转动,它的齿已经不忍情节的重负。
锈死一个空洞,不如换上一把新锁。锁住旧燕,锁住一滴盐水的前途。

选自《星星·散文诗》2016年第9期

乌兰布统草原

史 枫

一

疾风劲草，车轮驰骋。当我点着生命之灯，行进在乌兰布统草原时，秋风正挽着白云在天边漫步。

它们成朵、成片的飘逸，每一朵白云掠过头顶，都像尘世丢失的天使，最后坠卧于茫茫绿草。

它们所有的梦，都会遗失在草原，就像突来忽去的雨滴，成为诸多情感的释放。

云是天空的注解，就像它们难解难分的依恋和融合，成为世间的一道风景。

二

绿色是草原的主题，我看到秋风不时与大地纠缠。

草木深深，在阳光下默守。或许，只有风拂过，才能唤醒草木内心的灼灼目光。

它们像等待一场盛大的欢宴，不是重生，便是逝去。

它们无悔被牧民割去腰身，只剩下寸高的个头，经过漫长的冬季，等待来年的春光。

它们无悔与羊马牛群相会，并葬其腹中，成为凄美的绝唱。

它们用残存的容貌，仍然铺展方圆万亩，用绿的惊叹，展现大地生机的气象。

它们即将休眠,在落霜来临之前,在草降低高度以后,仍以绿的容颜,笑迎来客。

三

当我站在绿色无垠的草地时,风不再主张,将辽阔交给大地,美交给蓝天,惬意交给游客。

我只是踏着节令的舒缓,走在绿海起伏的深处。

秋风掠过,薄凉浸入肌肤,草丛中还浅藏着神性的天意。

将花的芬芳,草籽的饱满,和来年新的希望,深埋在肥沃的黑色土地。

我看到,羊群还在草坡上散步,低头觅草,像孩童伏在母亲的胸膛。

而近在眼前的情侣树,以树的形象,比肩而立;以爱的真诚,共度风雨。

四

偌大的乌兰布统草原,经过时间漫长的淘洗,仍以自然的天性,存在于辽阔之中。

我看到上苍的种种恩赐,成就了草原经年不变的景色。

一望无垠的绿草地上,零星出现了闪亮的湖色。一湖净水,蓝得让人心醉。

这是雨水的集聚,是一片片白云的情感,静静地流淌在草原深处。

它们不再把自己放牧天边?是把梦想归于草地?!

恍惚之间,我已看到一群马渡过湖水,像追赶新的征程。

五

走出草原的刹那，我的视野并没有绝尘而去。

草原上那些朴实的形象，在时间的镜像上，刻上了不灭的印迹。

皮肤黝黑的牧民，仍在风霜中，牵着马，寻找生活的支点。

圆顶的白色蒙古包，在时光的若即若离中，坚守自己的容颜。

还有碎石垒起的敖包，仍然是美好的寓意，让相爱的人执守在岁月深处。

色味淳香的烤全羊，永远是草原上的经典美食，舌尖上的味道，让人留恋感慨。

我和草原的美丽约会，不会随时间淡漠。

秋风将我送远，春风会再度把我送回。

选自《散文诗世界》2016年第10期

就让雪擦拭头顶的星空（三章）

史松建

冬天，和一棵树的相遇

是偶遇吗，这隆冬时节。

一个中年男子站在雪地里，一棵老树静静地看着他的到访。

四十多岁了，多少生活的雪铺在走过的路上。

回过头来，波澜壮阔的日子，爱恨情仇，渴望挣扎，悲欢荣辱都无一例外地被覆盖在白雪之下。

远方有无法近观的命运之眼，以佛陀的平和包容一切浮躁。

宏大的难以表述的安静笼罩在天地之间。

一棵站在旷野的树，一个走进中年的男子。

在无语中沉默，在沉默中交流。

涌动的时间由此凝固。

像一幅画，隐约就有了苍茫的味道。

那列叫时光的火车呼啸而过

雪终于停了。

山川，河流，城市，乡村，还有点缀着星光的夜空被安静拥抱。

那列叫时光的火车正呼啸而过。

下一秒变成这一秒，这一秒变成上一秒。

一切如此的快。

快得让孩子走着走着，成了父母。父母走着走着，成了祖父母。

祖父母走着走着，就再也看不到了。

这注定的宿命，没有什么能阻挡得了。

唯独童年堆起的雪人——高帽子，尖鼻头，红嘴巴。

它站在记忆里，一直站着。

像时光之轮下无限延伸的铁轨，使生命的河流有着意味深长的流淌。

就让雪擦拭头顶的星空

今夜，打开台灯，让光芒照耀眼前的文字。

这是属于我的文字，一个书生的桃花源。

白天，我把灵魂放逐，唯有夜晚，才能顺从内心的召唤。

世界落满尘埃。每次行走都尘土飞扬。

下雪了，雪让尘埃隐身于洁白之后。

如果可以，就让雪擦拭头顶的星空吧！

有颗小星星，我藏了很久，现在，我想把它挂在天上。

这样，只要一抬头，便能看到它安静的星光。

选自《散文诗世界》2016年第2期

微红（三章）

卢　静

陶　罐

　　取一个结实的罐子来，女娲造完了人后，已不知道去向。

　　摇晃的罐子，只有流水的碎片，填充了时间。一只蜂鸟立在罐口，啼唱看不见的罐底。

　　啼唱草芽，枯枝，微小的开合，和太阳一起缓缓上升又沉落的一切。这来自天空的巨大的水花，啼唱疼痛，被蒸汽啃食的灰烬。

　　从一个罐子到另一个罐子，摇晃着，啼唱不知源头的漂泊，为了爱才储藏的明天。

　　摇晃的罐子，大地上奔逐着泥捏好的人，一杵，一杵，反复把自己研磨。

　　水珠正向罐口聚集，用泥土的体温凝固一朵虚幻的花，歌唱，舞蹈，血液漾红的面颊，用眼睛才能照耀的花朵。

　　如果我拣到结痂的黑色碎片，在棱角写下：摇晃的罐子，曾经从雪的寂静中战胜了时间。

帆

　　如此微薄，空气慢慢地压缩。

　　我叠的小纸船，漂不到海的外面吗？门框里，老人在厚厚的青苔中坐成画像。

一朵光斑坠落，许多年前的红花从她发香里悄悄爆破：浪朵微小，无法阻遏我们慢慢苍老。

门框外一切依旧，晨报印刷的海滩上，汽笛，粗壮的吆喝声。一些鸟将在傍晚疾驰回巢穴，一些波浪匿声消失。

只有门脚的陶罐，独自嗡嗡：那么，小纸船载满的风向呢？

那么，取千年的项圈来吧，偃卧海底的人鱼，月光的号手，旋转胸前珊瑚的火焰：螺是天空的耳朵，号是大海永久的嘴唇。

那么，取磨光刻度的钟面来。清晰的心跳中，蔚蓝刹那涌上舌苔，堤岸。

只是，如此简单。老树的年轮陷落为河道。飞吧，一千纸船的轮回，一千只红蝴蝶。

檐角的黑影一寸寸侵入。如此闪亮。云上的帆，驶出了另一扇门。

使 者

西风骑上城市的塔尖，踏着我的鼾息，等待我们的有三位使者。

蓬在飘，低是不需要解释的言语与位置。抱琴的一位，用小姆指弹拨命运，你，背负喧哗的靴子，落入蚁穴瑟瑟发抖。

我们等待第二位来使，但她入门已久，伸出创造者的手，扬起草毯铺满了天涯。蚂蚁们移动圆硕的坚果，在一茎草上方，慷慨的神呵，翠绿锃亮的黎明翻滚在山谷。

拉开一扇门吧，普照我们的花园，圆圆的，是你的瞳孔。

但第三位使者，并不从睫毛下的走廊进入，我们缄默无言，因为她夜半而至，挂上爱的门牌，已踏上琴弦远行。

我们只拾到一个草篮。我们只拾到一个陶罐。

我们只在屋檐下，拾到一轮太阳。

风信子悄悄落啊，比黄泥更低。我们缄默无言，因为道路的尽头，光芒正向四方打马奔驰。

我们把自己种植成一棵时针，却枝繁叶茂，以凡俗者的姿态，敲响钟声的阔大。

选自《散文诗作家报》2016年第92期

抵达远古

卢子璋

一

我们深刻地愿意回到那个月圆的时代,
回到那个月下饮酒、桂花飘香的日子。回到那个,
用一把锄头就可以掘泉如流的时代;一把斧头就可以开天辟地的时代。
吴刚捧出桂花酒。却突然没有了月亮。
蟋蟀和蚊蝇和蚱蜢一起隐秘在了草丛。
我们记忆中的那轮圆月,没有爬上我们的屋顶。
没有吊挂在树梢,没有回到池塘。
通天的大道,也消失了。
一株小草和一只老黄狗在笛声里静默。
远去的袋鼠,把南极的风雪带到了北极。
让一顶姑娘的小红帽,在旷野的茅屋前落下。
远来的风,说这就是秋。这就是故都。
坚韧的风。柔软的风。
坚持着让叶子唤回月亮,把一些红叶捧起又落下。
牵手到天空又骤然松开。让叶子回归到叶子。
像落了许久的叶子雨。在桩根森森的秃林边,
生长一堆太阳。

这些腐败的火苗！吐出比蛇芯还更灵活的鸟语！

让一架古车复活，套上三匹白亮的马匹。从秃林边的泥泞路上，

乘空而飞。

飞越到湖边的天际，让鸟儿来证明和说明这一切。

你就坐在古树的枝杈里，让这些一浪高过一浪的鸟语，

穿透了左腮，穿透了右边的耳膜。

二

我曾多次告诉那只水鸭，我要顺水而流。

离开那些远古的水草；离开那半个多世纪

仍未跳上堤岸的鱼虾。

唱一段，撒网的歌。

让渔家也驻船观看。

打开被水草被河风灌满的耳门。

你就由此跳出涧门。有人嗅到你远古的气息。

而那些树，和岸边树上的蝉，则四季常青。

树上的蝉，成为金蝉。四季都奏鸣着。

一些歌声，还来自河底，来自源头。

来自独木桥下面的一块石墩，或者石头。

赶路人的马车，来来去去。钉掌的铁蹄敲醒桥面。

敲醒蛰伏于桥墩的沙尘。沙尘跳沙尘的舞，

把最后的一个句号，留给河面。

三

其实，湖心岛不是一个岛，那是河流的一个心结。

顺着岛心，向下游走，会真正抵达那个远古。

小心那些排列前进的船。那些把水变黑变腐味的烟囱，

会扯着河流的宽度，扯着一个世纪的河流从夜晚到夜晚的长度。
让大家跟随着恐龙，抵达那个远古，面见一个：
手捧古书的圣人。
这袅袅下行的烟雾，烟雾中的尘埃，让这读古篆书的人，
胡须发抖。牙齿脱光。

四

这是那个臆想中的湖么？这是那个记忆中的湖么？
或许，我并不曾有过记忆。记忆是这片土地的专利。
这阔大的湖面一望无际。这阔大的湖面鳞光闪闪。
银鳞、金鳞、红鳞……
我，还有美人鱼，都跃荡在湖面。
没有涟漪的湖面，涟漪一浪高过一浪的湖面。
引来了风，引来了雨的湖面。
这是多么欢腾的场面！这是多么热闹的场面！
这是多么欣欣向荣的场面啊！多少年后，
这些湖面成为了土地。成为了凸现于平原的那面高坡。
成为了日夜向着天空引吭高歌的那株树！
水面平静。地面无语。雨后的青蛙制造着十里的蛙鸣，
一声呼哨便聚集在这大平原地面的，一片草丛里。
探究着一件万古之谜的事情，让深藏地下的同类们，
揉着惺忪的睡眼。

选自《中原》2016 年第 1 期

芒 种（外二章）

司 舜

是阳光恰到好处的时候，也是风愿意献身的时候。

一粒种子也到了最好的年龄，一株嘉禾出落成最好的身段。

旷野似乎越来越慈祥，你看：刚出生的螳螂并不羞怯，它在向上用力，接住一朵慢悠悠的绿意。

我先是向前走着看着这一切，偶尔回一下头，我根本就没想到，我刚看过的地方。颜色一下子变得更深、更多、也更丰富。

俯 身

四周慢慢升腾起一种热气。

那些叶片懂事似的张开耳朵，出乎意外地安静。

我俯下身子，听到土壤发出好听的声音。无意间我的手碰到一颗尚未成熟的果子，像碰到哪个小女孩刚刚发育的乳房，暖乎乎的颤微微的。

一支青草探出一截手臂，它肯定以为我是一棵庄稼，差点缠满我伸出的手。

有很多悄悄话，要俯身才能听见，听见就会痴迷。

听见心头就痒痒的舒服、美妙。

池 塘

池塘是乡村最闪亮的明眸。

它看蓝天是仰着身子，看村庄的倒影是侧着身子，看浣衣的声音还有淘米的声音是转过身子。

　　水一天天漫起来，快要溢出塘埂了。

　　禾苗欢呼起来，内心温暖幸福的禾苗，表情异常夸张和欣喜。

　　惹起池塘里的涟漪开始相思，一朵一朵恋爱的涟漪，跳跃、旋转，它从来没想过要与这池塘分手，只会与之相依为命。

　　一只飞鸟溅起涟漪，带上翅膀，扇动得那么甜蜜，谁也会不知道它为何那样急切而盲目、兴奋而陶醉。

选自 2016 年 8 月 17 日《西南商报》

追随茶马古道的脚印

司 念

颠沛流离是一生的宿命，普洱茶作证。

洪水肆虐，悬崖峭壁，道路不通，这条路古老唯一，两个方向指出了光明。它是灯塔，照耀了一方的生。

一条路沿丽江到圣地，拉萨的经文在召唤，转经筒在转动。一条路从丽江到缅甸，从缅甸到印度，从印度到欧洲。文明在传唤，经济在升腾。

土匪在等待，黑彝在等待，无论风往哪个方向吹。

马队在扩大，马队在继续。无法选择，便让自身更强大。

且不说浪漫，只说儿女的留恋，妻子的惦念。甜蜜的负担是安慰，恶劣的环境成为天边的云，左右着前进的路。

如果注定流离四方，那就背锅向前。热肠为食，瘦马为伴。

夜凉如水，星星耀眼。打铺扎营，点一管旱烟，将思念诉说给同伴。管弦丝竹，圆芦笙箫，此起彼伏。赠之以天马锦，回之以水犀梳。金沙江边赏秋月，澜沧江里誓生死。

白茫茫的人生路，霜起了一重又一重。芒鞋伴着轻杖，走断天涯路。

砍刀劈柴，生火，水盐试毒，辨虫。猴子识人，骡马辨声。无论黑彝，还是土匪，亦或隐藏的恶僧，马帮勇于面对，就如勇于面对已过的风险。

三江并流，汹涌咆哮。马帮人在马在，誓死保卫粮食和茶叶。若问何苦，只说为了那一线的光，从经文中悠悠飘来。

选自司念新浪博客

鱼的哲学

亚 男

你,一直不知道自己的故乡。

在一个十字路口,无所适从。望着灯火,捕鱼的人向你扑来。路已经不是自己的路了。转战到暗流里。思想和智慧都低于人类。但你一直惦记故乡。

也向往大海。

临河的风景。泥沙俱下。

鱼虾,一丘之貉。

但这样的判断和想法都没有能实现。

毒性十足的河水早已暗度陈仓。

故乡是一个走失的词。对于你,四海为家都足以慰藉了。

纸上的往事,不过是一潭水留下的幻影。背井离乡,来到城市。与激流和险滩没有了关系。

时间的河,在脚手架上修筑。

悲悯的断流,不是一个季节的灾难。很多裸露的卵石,仅剩下了残核。

真正的河流,在鱼的心里。

万劫不复的灯火——

鱼只有缄默。用眼神对抗。偶尔冒出水面呼吸。躲闪不及,也会招致横祸。泥石流,或者洪涝。

险象环生。

在人的言语里,也许在某刻就成了餐桌上一道美味。

津津乐道。

深海还与你很远。

鲨鱼的凶猛你可以忽视。龙卷风你可以忽视。

你想修炼穿心术。一次次，模仿梵高和莫扎特。从色彩和音符里找到生存价值。但水都是必不可少的。可是水分解了人类的观点。

没有养分。

空气凝固。你已经警觉了。

暗示来自心领神会。你满腹经纶。学会崇洋迷外，或者指东打西。更多的，你在某一刻发现你已经不是你自己。所有的心计都陷入人类的诡计多端。

你出现在暗河。以冷的水，不见阳光的水，让身体里的营养多出几分孤独。

鱼，终究是鱼。

局面到了不可掌控。一张纸，执掌了你的命运。高楼一再表明态度。夹缝里，渗出来的水，被阴险包裹。

你想起自己在某刻拥有的情人，一定是忧伤的。

现代的手法层出不穷，但没有一样是可以直抵心扉。

你抛弃灯红酒绿，独自在潮湿里，回忆。

回忆已经没有了悬念。

你爱着你的情人，却成为一个贬义词。

徒有虚名一个"情"字，浮在物质的表面。你想一层一层解开。

但过于深的水，你看不清自己究竟还可以活多久。

你最后成为了赌徒。

神和主人，都不知晓。你一次次化险为夷。

何其高明啊，亲爱的鱼。人类这样称呼的时候，语气里没有了鲁莽和放肆。只是担心那些渔民的生存，究竟可以维持多久。

大海在一个男人的怀里。

选自《星星·散文诗》2016年第6期

蓝色迷宫(六章)

亚 楠

歌 谣

明月皎皎,有鸟自林中朝我窥视。我讶异于空阔里的琴声,为何低沉哀怨,如泣如诉?为何红狐遁入暮霭,夜莺不再轻轻歌唱?

火凤凰涅槃在子夜呀,野鸽子回到了树上。就让我朝向森林吧,此刻,我只想把它们的情歌刻入光盘悉心收藏。

让记忆不再枯萎,让爱回到爱的本身!这即是大自然的真谛啊,也是人类向美向善的出发地。哦,一地月光,满目春色皆为歌谣——

看啊!它缓慢摇荡若一叶扁舟,随风起舞,如梦如幻。

伊车嘎善的月光

贝伦舞的脉管中,吉祥鸟用金色歌唱唤醒大地。但我看见的是,影子在岩石上移动,若一次潜行所承载的痛……都归巢了,月光泻入丛林,被照亮的鸟羽夜幕。显然,一次风暴之后,落叶把自己握得更紧。

村庄依旧沉寂在月色里。我知道,故乡在远方,在白山黑水间轻轻呼唤。他的儿女们,他的神圣与庄严,用梦抗拒遗忘——也在守望中得救。啊,这方水土所承载的重,也是我的重,并且,可以一直朝前追溯。

而现在，我更愿意在月光里沉思。就像一只鸟，在伊车嘎善，用一生的眺望，完成一次灵魂的朝圣。

想念山林

这日益沉积的重，也是青铜的重，泪珠的重……并且，它们用相同的密码打开门扉。也拥有了辽阔，海之湄，即是我的天涯。但我必须承认，遗忘可以洞彻。可以安静下来，看鹧鸪聚拢雨季，之后的皆是虚幻。

所以，打开的还将关闭。还将在开阔处，以隐秘的方式回归。时间逐步变得清晰、明亮，如同水中的石头——它们用沉默告诉我，没有什么过不去的门槛。

显然，暮色渐浓，大地上清晰的轮廓开始变淡，最后遁入了夜幕……都将簇拥虚空，唯有忽然转换的音律，带着泥土般厚重的底色。

蓝色迷宫

我惊喜于，这蓝色迷宫高耸，仿佛混沌的荒野，我在迷茫里看见的，皆是逃亡者。他们就像退潮的海滩，落寞中蜷缩的夕阳把梦打开。也为了不再疼痛，你用遗忘抗拒。世界如此混乱，喧嚣……这碎裂的涛声，这野马群举着黑色大旗。

在夜幕中，我沿着河流行走。而远处，昏暗的灯光扑朔迷离，如一次逃亡，心被黑色遮蔽。但我并不想停下来，因为，我还没有抵达彼岸。

不过，也可以说，这迷宫还将凸现。在幽冥中，进入它的内部——攀援，若金雕穿越黑色风暴。并记住他们，用打开的书页……

或　者

　　明亮在高处，它所携带的闪电，以及轰鸣声即是一次推演。但战争的阴影还在持续，灾祸频仍……那些无家可归的人，那些惶恐和惊悸，以及那些苦难，都在夜幕里瑟瑟颤抖。但时光足够坚硬，并且，也预示着，不屈的灵魂永存。

　　而雷霆的另一端，地火伸展它美妙的虬枝。啊，这金色宫殿带着霹雳，穿越海啸的狂躁，进入云谷。

　　也即是飞升的罗盘，引领受难者，并在幻影里种植他们的爱情。或者，若暮色中，那些辛勤劳作的人，慈祥而安宁……所以我也看见，大地以它的静默开启，精神的灯盏，山川与鸟群，都在这巨大的天幕上缓缓呈现。

碎裂的鸟声

　　那一季，是火焰焚烧的激情。澎湃之后，大地在皲裂中呼吸。但我只读懂了苍凉，以及它背负的深渊……显然，岩石的耳朵高高竖起，在梦中。也就是说，风来了，我却只能在碎裂的鸟声里还乡。

　　毕竟，生命高于岩石，高于时间和它的神话。所以这遗传的基因延续，轮回，生生不息若太阳每天都会重新升起。而我在风的阴影里沉思，在想象之上，用一次蜕变抵达火焰。复活，或者聆听黑夜最后的挽歌。

　　可以肯定的是，森林密集的影子朝外扩散，像潮汐所簇拥的奥秘，只在众神的窥视中揭开谜底。但它巨大的树冠耸起，月光下，鸟声显得更加清冷……

选自《绿风》2016年第5期

枯枝上的乌鸦（外三章）

成　春

身体发肤，受之父母，乌鸦顺其自然。

高高的枯枝之上，有阳光和蓝天。乌鸦翘首以盼，也许在等待某种誓言。

无论如何光鲜亮丽，外衣都是灵魂之外的皮屑。黑色的乌鸦，使我的目光变得深沉。它就像我们永远也看不透的夜，漆黑一片，却包罗万象。乌鸦那浓浓的黑色，诱惑着我的好奇，也激发着我无穷的想象。那黑色的躯体，包裹的是怎样的一团火焰！

这枯枝上的乌鸦，享受着冬日阳光的温暖，既不在乎乎谁的咒骂，也不在意谁的表扬。

没有浓叶的遮挡，阳光才最丰满。枯枝也许会断，不过乌鸦有一双风暴般的翅膀。

只有乌鸦知道，喝水的智慧，其实不值一提。

有人问该用什么把自己漂白？不善言辞的乌鸦说，我从没有这种荒唐的念想。

窗

窗让人充满渴望和想象。

推开紧闭的窗，世界鲜活而澄明。窗里窗外，世界的二重奏。

窗里有美酒飘香，有笑语满堂；窗外有鸟飞过，有云飘过；有蹒跚学步的幼儿，也有踽踽独行的老人。

微笑的稚嫩的双眼，让人徒生爱怜。天真的明眸，透视窗里窗外二重天。有人说眼睛是心灵的窗户,微笑,是否是美的窗户?

我欣赏她那一尘不染的双眼,那是一个雨后的无边花园。

这万花筒般的窗,让我的目光成长。我也渴望这样:站在窗口,享受万千之美的沐浴。

头戴花冠的少儿,让窗口盛满微笑,也盛满花儿与少年。

阅　读

世界有太多的未知。

阅读一块木板,我们也许可以阅读出产出这块木板的顶天立地的大树,以及这棵大树是否叶茂枝繁,或许你能读出可为天梯的建木,能读出钻木造火的燧人。

把天空一页页翻开,透过白云和星辰;把大地一页页翻开,透过花草和岩层。通过对天地的阅读,人类或许才能明白自己自诩万物之灵的渺小。

从现实读到历史,从历史读到明天。人生之书,不会比大地还厚。不过有的字迹可以模糊,有的字迹必须清晰。

读出他人的好,读出世界的美。读出自己的懦弱,读出自己的懒惰,甚至读出自己的丑恶。我们相互阅读对方,无论对方的躯体抑或灵魂。

阅读一个人,怎样才能把他一页页翻开?翻开自己的心灵之页,做一次深入的阅读,把自己一页页翻开,到哪一页,你才能看到自己的真相?

阅读,真该成为一种习惯。

荷塘之灯

多么幽静,多么芬芳。

这荷塘之灯,照亮荷塘,还有怀抱荷塘的小村。我把这荷塘之灯亮在心空,风不熄,雨不灭。

优雅的荷叶，鲜艳的荷花，淡淡的清香，诠释着生命的内涵。何必悲叹生自淤泥。圣洁的荷花，远离某种面具的贪婪。

身处纷扰繁杂的世界，除了沉浑的蛙声，荷塘心如止水。静谧之美，没有忧伤。不枝不蔓的莲，化暗淡为鲜亮，化复杂为简单。

让心空的尘埃，落在这荷塘，也许会成为某种营养。

走出朱自清的意境，你自己的月色，也许才有光芒。

选自《魂灵之水》增订本，成都时代出版社2016年10月版

书法家（外四章）

旭 宇

春云似柔软的宣纸，瀑布一般在眼前抖开。
千斤狼毫开拓着群峰和险峡。随后是万里洪峰的奔泻。
平潭。急流。或山石般凝重，或鸥翅般轻盈。月的清辉，霞光的幻影，在九曲的江流之上，如爱情诗的迷离。
他将自己注入笔端。灵魂在九昊之上。风韶在漓江之畔。
涛声，虎啸，在笔墨的走动时，历历可闻。
大江长城，五千年雄浑俊逸，都在这不足尺的竹管里凝聚。
一生的悲欢和耕作，也都在这洁净的原野里收获。
咫尺间，他作着一生的艰难旅行。
悬挂于宏大的楼馆，得到的是一片雷鸣般的礼赞。而在挚友斗室，三尺条幅，竟是他六尺身躯在那里踱步，沉思，侃侃而谈。
登踏数千年墨海云烟，他是一条东方龙。

高山之松

春雨淅淅，我穿行在书法的园林，清新与多彩激荡着我的兴奋。在奇石之畔有一株古松如蟠龙而上，将豪情与诗意泼洒于万里晴空：他那神奇的力量让我们充满着景仰。

啊，书坛的奇松云龙，一首陈子昂前无古人、后无来者的历史诗篇。

在大河之畔，携一身雪浪，他从多少个春秋风雷激越的日子里走来。那钟鼎文的奇绝在肩头，那汉隶的古拙在双臂，那魏碑的苍劲在足下……吟着大江东去浪淘尽的诗句，如东坡居士穿行在风雨打叶声的林莽。

尽管数十载风雨的磨砺，不老的紫毫仍然如刀，一路砍着生命的裸岩，和着《诗经》的国风，铸造着属于自我原始生命的书法神殿。他将自己的执着和刚烈，挥洒成一幅幅呕心的书作，字字有风骨，篇篇有神韵，让西风烈马驶过，如银河垂下九天。成书于满腹经纶之体，泼墨于崎岖生命之纸。

岁月的原野尽是荆丛，天生我才偏爱踏浪而行。暮色里，拄杖笑看风云，裸开赤胸，任风簇射来，不老的风景里站成一座山岳。

饱蘸生命之情，一支巨毫在握，秋风横扫茫茫的宣纸原野。

一只雄鹰立于天地之间，伴着古松与奇岩的神采，融合成属于他的书法丰神。

这只雄鹰翔出宣纸，在神州书坛之上搏击，九万里长空如意，中华历史的一幅杰作。

屈　原

望着耸入云霄的山峦，我在人生的路上奔跑，脚下尽是暗坑、荆棘，和无名的陷害。我在三千年前的路上呼喊着，向着山峦，向着屈原。

他站在历史之上，那样的高大，厚厚的乌云不能将他掩盖。

道路是这样的崎岖，没有一条可以辨认。众多的先人，在这险恶的路上化成了青石，然而，还能看出他们的面貌，向前伸出的那双臂膀，如旗帜，为后人指路。

诽谤的风好狂，可不能终日。陷害的雨好大，可不能终朝。

我听到他博大的心跳了，在地层深处。那爱国的血已化成熔岩，在地下奔涌着。爱过的心都埋在深深的地层之下。它们一旦见到太阳，便成为这高耸的山峦。

我仍旧奔跑着，在山路，举着爱国的头颅——太阳，向着屈原！

河流，在前进

跟着前进的河流奔走，扶着它激越的歌声，那时，我将成为一个透明的节拍，带着嗵嗵的心音；带着微笑；带着透明的情感和成熟的爱，跟着奔流者一同向前。

当然，会有泥沙沉滞的悲哀，会有浑浊和草木腐败的氛围。但，只要前进，河流清亮的手，都可以将这些拭净。

这是一条奔腾的路。

疏导断裂的情感，带领着清幽永远向前。

为了拜望久别的原野；为了泥土绿绿的爱；为了夏日的南风演奏迷人的乐章；为了睡在宽宽谷场上的黄金；为了和平鸽在梦里歌唱，河流啊，它前进着。它应该前进。

它胸中应该有大海，那万顷波涛是何等的雄伟和壮观！还有那一颗无比赤诚、博大的心，每天都在呼唤我们向上。

重逢的心

阔别的朋友相逢，首先脱口的是一颗跳动的心，是一首惊叹的诗！

闸门打开，感情的急流带着漩涡飘来过往的岁月。

在真诚的友谊面前，地位是不值分文的。虽然你拥有高贵的血统，但是这种在常人面前炫耀的殊荣，早被你忘得一干二净。

那逝去的共同经历的苦痛，也被当成幸福的往事来回顾。

让发热的语言相互拥抱，让澎湃的心久久地握手。

因此，各自都从埋没又苏醒的记忆里汲取了力量。

这是世间最纯洁的、金子一样贵重的情感。

但是有人丢弃了它，因之，他丢弃了灵魂。

选自《中国诗歌》2016年第11卷

一个有秘密的人

老 秋

没有人知道我的秘密，芨芨草一般，覆盖而茂密。我也记不得何时开始，不再看斜阳，目送一只归鸿，寻找归途……

我想我是老了，愿意在往事中，怀念从前的影子，是不是依旧和我一起，在梨树下，等待一封远方的来信。

今夜，春风浩荡，江水一清二白。

我策反不了身体，影子像个看守，投以冷峻的眼神。好吧，我乖乖地想着："怎么向黎明，交待秘密？"

许多时候，影子安静下来，总会敲打我的胸脯，那里始终有不安分的心啊！

我不能成全，给影子装上一颗心脏。哪怕是石头炼成的也好，它至少可以被流水击中，聚拢我的呼吸和体温。

这影子，对我不冷不热，它洞穿了我的心思。

像幽井，丢进一枚石子。水花战栗，又很快平静如初。

这个被明月认领的影子，这个咬紧牙关的影子；这个享用时光没有回报的影子，这个回到剑鞘却无剑可拔的影子。

请告诉人们——让影子停止奔跑，让一阵踢踏的风，盗走可怜的秘密，我抱着影子，世界不仅仅是我一个人的。

选自《星星·散文诗》2016年第9期

一朵花的姿容让我感受春意

庄　剑

2015年3月16日,我怎么也忘不了一朵花的姿容。

在衢州,在这个全国报纸副刊同仁的聚会上,一条微信,给本来就欢歌笑语的我们平添了另一种喜庆。

车在高速公路上欢快地跑着,车内的祝福声此起彼伏。

车窗外,三月的菜花正黄,绽放出金灿灿的微笑;三月的桃花正红,挂满了粉嘟嘟的春意。

我仿佛听见了从远在千里之外的长江第一城传来的那一声啼哭。

那一声啼哭,像阳光落在叶上,像雨落在花瓣上,真实而虚幻。

那一声啼哭,是你给这个世界的第一段告白。这段告白,以它特有的密码,打开了一本书的序言。

归心似箭。

机舱外的云朵构成无数美妙的画面,涌向眼前。

我闭上眼睛,细数心中开放的繁花和浇灌繁花的水滴,感受阳光正醺,日子葱茏茂盛的惬意。

语果,你的到来,不仅使语言的树开满了春天的花朵,还让我们对秋天的果实充满了期待。

无疑,你给我的人生带来了一种新的启迪。

选自 2016 年 6 月 3 日《中国文化报》

吹箫人（五章）

许　淇

编草鞋换米的哲人——庄　周

庄周住在逼仄的土巷一间歪斜的临街小屋里。

庄周落满灰尘草屑的蓬发是黄的，细长的脖颈是黑瘦的，穿着的袍子是打了补丁的。

他编草鞋。他手不笨，编得又快又好。

他可以讲学，述而不作。

"惟道集虚，虚者，心斋也。"

道不能当饭吃。草鞋能换米。草鞋是要编的。越编越多，滞销产品堆积了一屋子。弟子不少，采取包销的办法吧！每人一百，一律打七折。别怠慢了"道"。

"卖草鞋喽！"满街叫喊，"道"也可进入市场，所得，除了米，还买了几尾鱼。

久矣不尝鱼鲜了，老庄直流涎水，回去烹煎佐酒吧！

可偏偏碰到老朋友——做梁国宰相的惠施。

好威风！滚雷般三百匹马，一百辆车子，轰轰的，把庄周挤到街沿边儿去了。

委实多余，一切都是空的。鱼呀，我占有你们干什么？我吃了你们，我又当谁的牺牲？还是放你们回归江河吧！

这样的庄周营养不良还不得死得快么？

生前草鞋推销不出去，死后搞点赞助排场排场，弟子们为此讨论得很热烈。

病危的庄周说:"天与地就是我的棺椁;太阳与月亮是我墓的连璧;珠玑星辰缀在我坟地上空;万物都是我的殉葬品,要你们瞎掺和什么?"

一弟子答:"扔在野地里怕乌鸦和鹞子啄吃你呀!"

"唉,傻瓜!"

"天葬让飞禽鸟兽吃,土葬呢,让蝼蛄蚂蚁吃。你们为何偏心眼?一定从乌鸦鹞鹰嘴里夺下送给蝼蛄蚂蚁吃呢?"

说完,庄周就断气了。

市墟已远。广场空寂。雨后路旁的积水倒映着忧郁和迤逦的矮墙。

重逢歌手李龟年——杜　甫

到了晚年,又老又贫又病。在湘江边的长沙城里,忽而遇到故人李龟年。

是我们的歌手么?想不到落花时节又逢君。听了你的歌我掩面而泣,当哭,哭我们逝去的盛年。

且典当了我的百衲布衣,上酒楼痛饮一樽。

还记得歧王宅第、崔涤厅堂么?还记得公孙大娘的"剑器浑脱"么?女子戎装舞剑器,裸身跳浑脱,柔媚和雄浑交织,宝剑如雷电光歘,神技若羿射九日。你的歌同样伟大,唱得云停风止,群鸟也不再啁啾。快为我击节唱一曲吧!可惜我耳聋重听,大声,更大声些!唱"红豆生南国",看,正是江南好风景。

你老了,我也老了,都不胜酒力矣!旧日长安,今朝湘江,关塞萧条,行路弥艰。最让人怀念的是浣花溪畔的成都草堂,茅屋为秋风所破,只剩一地的星光;而今万事已黄发,老来闲身,且随沙鸥浮沉天地……

你问我以什么为生?我既不能歌,又不会书画,卖唱鬻字无门,我只得在渔市设摊卖药。我这药可是货真价实决不掺假!如今我患疾病舟泊于洞庭，缘岸而居，何时你来舍间，观岸边桃花灼灼，佐我兄弟酒兴。

朋友，今日相逢明朝飞篷远去西东。你说也许客死羁旅，声带迸裂；也许荒郊野坟，为孤鬼一叹！我祝愿你歌筵重开、声名再振。来吧！且将杯中酒干了，我的绝代歌人李龟年！

四月的一个夜晚，长沙城兵刃血灾。杜甫又要携家逃难。到秋冬，萧森木叶作辞枝哀赋。杜甫于舟窗中见参星出现在冬月的南天，阴霾的水乡传来祭鬼的鼓，为葬在岸边的早夭的女儿，还是引渡奄奄一息的诗人的幽魂？

如此月情，像邂逅一位生死契阔的老友，温暖着周遭尚未冷却的黄沙。

雨淋铃

雨潇潇。

灯下，稿纸惨白。绿色的小蛾扑来，一阵焦死的绿雨。

窗外夜雨，看不见，触不着，像盲者只听见自己的手杖在人生的道途，在光明的边沿，敲着跫音。

一声远又一声近。

潇潇，浙浙，澌澌，沥沥……

最初的一滴落在盲诗人的眼睫毛上，像昆虫的敏锐的触须感知世间的温暖，于是他看见故去了的母亲的容颜，和那温柔的泪光。

夜雨落在无人的深巷，如迟归的幽灵。

夜雨落在泊岸的乌篷，渔火朦胧，孤枕难眠。

夜雨落在金秋的桐叶上，吟笔哀弦谁听？

夜雨落在都市的街头，泼洒红灯绿酒……

夜雨落在江潮的起落消长里，雨曲急骤缓徐。

潇潇，浙浙，澌澌，沥沥……

夜雨落在心里。

灯下惨白的稿纸上滑动笔尖，犹如盲者的手杖探路，用紧锣密鼓全部的感知力量，升华人生坎坷。

无比落寞，更深独坐在紫绡的夜阴。斑斑星屑缀夜空如鬓影零乱的散珠。

阳关行

去年中秋节，我在嘉峪关。

春风不度而宜于秋。

当一叶坠，一叶而使关隘更具雄阔。

月亮真好！是蜜橘和甜橙的颜色，如此月情，像邂逅一位生死契阔的老友，温暖着周遭尚未冷却的黄沙。

朔风初起，拂开了一缕沉霞，似月容的眼睫，蛰醒在地平线的那边，瀚海的那边。

那边，敦煌千佛洞的供养人个个思凡，手捧的白莲花瓣瓣香溢。

那边，驼铃和木鱼敲得一弯泉水玉碎。

龟兹精巧的琵琶裸卧在乐妓的怀里，被爱情捂热了，鲜活在指的撩拨下，波荡着千年的渴望；森林蔚蔚的旋律里藏着的精灵渐渐的亢亮。

还有萧晨寥夜，听寂寞的羌管吞咽相思的秋露。

还有失传的秦弦子，时而秦腔高调，时而喑哑游走在低音上，现代大提琴模拟着风，像黄叶敲门，像幽会的暗号。而秋风，吹掠了惊沙、大漠、荒古……

今晚，我坐在嘉峪关城头上遥望敦煌，我仿佛看见无数把火炬似的流星落在洞窟。蓝眼珠的盗宝者大呼着芝麻开门。中世纪的工匠们还在墓地劳作，他们身边没有女人，均化作飞天而去。于是他们涂抹大片的靛青，青蓝的中国银朱，在空白的时光之墙面。

他们的梦呓和喘息，震波似的传递到现在。

什么是地狱？大地深处的囚徒，被自己的艺术困住，不是永在的心灵的牢狱么？

地狱实在比天堂还要富饶。

那是去年中秋,我在嘉峪关。

秋月如霜,共祁连山头积雪,看一样的照眼明,一样的伤心白。

我听到一阵模糊的话外音,仿佛城市坼裂的声音,在人们内心爆炸,和外部世界不断撞击,使无数活的灵魂成为尸首。

吹箫人

这是一支湘妃竹制成的箫,上面洒过女人的眼泪,因而声音如此幽婉吗?

在尘封的角落,它被废弃了多年,劫后犹存,幸未被劈作柴烧。

它的主人,把它抛弃了,在牛棚里住了多年,几乎丧失了对音乐的思辨能力。

其实,箫是他最小的姑母的遗物,一个患肺病而早夭的少女,对着玉也似的月亮,倾吐着她对爱情的向往。

箫上面的流苏,便是那双玉也似的纤指亲为系结的。而今,流苏的胭脂色已褪尽了,犹如褪色的记忆。

她曾经吹箫送别她偷偷恋着的青年,据说他是去投奔新四军的。明窗开着,她倚楼吹着、吹着,仿佛天际长江的波涛全涌入她羸弱的胸怀(是时代的洪流吗?),而他,在杨柳堤岸,忽然回首凝目(啊,"楼上黄昏,马上黄昏")。他除了用箫,还不曾和他说过一句话。

现在的箫的主人,搬入新居,重新拣起这姑母的遗物,挂在洁白的墙头。冲激着沉默的箫的是西方音乐,是他的儿子的四喇叭中喧闹的、繁杂的、扭摆的、现代的……

一天,贵客临门。客人是一位威严的老者。眼下的职务,是管理这座长江边的小城市。主人和他的儿子殷勤地招待着,几乎有点儿受宠若惊了。

老者却久久盯住墙角那支系着胭脂流苏的箫。他拿下来拂拭，这湘妃竹的九节洞箫，曾经洒过女人的眼泪。惜乎此调不吹久矣！

"我还是喜欢听民族乐器。箫的音乐，东方人的情感，如同青山一样淡泊，绿水一样长久……"

老者又说："记得我参加革命那年，就在这一带的一座旧楼上，有一位我认识的白衣女子倚楼吹箫，好像在为我送行。从此，不知为什么，这箫声我再也不能忘记，即使在炮火连天的战场上……"

"既然书记喜欢，那就送给您老吧！"

主人的慷慨，使客人受之有愧，却之不恭，却终于将箫带回家，挂在自己办公室的洁白的墙上。

当晚，他在院中步月，骤然一缕箫韵，袅袅婷婷，虽然不同于往昔，虽然生涩、单纯，却是欢快的、健康的，恰似那隐隐青山，悠悠绿水。

他抬头一瞥，凭窗弄箫的是他学音乐的女儿。

选自《大沽河》2016年第4期

刻骨的乡愁（二章）

许泽夫

草 垛

它和稻子一母所生，一脉相承，风雨与共。它是稻子的兄长，先有它，后有稻子。

打谷场是一张巨大的手术台，它和稻子这对连体婴儿被脱谷机或碌碡分离开，开始了两种命运。

它们几乎前脚跟着后脚离开晒场，经过弯弯的乡间小路，走进村庄。

稻子进屋了，当做宝贝疙瘩供在粮仓，仓门上贴着大红的对联。

它就站在门外，它丝毫不觉得因为是草而自卑。在我们的心目中，它就是一尊门神，守护者这个家。

每一棵草上都沾着阳光的气息，堆积成垛，宛如一轮太阳，给清贫的家一种别样的希望和温暖。

草垛，是炊烟的发源地，一天一捆地抱回灶堂，袅袅升腾日子的芳香。

草垛还是童年的乐园，可以像山一样攀援，可以像草地一样驰骋，牵着青梅竹马的阿妹，它是我们快乐的海洋。到了霜降，我们还和恋家的麻雀一起越冬。

草垛，记忆中幸福的天空和广场。

水　瓢

一根藤上结出的葫芦。

母亲，不偏不倚，一分为二，去瓤除籽，接受太阳的洗礼。

一只葫芦，两只水瓢。

一只置于水缸，另一只置于米箩。

虽居咫尺一室，宛如天涯之隔。

本来就是一母所生，活生生切开，硬生生分离。

思念，是止不住的渴。

渴，渴啊……

于是，大口大口地舀，大口大口地喝。

弱水三千，只取一瓢饮。

一瓢接一瓢饮，饮尽三千弱水……

选自 2015 年 12 月 30 日《江淮晨报》

风雅塘河（三章）

任泽健

夜的眼

　　一切从黑暗中重新开始，比天空更低的塘河缓缓流淌。身边的这条塘河，历经千年的风云。此刻，它显得沉稳，隐藏了白日的喧闹，也似收拾了岁月的浮躁。

　　水上，灯光映衬着不明飞行物，留下忙碌的身影，不安的、匆匆的，沉迷在夜色里。

　　谁在夜色里歌唱，他又在歌唱什么呢。顺着他的目光，看不见月光。听着风中飘来的歌声，诸鸟也陷入沉默。被歌唱的苹果像太阳，被吟颂的黄橙像月亮。

　　垂钓者，坐定在一块石上，视线凝聚在钓杆上那束光里。

　　一个中年人低头沉思，他望着远方，望了很久，终于感受到黑夜里的光亮。光明的获得不是在仰天长啸时，而是在深深低下头的瞬间。

　　路灯慵懒地照耀着，光亮处，有飞舞着的小虫。它们是求生？还是表演？

　　夜的眼，她具有不曾被污染，纯粹的黑。

　　夜的眼，她包容了一切，而又显出个性十足。

　　一个个窗口。一闪而过的车影。

白如霜

霜,是在第一缕阳光里逃匿的,无影无踪。

薄雾罩在水面上,淡淡的。起了个大早,我在塘河边散步,迎面走来的是一朵朵鲜花,三角梅、茶花。在这沉静的早晨,这些花开得有点突兀。

水边的芦苇,青黄参半。蒹葭苍苍,白露为霜。那跨越千年的风霜并不在此一刻此一地驻足。

沿着记忆,寻找去年开放着的两棵梅花,竟没了踪迹。

细小的豌豆花却开得很艳丽。这卑微的生命,总在冬季开花、结果。我蹲下来,仔细观察,娇小的叶片上,还有淡淡的霜色。

外省,一个偏远的小村小镇,有着极其丰富的历史记忆根脉。那些根脉,犹如细丝般缠绕着,挣不脱,解不开,又一点点影响着当下的生活。这也是一种大恩赐吗?诚如来自上天的霜,不动声色地来去。

白如霜,白—如—霜。

阳光味

在塘河边晒太阳,是一种莫大的享受。躺在枯黄的草地上,任性地眯上眼,管它东南西北风。

"太阳,你这个圆圆的魔术师,如此慷慨地普照着大地,你在人们眼前创造出了这么多的奇迹。"

旁边有喧哗声,也有风声、鸟鸣声。只有水的声音很安静,自己的内心也很安静。

回到村庄,回到过去的阳光下。从屋檐上撒下的一缕缕阳光,照在一位老人的脸上,她认真地剪纸,一副小猴子的图案,活灵活现。我在一旁看了一会,她竟大度地签上名送给我。

生肖,把人和动物拉近了。似乎再告诫我们,从哪里来,到哪里去。

不少人家门口挂晒着酱油肉，一串串在阳光下陈列着，吸足了阳光，成为一种风景。

生活有时就像一幅幅作品。面对如此逼真的写实作品，你只能归为抽象。

生活有时也是个人隐私的事。行动，而不是表达。

这样想着的时候，我的全身也沾满了阳光味，新鲜的阳光味。

选自《泰顺文艺》2016年第1期

午后，在宽窄巷子里走神

任俊国

一

岷山的雪水悠远而清澈。

从都江堰进入成都，我的山水情怀还久久停留在内外江上，停留在两千多年的时间深巷里。

此时，成都少城从另一条两千多年的深巷里走出去了。我在宽窄巷子的街口，从些许的提示中眺望它且行且远的背影。

窄巷子不窄，随便坐进一把刚够容身的竹椅子，整个世界都在眼前安静下来。

宽巷子不宽，但装得下成都整个午后。

一巷影子斜斜地递过街那边，抚摸墙砖斑剥的光阴。我彳亍而行，阳光筛在身上，一次又一次拷贝一个又一个我。

总有一个我在前面巴巴等我，总有一个我在后面不紧不慢追我。

梧桐树与我移步换影。女贞树用打望的眼神分开三三两两的人群，出了巷尾。

门扉临街半掩，几许绿意隐约，仿佛墙里佳人的笑就要从秋千上荡出来了。时空穿越，我已迷失在东坡先生的《蝶恋花》中。

我急忙叩响虎头门环，让喑哑的敲门声把我从另一个故事中带出。

白底黑字或黑底白字的旧宅名或老店铺的匾额早已颜色剥落，

却为门前伫立的女子平添了三分典雅，五分恬静。她的一脸温暖也走神了。

不远处，风看得痴了，一头撞在银杏树上。

树痂又多了一层记忆。

窗台上的花有开的，有谢的，主人也不修剪，随意便好。影子比我好奇，早已挤进了雕花窗棂。

屋檐上的黑瓦参差不齐，瓦沟已起伏弯曲。时间老了，佝偻着身子。

那个修竹椅的人，正在把一段旧时光慢慢摆放平稳。

当我走出巷子时，一个车水马龙的时代已经走远。

二

沿街的竹椅三三两两坐着人，也三三两两空着。你坐下来时，阳光也坐下来，整条巷子就踏实了。

当一盏盖碗茶端上来时，那就巴实到家了。

茶老板隔桌用"凤凰三点头"的方式给你的茶碗掺水，也掺进一线阳光。即使不喝，闻着就精神，看着也亮堂。

于悠然时，你还会读到爬上虎在老墙上写满的青春誓言。

抬头便见燕子歇在雕花的屋檐下，说着春天的话语。门前那口春米的旧石臼养着几尾鱼。于此恍然大悟，原来那个遥远江湖从来也不曾走出过柴米油盐。

斑驳的历史从已经有些风化的老墙上掉落下来，又被来来去去的脚步夯实。巷子里的故事，将会在你寂寞的旅途中带起仆仆风尘。

盖碗茶把你走远的幽思拽回来。当一口茶抿在嘴里时，你又一次走神了，仿佛有一位戴着茉莉花的采茶姑娘远远地向你走来，静静坐在你身旁，然后莞尔一笑。

你笑了，有满巷子生动在走。

谁在那边轻叩茶碗，清唱川剧昆腔。在宽窄巷子里，成都平原与江南水乡只隔着一缕茶香。

茶桌上那盏碧潭飘雪，赊下了整条巷子的悠闲。

于你走神时，有人正走出青年旅社，有人正走进青年旅社。在宽窄巷子，天南海北只隔着一盏盖碗茶。

从宽窄巷子看成都，即便在现代化进程中也不失分寸感。

三

坐进午后的宽窄巷子，连季节都会走神。

春日，你脚边的那盆刚开的小花，还沉浸在梦中呢。你和蜜蜂只是梦境中的过客。

蜜蜂会爱很多花，但每一次都很专一。

夏日，在树缝筛下的蝉鸣声中，宽巷子一忽儿窄了，窄巷子一忽儿宽了。在四合院的门边，蒲扇开始打盹儿。

时间开始从手中滑落。

秋日，踩过几片萧萧落叶，闲坐在街边，看一只猫在屋檐上圈着太阳睡觉，你就不自觉地也把太阳抱在胸口，远远地听见外婆呼喊你的童年。

童年在巷子里跳着"马兰开花……"。一个纯真年代似近亦远。

冬日，一盏热茶上来，暖暖手，暖暖嗓子，和朋友说几句暖暖的话暖暖心窝，慢慢呵开雾气，阳光正好偏过午后，斜进巷子，斜进心坎。彼此不再说话，在竹椅上迷糊一会儿，一个冬天就过去了。

站在宽窄巷子和春天的巷口，总想遥看西岭山上的千秋积雪，或是想想黄四娘家的花蹊。

如果你想找个"角落"清静或孤独，就来宽窄巷子吧。

宽居窄欲，窄居宽心。这也是一种远方。

四

拣一个靠街边的位子坐下，放一本书在面前。即便你不读，阳光也会一行行地读下来。

其实宽窄巷子就是一本书，你有幸成为了某个章节中的一个词语，或是未完待续的一个伏笔。

不知何时，你左边多坐着一个人。和你一样，她不说话，她是一个有思想的词语。

坐在右边的人也不说话，他和墙背靠背睡着了。阳光很好，稍稍地下移，毯子一样盖在他的领口。

木格窗的影子，在花格子桌布上，跳格子。

邻桌上，一盏茶向后移了移，时光也向后移了移，于宽巷子中穿过了历史的窄门。

选自2016年8月27日《作家报》

灰喜鹊（外一章）

安　琪

　　穿过熟悉的现代文学馆大院到鲁院报道的第一天，我在结冰的池塘上听到一阵恰恰恰的叫声，只见一群灰黑色羽毛的鸟儿倾斜着迅疾地飞。停下脚，拿起相机，偶尔捕捉到栖落在冰面上的一只两只，内心有点嘀咕，这是什么鸟，乌鸦吗？可不见乌鸦的瘦削和乌；这是什么鸟，如此肥大壮硕，如此恬静自如，既不理人也不怵人。我用镜头把它们拉到我的眼前，恍然想起一个词：灰喜鹊。我甚至看见一只灰喜鹊叼着一根树枝静静飞到屋顶上歇了一会儿再继续飞往我不知的他处，它是筑巢去了。

　　北方的灰喜鹊，遍布冬天上空的灰喜鹊，和我记忆中南方喜鹊娇小身躯完全不同的灰喜鹊，在这样一个春光开始吐露、小芽萌于枯枝的日子，成群结队自由自在地，来了。

　　你只能静看它们翔集，你喊不来呼啦啦飞起又三三两两驻足的灰喜鹊。

记事：风

　　今天突然刮起五级风，急吼吼地叫着。从四层窗口望出去，铁皮屋顶嘎嘎作响仿佛铁皮和屋顶就要剥离，街边小店门口待客的塑料桌椅早已可怜巴巴躺倒一地，老板也懒得收拾它们。树们痛苦地迎风低伏或昂首，树叶哗啦啦，这些春天才开始长出的树叶现在已经很肥大了，我凝视片刻，突然有一个惊奇的发现：没有一片树叶被风吹落！联想到秋天树叶无风自落，明白树们一直坚持着自己生命的规律，不为外力所左右。

　　要是人生如树，在青春时也能如此坚挺，不为外力所袭，该有多好？但事实却是，恰恰青春的生命不如老年坚韧，看看那些自杀的，难道不大多是年轻人吗？这些年轻的生命不明白，他们所认为的过不去的坎，多年以后回头看，真的很小很小。只要你现在走过去，就行了。一个人要到树叶不用风吹也会凋零的中老年，才会倍加觉得生命的美妙，幸与不幸，都是值得珍惜的生命体验，都想平平安安地走下去。

选自作者新浪博客

最后的麦田（外一章）

如 风

在这座城市的边缘。
在那个叫做天北新区的地方。

那原本是麦田和其他庄稼的的家园，布谷鸟和麻雀常常在这儿追随着四季的翅膀飞翔，小草在这里自由地安家，野性的芦苇也曾在月光温柔里心醉神迷过。

低矮的土屋有过昏黄的灯光。灯光下，母亲的黢黑的面容让黑夜变得光明。

破烂的院墙里，黄瓜、豆角翠绿的青春热闹着袅袅炊烟。那扇风吹日晒的柴扉，目送着谁到远方寻找未来？

——如今，它们都去了哪里？
林立的高楼上空可有一朵昨天的云飘过？

最后的麦田阳光下依然在灿烂！
在风的节拍中，海浪一样澎湃的舞蹈，几只蜻蜓和蝴蝶陪他唱着最后的挽歌！

一片鞭炮声中，推土机和挖掘机又将开辟一片新天地。
仁慈的人类啊！可否挽留这片城市边缘的麦田，这片滋养着我们生命的麦田。

我想象着，走在天北宽阔的马路上，抬首可眺蓝的天山，黄的麦浪。

我想象着,我的家园不光是高高的楼房,空气里还弥漫着麦子的气息和布谷鸟的歌唱!

秋风吹过

一

繁花不再。草原枯黄。转场的哈萨克牧人赶走羊群,也赶走了炊烟。

群山,原野,静默地站在秋天温和的阳光里。终于安静下来了,这沸腾的人间。

用不着遥望,抬起头就可以看见群山之巅闪着银光的皑皑冰雪,冰雪之上,是苍蓝苍蓝的天空,没有一朵云彩飘过的天空。

走在暖暖的阳光里,我的目光,随着这仁慈的阳光缓缓抚摸着空旷的大地和沉寂的雪山。无所不在。

我热爱着这原始的宁静,属于原野的世袭的宁静。

旷野的风,迎面吹来,穿过我身体里的忧伤,向后退去。

二

秋风吹过。不要下雨啊,也不要下雪。

田野里的棉花被光秃秃的棉杆举在高处。一些庄稼还在地里,农民的眉头正锁着乌云。

一车干草在运回的途中,一群羊走在转场的牧道。

秋风吹过。一只鸟儿正在赶路,两只獾子就要挖好过冬的洞穴。

秋风吹过的原野,一道山梁上走来了远归的游子,杏树下一粒沙尘落进了母亲的眼睛。

三

薄薄的暮色里，我和一场秋风相遇。

光秃秃的树干高举着红尘，零星的枯叶被风追赶着，惊慌失措地赴向未知。

远处，南边的依连哈比尔尕山已闭目打坐。近处，闷声不响的车流像一支支箭，射向与我无关的方向。

停下迟疑缓慢的脚步，抬起头，我透过黑黢黢的枝桠仰望苍穹。而苍穹，在我抬头之前，就一直注视着我。

这万物的人间啊，请允许我的行囊落满尘埃，请允许我，和大地一起沉入长长的冬眠。

选自《星星·散文诗》2016 年第 3 期

天都峰是我锁定的表情（外四章）

阮文生

踩塌虚空，剩下的石头在云中走动。沉重的东西轻了，它们和云比肩接踵。它们一定找到了捷径，一些负担从身心减去，风诡云谲里就能立稳脚根。

翻落的泉水在途中，就像燕子的羽翅，遮住春天的影子。一丛花儿说红就红了。不管局外或其中，我们遗失在越来越密的石级上，又在陡峭的阳光里补上自己的行踪。我看到叶子，从底部一直绿到山顶，只用一口气。真的够平静，一点没把差别留在心跳中。看到这个大气象，真的好感动！

汗水制造了好些噪声，深色的划痕在燃点火种，手臂和脸色一起红了。我还是无可奈何地重了。双腿继续搬动自己，真的有些力不从心。

从慈光阁到半山寺到老道口至少用了两小时。看到那么多的人，带着各自的经历在玉屏楼汇总，我开始打开镜头捕捉笑声，对面的天都峰是我锁定的表情。

平湖水韵

每一块水都打量了山的坡度和性质，大小高低配对了，然后稳稳地放上船和飘动的岁月。构筑一幅山水，让尺度和境界舒展开来。好比一个动作，高处的眼神和低处的水袖，同一时刻里抵达同一状态。

春风潮湿了，灰白了。山水的神韵，在目光里荡漾着，清澈着。水波推翻水波。更多的意味扶着破碎，站稳角色。木质的舢舨啊，还有多少港湾和怀想需要连接？生活容易像意外一样地断裂了，拉出一条鱼，就是从等待中抽出一个白亮的环节。那里的内容倒塌了一点，四散开来的警醒很快回归。喜悦把悲哀拉直、包容或覆盖。

平湖里的水，是以芭蕾一样的旋动而站立的，它们扶着目光，进入我的世界。壮阔的波澜，波及20年前。转场亮相，一只铁船翻着寒暑的深浅，明亮的浪花追逐并聚焦起多少来回。

在齐云山读老子

我们和我们的诵读之声，绕着齐云山峰上升了，那么多的伞盛开在太素宫的大门。抵住风雨，我们在名山名篇里来一次停顿。得像汉字一样排列齐整些，我们又一次饱览了绿叶、雨雾、神龛和碑文。

"天开神秀"其实是将多余的山崖除去了，一直向着精华逼过去。逼成一个凹地，让一声蛙鸣成了永远的响鼓，仰面即可看到草木、崖刻和高度。每回抵达这里，我都觉得，还应徘徊、仰望、拍照或深入，不要轻易就过去了。垂下的藤蔓、阴影或幽静，都是脚步。我们在重复自己，绵绵的秋雨删除不了脚步和途径。

月华街上的石道，让小雨或月光涂染成带着泪光的插曲，悠长舒缓而起伏。翻过深壑，越过山峰，没有惊动山居里的动静，然后从容地进入一堆篝火。旅程、人生或心路就这么潮湿又温暖了。从名篇逸出的石道，不要任何解说，就将我们一一过滤了。

鹰将指数写在天上

那么多鹰在聚集！乌石上空不再空白。乌石上空应该很热闹，羽毛反复擦着，天空干净极了，从深处发出光芒。雄鹰和母鹰将各自的经历展开着，一些花絮和九霄云外联系起来，花絮继续被飞翔伸延并覆盖。阳光从上面铺排下来，目光从底部托举上去。上下碰撞产生的寂静是巨大的，光线丰富多彩起来！

鹰将冰凉的，温热的去向集中统一起来，就像一个灵敏的感觉，不断地调谐和转移来自不同方位的亮度。其实，是鹰照亮了我们的视野。它们用矫健的姿态，突显了生命的存在和位置，补充并更改了天空的色彩和苍白。关于生命生态关系的报告，用了很大的数量和篇幅。它们甚至用翅膀来概括和倾斜。应该是个幸福的指数。乌石湖里鱼的数量，山上果实的数量，都多起来了，兔子，狗獾漫过了山坡。鹰用自己麻黑的色彩，将指数高高地写在天上。

乌桕树

一棵乌桕树立在地头站在窗口。柔条已将时序连接，竹叶隔岸相随。薄暮里小路压低了行色，多少根部不再留有春天。几缕野草遮掩过来。

等待是铁黑的。多少沧桑都够惨烈，钢铁撞碎的静谧，草木一时补不过来。鸟影、虫鸣、伤疼，深深地陷入夜色，我也在那里，一时回不来了。

这不是最后的乌桕树，沉默同样是响亮的发言，松鼠和鸟声都上来了。寒凉掠去的秋辞，早醒了。南风找到节律，枝杆颤悠起来。清亮的水流里，卵石间的搭配仍然纤毫毕见。树影涂染的航程里，小鱼儿也深沉起来。

选自 2016 年 11 月 30 日《黄山日报》

印象青州(二章)

刘 静

九龙峪

一棵树,便是一道风景;一块石,便是一个故事。

沿一丛青翠进入,所有的期待,都伴随着一声雀跃,在一泉清冽中舒缓地打开。

用目光爬山的人,喜欢把灵感张扬在眸子里。

然后,以水墨的姿态,勾勒微笑。

与阳光对坐,和惬意交谈。

几声鸟鸣,蓦然间,拔高了大山的灵魂。

45度角的仰望,将每一种意象和表达,都在瞬间开成一朵花儿。

而我把玩的诗句,就在那一刻,生长神魂颠倒和慨叹。

九龙峪,我在北方时,把你想象成梦里的一处驿站。

而如今,我在你怀里,你,却成了我恋恋不舍的情人。

并,以心相许。

井塘古村

在这里,时光是倒转的。

老屋、土坯墙、茅草棚,是一道道让人瞠目的风景。

老奶奶咿咿呀呀的哼唱与舞姿,是我读不懂的天籁,而站在天之外,我是外星人。

一种简单,是触手可及的返璞归真。

一汪清泉,将游人的灵魂,无一例外洗成纯净。

或许,这古村,是岁月无意中遗留的一枚野果。

一捧山核桃,就能满足古村人每天收入十元钱的愿望。

而简单到极致的随遇而安,挑战着城里人被铜臭勒紧的理念。

在石碾旁坐一坐,闻到的不仅仅是山野的气息,震撼心魄的,是灵魂与灵魂的撞击。

古村人,用简单到不能再简单的淳朴,书写现代版的世外桃源。

而山外的日子,每天都在发芽……

选自《散文诗》上半月刊 2016 年第 8 期

一匹奔驰的马（外三章）

刘向民

一匹奔驰的马

一匹马。一匹白马。一匹奔驰在高原之上的风。

风一样的奔驰。把白天抛在身后，把夜晚抛在身后，它同清晨一起，与高原迎来一个凛冽的季节。

冬季。这个冽冽的季节，高原上堆积着晶莹的白雪，像白马奔驰，像风奔驰，奔驰在高原上。

这个季节是高原的季节，这是白马的季节。

不远之处，春天正在漫延，

白马的皮毛正在泛绿，高原也在酝酿一场花事。

古 道

已经无法辨认曾经的脚印，劲风劲吹，已荡尽旧日的灰尘。

是崎岖的，也是狭窄的，时刻承受着风雨和雷电。

走过运输的马队，运载过布匹、茶叶和粮食。也走过迎亲和漂亮的新娘，也送过老死的长者。

曾经飘扬着赶路人的吆喝声，曾经飘扬着行路者的高喊声。

是亢奋，是快乐？更多的是苦涩吗？

是泪水吗？滴落在一块破碎的陶罐上，发出一声低低的铿锵。

幻　灭

用有力的嘶鸣，窥视迷茫的梦。

揭开洪荒的谜底，不能缺少拔山的气概。

掐断一朵玫瑰，让浅绿的汁液洒出，喷出最后的激情。

带刺的棘荆穿过黑暗的手心，真情是孤独的门槛，

生活的荒诞总是作出盲目的热情，打开心窗，只有自己在淡蓝色的冷漠里踱步。

创造悲痛的历史，让希望和幻灭共存。

麦子，我至亲至爱的兄弟

从北方到南方，麦子都风尘仆仆。

麦子是农人的宝贝，麦子是农人的骄傲。

农人耕种的土地，细细耙平所有的坎坷。

一马平川。让牛和自己，使出此生最大的力气耕种。

麦子是一棵棵发芽的，又一棵棵盘墩，疯长一地。麦子家族从冬天的时候就炫耀自己的壮阔。

我静静地等待麦子扬花，灌浆，听见麦子啪啪拔节的声音。

我的情绪瞬间释然！有如闪亮的镰刀，发生轻轻的惬意。沉着的情节，等待即将升华为鲜亮的日子。

一群鸟低飞，沿着麦子的头顶，或者放飞思绪。

从去年秋天一直到现在，麦子，我都一直没有离开你。

麦子，你是我至亲至爱的兄弟，你的形象是我的追求，我一直守望着你。

选自《大沽河》2016 年第 1 期

一个北方男人在南方

刘俊科

珠江边

暗流隐去谎言。江面静而不止。

岸边,历史的骨头给现代化撑起了虚荣,偶尔的痛感,给今天的江水投下一粒石子,涟漪渐渐消失殆尽。

我没有勇气发出一声叹息,也没有勇气放下一缕眼神。

一个趔趄,让天空倾斜。

湿漉漉的江边,曾经滑倒了多少才子佳人的爱情?还有那位清唱的女子,孑然独立,可歌声已经寻不到一个可以空拍的亭子。关关雎鸠,一缕细细的相思,逆流而来……

记忆、风尘、岸边的回声。满江清澈见底的忧伤,让一腔悲悯惊涛拍岸。

江边跑步的女子,衣袂裹夹着江南的曲线,像一枚信号弹,点亮了珠江的清晨。

江风温润,把我虚弱的端着彻底粉碎,伏倒在珠江的石榴裙下。

鸥鸟的叫声杂乱无章,飞翔却是悠然有致。

水,溅落在我的脸上,轻轻地抹掉,双手一伸,成为翅膀……

在岭南

岭南本是诗意的坡地,却滑落着平平仄仄的枪声。

珠江的水势经久不衰,起伏跌宕着血淋淋的历史故事。

一所军校,成为历史的岸,迎来送往。

迫近的民国,在公元纪年里用加法实现了追逐。

江边的码头,摆渡过多少慷慨赴死的将士,又接回来多少从容就义的灵魂。

我无力想象,这所老房子里的军人,最初的梦想。但是,作为迟一步走进历史的军人,我可以在心里复原他们的慷慨悲歌。

在岭南,我无意间掀开了历史的一角。夜已深,我在珠江边聆听,回响,佩剑一样,紧紧依附在历史的腰间。

酣睡的江水,漂浮着喘息,星子潜入水中,闪烁,似在诉说。

在岭南,我的珠江之梦,连着我生命的信仰和生活的意义。

选自《山东文学》下半月刊 2016 年第 8 期

夜窗（四章）

李 成

花 园

在我的窗外有一座花园，碧绿的树簇拥在一起，叶子爆发，像瀑布一样高悬；绿丛中，时而有一朵猩红的花蕾像火焰一样闪现，又像云霞一般飞动；一座亭子在绿荫下沉默，总在等待谁来临，凭轩叹息，遐想联翩；假山上的溪流单调地重复，而鸟语声喧，露珠串串，一道道闪电神秘地潜入，波涛汹涌，整个花园就像一座岛屿出没于万丈红尘与人海潮汐，向着彼岸航行，并在途中把一切的喧哗与躁动化为一眼喷泉，天幕那闪亮的屏风上云影匆匆……我常常临窗而望，嗒然若失，直到微风吹来拍动窗帘，一刹那间，我不知道身在何处，眼前所见是花木泉石，还是被风掀开的心灵的一角抑或昨夜的梦境！

期待一首诗

用漫长的时光期待一首诗是值得的；用漫长的时光期待一首诗或许是命运。

我坐在时光的深处，不一会儿，就是满面苍老的容颜。但她仍是那么年轻，那么窈窕，那么轻盈，走过来，仿佛脚步无声，走过去，也只有一道泉水的银练；

我起立徘徊，天光云影随我移动，像一座花园。我多么渴望与她携手而立,看云舒云卷;可是正因为她的到来,大海上才潮起潮落,她转身离去,一天的海光像瀑流一样崩泻……

不,我要与她真真切切地见上一面,我要凝视她深而黑的大眼睛,在多么漫长的夜晚,便有明亮的星空把大地上失眠的森林照亮,我以一棵藤蔓的速度穿行,跳跃向地平线……

但是她迟迟不来。我的心便如石扉不开。我的头顶一次次落满暮霭……

流云霎霎,泉流细细,喇叭声咽,小径上飘下一片又一片落叶:

或许,这就是她的足迹;或许,真的需要用一生来等待:她来临的一刻,光彩照人,光耀寰宇……

动物园

在这里我看见因为饱食终日而变得十分安宁、休闲,没有一点点骚动,没有一丝丝的喧哗,一切都像画布上的图案,每一朵花都可爱,却没有一点芳香,没有一丝摇曳……

在这里,我看见安静下来的闪电,渐渐熄灭的火;

在这里,我看见慢悠悠的踱步,舒适地亮翅;

在这里,我看见耷拉的翅膀,半睁半闭的眼睑;

在这里,我看见一个接一个地传染的哈欠;看见随着哈欠而弥散整个园子的甜腻与睡眠;

在这里,我甚至看见像人一样彬彬有礼,向人讨好的滑稽并成为本能的献媚……

这真的不是一座动物园,因为它们已经不是动物,它们只是木偶,提线木偶——

那根线提在管理员的手中,混合于各种类型的食物中,连接着久而久之的惯性……

夜 窗

我向漆黑的夜开了一扇窗,窗户里流泻一片灯光;
整个世界都围拢来了,吮吸这一片光亮。
云彩从我的窗口飘过,风从窗口刮过,
星星把自己点亮,像一只只闪闪的金甲虫飞过;
萤火虫掠过去,光点上下起伏。
浩荡的绿树从窗户边流过,像一条河;
河流也浩荡而来又奔腾而去;
一切都从我的窗户经过,大地在转动,大地在围绕太阳旋转,
只是此刻他自身创下的阴影笼罩着这一面;
我的窗户对着银河,我在银河里亮着一盏灯火,
我的灯火不过像一只萤火虫,可是它亮着,
此刻,一定有人看见了我的灯火——
他在另一颗星球上,他的夜窗也对着银河,
我们之间隔着茫茫的宇宙……

选自《伊犁河》2016 年第 4 期

黑白时光（九章）

李 耕

蚂蚁与骆驼

招聘的门槛太高，只有骆驼，跨入门内。
二尺高的门槛，是蚂蚁仰望的珠穆朗玛峰。
沮丧的蚂蚁并未沮丧。蚂蚁悟出了一个道理：自己的丝绸之路，在自己世界的自己的脚下。
蚂蚁，扛起体积比自己大十倍的米粒与骨屑并爬入门槛。
蚂蚁对骆驼说：我，并不逊色……

风

十八岁的鸟，翻印出一千八百次不老的风，飞在自己微笑的灵魂里。
鸟，是有翅膀的风。
鸟之风，飞一万里又一万里，破开险峰激流，破开栅栏碉堡。
飞往未来的自己选择的巢。
巢的村庄，是无殿宇的村庄，
巢的岁月，是无拘束的岁月……

雪 梅

　　雪地野梅,是一枝冰雕,一枝火焰,一枝冬国的梦,无有伤口的一瓣瓣从枝柯崩出的血。
　　冷吗?
　　不冷!
　　梅的内内外外,火的品格……

语于鸟

　　有鸟,栖破旧的巢。叶落枝断时,正是风雨飘摇岌岌乎危及旧巢之时。
　　鸟,
　　从不想迁入红楼的檐下。
　　耕子语于鸟:楼的檐下,非檐下之鸟笼也!
　　鸟曰:住自己的破巢,自己是自己的主人……

萤之夜

　　夜,从未以漆黑去漆黑萤的燃烧之火。萤,未曾以己之火点燃起燎原之火去焚烧黑夜。
　　在草叶摇曳的水边,黑夜与萤,以夜之暗与萤之光,营造了秋之夜的美丽……

沉默的礁石

　　不是不沉默,也不是半沉默,是从不言语的沉默。
　　梦,
　　也沉默。

沉默，留在从不沉默的动荡的水边，让不愿沉默的澎湃，喧嚣出不沉默的泡沫……

黑白时光

白在黑中。白在黑的雨中，恍惚出一种欲出之于黑的白的光泽。

黑在白中。黑在白的影之隐约中，让草木听出一种太阳的声音。

何样的白，是灵魂的焰光。

何样的黑，

才是鬼魅一样的梦……

蝉

用同样单一的声调，度过同样感到酷热于单调的夏。

不是咏叹什么，也不是述说什么，只是在这单调的夏，嘶叫出蝉自己的单调的感觉。

耕子曰：无蝉的单调。

夏，便真的单调了……

看 鸟

坐在飞不起的石上看鸟的自由的飞。

看久了，自己便觉在伴鸟飞去。鸟的翅，能载起我远飞的梦么？

石，安于石的沉重，

从未想过自己鸟一般飞起来……

选自《大沽河》2016年第 4 期

深秋的话题（二章）

李 凌

这是金黄的主题

这是金黄的主题。
绿叶黄了。田野，山峦也金黄漫野。
行人追着金黄在走。
而我的注视，长久地抓住了那位摘苹果的少妇，
她红透的脸庞荡漾着春天的气息。
在风霜尚未到来之前，打量她，就是在打量一枚熟透的果实。
也许，成熟让她多了一种苹果的炫耀，而成熟也将毁了
那一身的红。

此时此刻，山没有变，却少了水的灵气。村庄还站在原地，
守望着逐渐荒废的田野，那一条通向远方的小道，
年年岁岁中，始终与天空长久地对弈。
白色的道路上，一些旧的尘土，
鸟雀和野鸽，向上飞翔，或者停泊在树梢，
不过是在等待，等待一缕炊烟的升起。
就像饥肠辘辘的游子，穿过遍地的金黄，
只一碗散发着清香的玉米粥，就捡回了那些失去的
幸福。

有关深秋的话题在沉思中走来

是的,这风景如画的小城叫伊宁。
是我生活了二十六年的地方。
二十六年,已经超过了我在出生地的年龄。
在这座小城,雪山而来的三条支流汇成的河叫伊犁河。
这是我见过的唯一的向西流的大河。
波光粼粼的水面上,我无法找寻到我命运的答案,
源远流长的河水,长长的路程,就像一位时光中的哲人,
总是那么深邃而明净。
而苹果的味道,扑鼻而来的必定有都塔尔悠扬的琴声。

许多时候,只要坐在河畔,我就会看到那些迎面而来的面孔,
真切而温暖。
我将每一次的拥有都紧紧攥在手中。
早年我爱过的那人,不知是谁盘起了她的长发。
紫气东来的地方,曾经是生养我的家园,西边是我现今生活和
生存的地方。
当我由一个男孩成为一个父亲,命运的旅途也在此拐弯。
无论前路多么坎坷,我都要先自稳脚跟。
想起那些来自小巷深处的歌声和琴声,它就像馕坑里燃烧的
火焰,
温暖了一个又一个的日子。那里跌倒,就在那里爬起来。
数度春秋,一路孤寂、挫折、遗憾、轻狂和愤怒,
一路勇敢、天真、愚钝、浪漫和爱欲,
都是我生命的种种定数,我没期待有另一双手,
会透支那些本不该透支的抒情。
当我第一次爬上北山坡,我送别的是一位与我年龄相仿的异性
妹妹,

从那以后，我也失去了许多亲人。

从那以后，生者在痛哭，死者在黄土中长眠。

就这样，我已走过人生的中途，我知道，那些被我支付掉的时光，

再也无法找回。

尽管远处山梁上的还有一个人的脊梁，古铜色的胸膛朴实而厚重。

而这滚滚的伊犁河水，内心也流淌着苍凉。

水已经不是原来的水。

选自《伊犁河》2016年第2期

草尖上的伊犁

李 萍

一

意念风生水起于一方天地,勾画的领地,圈出一个自由的国度。

那拉提的马儿和羊只,就像是幼儿园全托的孩子,在碧绿的园子里,顺从地打发初夏时光。偶尔,踮着脚尖,采一把园外疯长的阳光,喂饱一寸一寸渐长的守望。

牧人的长鞭,鞭起鞭落间,歇息,奔跑,挪移,青草尖上的露珠,润了老牛的声嗓,哞哞的腔调,嫁接出的花腔,惹来一个个花枝招展的人。跋山涉水趟出一个个传奇,那个传奇中,夹着异乡的气息。

自由,呼吸的思想,惬意如凉悠悠的那拉提草原。

贪婪,渴慕的眼神,拔不出热烈的目光。

此时,儿子送我的笔记本,飞扬坚守的字眼。

二

马蹄,踏出一路清脆,冷静出阔大,远大成草原,远大成河谷,远大成人人向往的地方。那抹独有的绿约束了自我,随意出个空间。

心,开始一下一下,剥出鹰嘴豆的乖巧,在掌中独舞,宛在水中央。

我磨破的鞋底，窃喜。不敢在诗人们眼前抬脚，想方设法掩饰千里迢迢的窘迫。一些脚趾扣出的欢喜，藏在草丛，令慌乱蹲坐成一个背影。

其实，诗人们都是啃着文字的牛羊，模仿着草原上的生灵，骨血渗出的狂喜，像极了互动的云朵。

互动的场景，定格出一个场面，清晰了一粒井底的石子，汪出的影子，是咬着青草的诗人。

牧人，坐拥江山的王，一点一点，一天一天，雕出一个部落。于是，一个又一个部落，飞扬开去，开始学着记忆。

在溪流向西、向西的路上，直抵伊犁河谷的字句，被我嚼成了粉末。

三

六月的裁刀，一下一下，裁出云端上的伊犁。

一只云做的羊，飘在一块绿毯上。马背上亮起的诗句，起伏在云端。

一枚石子样的珍珠，嵌在陌生的纸端，呼吸出一尾酷似我的鱼儿，游弋在草原上。

身处高原，我醉在伊犁河边，掬起一枚诗句，伴着昏鸦的歌声，浅眠。

我原本打算是要抱着你的，不是礼节性的，而是永远渗在你骨血中的拥抱，风云雷电，人流车鸣，与其他人无关。

因为爱，一些心思蹲在文字的一角，没有陌生没有遥远。

爱是多么奢侈的字眼，热烈出薰衣草的骨架，永远只能挂在一个名叫伊犁的地方，向着诗歌的地方飞翔。

四

  爱就在这样的星光下，晃悠悠，晃悠悠，于是，人也有了爱情。于是，我也就默默地爱了。在天堂一样的地方，只愿停留再停留，拒绝任何方式的启程。

  终究还是要离开的，虚构的生生世世，与嘲笑无关。

  我是羞愧的。把心埋在羊的耳朵里，然后把肢解的灵魂，扔上马背，抛向云端，伏在草间，埋在草原，向着太阳升起的地方，直到开出一朵天山红花。

  我知道，我是不善言辞的一匹马，一直反刍，用向往，用回忆，串出一个别样的赛里木湖。

  尘埃之外，我成功逃脱鞋子束缚的灵感，放牧文字。

  路，一点也不长，几千里铺陈的字句，除了句号，就是感叹号。

  停留，框架的时空，在倾诉。

选自 2016 年 8 月 8 日《伊犁晚报》

在长安

李　皓

唐诗宋词里的关山，于我，是不是那一程，我从高原飞往废都，脚下的秦岭？

看不见的秦岭！

恼人的气流，一再暗示我它的险峻和巍峨。一会儿波峰，一会儿浪谷，机舱里的惊呼，颠簸着李白的梦魂。

如此空中历险，如此空中惊魂，难道只是为了一座心仪已久的城，还是为了一个不存在的唐朝女子？

酷暑是一记闷棍，在车水马龙之间，我无意辨别朝代的走向。

那个修缮之后的城墙，到底是哪年哪月的地理？

顺着墙根，哪一家的灯火能够拂去我仆仆风尘？

相见欢！

欢在新朋，乐在旧友。

旧友是饮者，一杯浊酒喜相逢；新朋是美女，美人如花隔云端。

只一面，匆匆别过！

大唐文脉绵延千年。一城的文人，像庞德《在一个地铁车站》里的"许多花瓣"，依次，在我的脑海闪现。

他们带来的凉意，总是难以让我心静。

此刻，如果有一片草原，我该怎样追逐马背上的姑娘？

夜晚的长安是我的疆场，我的左手与嗜血的蚊虫搏斗，右手与28年不见的穆涛豪饮。

而郭晓琦的歌声，让暧昧的长安的大惊失色。

秦腔呢？

那撕心裂肺的爱恨情仇，为什么在我面前平静如水。

当你面若桃花，我已醉生梦死。

我不能预见下一刻的相遇，我不能像少年时一见钟情。

偶然对视，你的眼神里带着草原的风。

这样的风，让所有人迷乱；

这样的风，要颠覆一截人生；

这样的风，倏然而过，快过所有的啤酒泡沫，一刻也不停留。

能够在离别面前心如止水的人，他必定经历了渌水之波澜。

一个没有愁绪的人，你是否听过太多蝉鸣的巧舌如簧？

如果我也留恋在你的窗前，我是喑哑的一只。

不诉诸语言，只任思绪万千，像长安的滚滚热浪，只让你汗颜，却不灼伤你。

一段没有一丝仪式感的旅程，午夜的烧烤摊杯盘狼藉。

梦回大唐，我是那不得志的李白！

而你，是那个始终在我脑海，却不真实存在的女子。

道一声长相思，捶胸顿足，谁是我的心肝？

诗人遍地的长安啊，我如何任性地像初恋一样地爱一个人？

然后写下，流传不开的诗篇，为自己所有，又不被人猜疑。

长安哦，爱是一个人的事情，与你无关。

在长安，一切为时已晚，一切本来就没发生。

选自《延河》下半月刊2016年第8期

桥上的风景（外一章）

李见心

起风了，我要穿过一座桥，就蒙上了红纱巾，桥上的风景立刻美得朦胧。

我走在人行道上，身后穿过一辆自行车，车主和车子一样破旧，却新鲜地回头，眼神就像创世纪，在旷野中停留，目光明确却充满疑惑，第一茬草根的农民在生长。在他明确的疑惑里，沸腾的静止中，我超过他。感觉后背立即给烧出了两个洞，农民为了干旱的作物在观察夜空，明天能否下雨呢？两分钟后他又骑车穿过我，在十米远的地方停下，这次不敢直接回头了，假装看桥下的风景，垂钓者在河边心似弯钩，余光直直地锁紧即将来临的羞红的风，我经过他身边的时候都听得见他像耕作一样浊重的呼吸了。我的后背又被烧出了一座穹窿，渗出了满天泥泞的星星。因为快到桥头了，他不甘心，五分钟后他又穿过我，在我二十米远的地方停下，依旧不敢回头，假装蹲下身修理除了铃儿不响哪儿都响的自行车。我越过他时，看见他跪着的手像风的奴仆般抖动，这大地忠诚的臣民最后一次把全部的根驻扎进我的背影。我走到桥头，摘下纱巾冲他回头一笑——

一座小桥，三次擦肩，缘分不浅，谢谢他带给我桥上的风景，因朦胧而神圣，因假装而真诚。我的农民兼羞涩，我的兄弟兼本能，祝你今年有一个好的收成，像上帝一样，种下的是风，收获的是风景……

隔壁的女人

隔壁房子闲置许久，终于租给了一个不省心的女人。

之所以断定是租不是卖给她，是因为她一天到晚总穿着高跟鞋走动，细跟鞋像钉子叮叮叮钉在地板上，也毫不犹豫地钉进我的梦里梦外，让我睡不着又醒不来，混淆昼夜，不知道向谁去喊冤。

谁在自己的家里也穿高跟鞋呀！不心疼鞋，也心疼实木地板！不心疼地板，也心疼自己的脚呀！（难道连她的鞋和脚也是租来的？）她为什么不穿上舒适温暖软底无声的拖鞋呢？问这个问题多么蠢呀！就像问她为什么没变成猫或没有找到一个舒适温暖软底无声的爱人。

当然我就是想问也问不着她，因为我从没有见过她，她的房门总是关着，就像里面的高跟鞋总是响着。

我只是根据声音，判断加想象她的身材，年龄和容貌——体态大概烛光般摇曳吧，四十出头，容貌中等。因为她穿鞋的恶习，她就是闭月羞花我也把她看成中等。她连睡觉也穿着高跟鞋吧，谢天谢地，但愿她也睡觉，因为她的鞋声总是响在我的小睡和醒来之前，甚至监控着我浅梦的节奏。而大面积的失眠更是紧锣密鼓的敲响没有止境的白，我猜测她白天也喜欢点着蜡烛，制造阴影，晚上喜欢对着镜子梳妆，把星空当成剧场了，台前台后忙着自恋不休。

偶尔也渗过来一段段钢琴声，虽然是初级版的欢乐颂的水平，但指尖的声音总是胜过足尖。听到叔伯特的小夜曲时还夹杂着她黑鸭子般的伴唱声。

因为这些轻灵的乐音，我似乎延长了容忍她脚下的暴力，但想见到她真容的努力终属徒劳。

我曾一白天猫在猫眼里，守候她的房门，始终纹丝不动，夜晚也到阳台上窥视她的踪迹，只见紫罗兰在月光下疯长着孤影。

这样的折磨持续了一年，当我忍无可忍，正准备敲开她的房门时，我的房门却被敲开了，是隔壁的老房主。看见他，没等他开口,我就气极败坏地嚷嚷:"这一年你可把我坑苦了,你怎么把房子租给了这么一个女人,她不是省油的灯,她的高跟鞋像一种酷刑,踩得我睡不着觉⋯⋯"

老房主看着我,眼睛睁得比嘴巴还大,惊恐地说:"什么?什么不省油的女人,我从来没有租过房子呀!房子一直空着呀!这回是准备卖掉,想把钥匙放你这里,你是作家,在家时间长,谁来看房子时,想请你帮忙开一下门。"

这次轮到我的眼睛瞪得比嘴巴还大了,难道墙壁不是墙壁,而是骗子和镜子吗?我嘴巴张得圆圆的,却说不出话,被钉成了句号,眼睛已经撑裂开了,从里面流出了比午夜还凶的止不住的跫音⋯⋯

　　　　　　　　　选自《散文诗月刊》2016年2月号

柔软词(二章)

李俊功

意不颠倒,如入禅定。

——(宋)慈云

慈悲:灵魂的江河

荆棘上独坐。十万冰霜度过。
与早已期定的日月携手奔赴崖海,对峙危险欲望,持久倾听,静云消融,此刻忘怀,忘薄暮染红巨大孤独。
历经人间炼狱,无语的空身。
一滴泪水穿越,嘶嘶风声,震彻洗白的筋骨。
昂昂然,捏紧夜色点灯。
一脸迷惘如谁?自我者。提着一世的荒凉。以丰腴的肉身耕耘浮名。
而一人芳菲,众人熙熙,从不规避远离的万千理由。
跟随灵魂的江河,抵达每一时刻的苏醒。
并非短暂相聚。相守的镌刻,一字一字清晰。
我已收拾残破疆土。瞭望花开的雄浑无际。
虎豹安歇,柔软的眼睛月色笼罩,仿佛收藏的牙齿咒语,消解的心机。
火浴。浩大烟尘的岁月祭:凤凰重生,一切归你目光牵系。
头顶加冕天池,一重重泪水之光,
修正数亩心田。

其间悲悯,如绿肥硕。

善:根滋长

现实和灵魂的分隔,微火灯烛的长城。

唯月色引领,夜,以及独坐者。刀剑遁消。内心幽明。潜隐衣袂映衬的素朴天地,粒粒词汇征服踢乱一如柴草的恐慌、无知。

我以罪恶滋养,施肥的田亩,汤汤流水。持一身锄经,梦土,额端彩霞。

一枚善根的觉醒。

大地埋葬的污垢接受死亡的审判,大地埋葬的种子接受萌芽的擎举。

哪怕空净如壳。

何遮望眼?云以舒卷交还自由,莲花的形姿,昼夜的光阴书。

瞬间的十万光年。

不受阻隔的临近。

善,光,普照。

十二只喜鹊栖息门前梧桐,十二篇绿叶挚爱苍穹翱翔。

借宇宙仰望,高拔千仞,阳光倏然广布远近,透视赶路的沉默人群。

无以耗尽,油无量;

油灯搭建修行的茅屋。

燃烧悲鸣,彻悟,皈依,我放下时间,倾注之前所有。

灯之路,连接人生首尾。——人间唯善,恒久日月。

我给善无数次命名,光阴丰盈,早已定位绝无舛错的走向,而它只属于根的无限滋长。

选自2016年10月湖州晚报散文诗专页

硅化木（外三章）

杨　锦

数亿年的戈壁岁月，在卡拉麦里的地下，你已习惯了沉默无语。横亘已久，饱经风霜。当那一片远去的森林以及鸟儿的羽翅作为石的形象站在阳光照耀的雪地上，我的心为之震颤。

淡黄、红褐、灰黑……

那阵阵松涛？那声声鸟鸣？在漫长的年轮中化为岁月的风铃！

硅化木，究竟是木，还是石？

伫立于世人面前，是裸露的痛苦，还是重生的辉煌？每一寸的阳光需要多少的忍耐、多少等待、泪水的凝结……

也许，它宁愿静静地深藏在地下……

伊犁河向西

湍急的河水，沿着冰雪覆盖的河岸奔流不息。

伊犁河向西、向西，这样的流向，出乎我所有的想象。

记忆中大江大河，都是一路而歌向着东方苍茫的的大海归去。

可伊犁河却向西穿越伊犁河大桥，流入了异域的山谷。

远方是皑皑的雪山，我需要习惯这样的流向。

隔着岸上的秀美白杨，我眺望从身边日夜奔腾、川流不息的伊犁河，心中充满了赞美。

西去的河水中，汇聚走向远方的澎湃。河流也便如远去的亲人，在永不返还的奔流中告别，让我们充满思念。

靖宇石

阳光下,
你坐过的石块,依旧是那么坚硬。
汤河湍流不息,青山依旧。
河畔,有一块石,叫靖宇石。
那石块上,仿佛还有你的体温。
路过的鬼子不敢坐上。
青青苔鲜,岁岁不息,在石缝间相连生长的野草仿佛是你豪迈的誓言,西征抗日,从这块石头开始。
石头因你有了生命和温度,多少年过去了,路过石头的人都充满了敬仰。

大雪覆盖了你的墓地

一场沸沸扬扬的大雪,落满城市的黄昏,我在想象着这一场不期而至的雪正覆盖着你的墓地。
雪飘进那个忧伤的故事。
陵园中,你的墓还没落成,那只是一堆平凡的泥土,让你的生命有了这样一种悲痛的姿势。跨越苍茫的大海,回到故土,难道只为了这一次绝望的远行……
此刻,大片大片的雪,重重地落在我的心里。
在你坟头献过的花已经枯萎。
飘落的雪,已把你的墓地静静覆盖。
看望你去过的路,已被积雪掩埋。
大雪无痕、大雪有痕。

选自《人民公安报》2016年9月

土地的心脏（外一章）

杨启刚

土地的心脏

在所有躁动的心脏里，不容忽视的是土地的心脏，那枚坚实而充满灵性的心脏。

长久的伫望，成熟了我的双眸。

当秋季采摘的季节终于来临，我已颤栗不已。

水稻、玉米因成熟而垂向土地，倾听土地心脏的跳动。

我也同庄稼一样不能离开土地，终生凝望和守候那枚紧紧挂在土地胸前的心脏。

我将永远用五谷来养育孩子，教他们对生命之源懂得感恩；我将把五谷放在孩子们的面前，教他们一一辨认这些美丽的圣物，让他们把它们铭刻在那刚刚发育、渐趋丰满的小小心脏。

在土地的心脏里耕耘，播种和生存。

在土地睡着的时候，用那些勤劳艰辛而宽厚的手掌轻轻抚摸它的心脏——早已泪流满面。

山 歌

在神秘迤逦的大高原，在一部部奇逸雄浑的合唱中，是魅力独具的山歌最先登场领唱的……

山歌激越冲天的每一个乐句，那些跳跃着的每一个音符，都是一滴滴咸涩的汗珠。

　　头顶上是大海一样湛蓝的天空，双脚下是广袤无垠的苍茫大地。

　　秋风悄悄地拂来了，稻田一片片金黄。

　　我的勤劳一生粗大骨节的父兄呵，娥眉柳腰贤慧聪颖的姐妹，他们挥镰翻飞的身姿，融合着山歌豪迈的节拍，使得这种最朴素最原始的歌谣，在逶迤的大山里深深地扎下了根。

　　山歌是最民族的唱法，山歌是最传统的舞蹈，山歌是土地里的果实。

　　歌的节拍和舞的轻盈和谐地揉合在一起，滚烫的汗水和生存的艰辛揉捏在一起，内心深处的欢乐和对山外世界的憧憬粘揉在一起。

　　在这个浩瀚的世界上，哪一种歌能有如此充盈丰富、多姿多彩的内涵？

　　有哪一种歌谣，能将厚实的土地与亲人们淳朴的名字撒遍这片古老悠远的土地，永远绽放着鲜艳不灭的独特音质？仿佛天地金曲，又似天籁之音……

选自《中国诗人》2016年第1卷

闲梦扰眠

杨柏榕

怎么又梦到她了?

是这几天我把一些旧照片翻拍成数码照片过程中,又看到了她的形象?当时我把她的照片仔细端详一番,有点感慨:转眼20多年了,现在即使我们在街头相遇,也不敢相识了。

这就引发了此梦,梦里,她还是照片上的样子。她的一双眼睛,让我感到有情有神、悦目动人。她梳着马尾辫,穿着名牌休闲运动鞋,挎着外国皮包,身着休闲装,在朴素简洁的着装中,透露出一种娴静、端庄的气质。当她独处时,眼神似乎有一种淡淡的愁雾,显得又静又深。当她同你说话时,一团青春的火苗,瞬间腾空燃起,给你感染性的活力。梦中,她的正面眼神很难捕捉,我同她讲的多是和我们无关的闲话。想同她多讲几句话,尤其想问问她现在的情况,但是清晨的闹铃响了,梦境消失了。

梦里,她对我并不热情,不即不离,让你感到拒绝又不失礼节。她恪守着自己感情的界限,让它停留在普通朋友交往的范围内。在我需要帮助时,还能像熟人那样过来伸手帮我一把。看得出来,这是碍于情面。在她心灵深处,想的是现实生活的长远得失,而不被眼前的感情所牵引。这是一个出身于大城市的普通家庭,从小深谙生活苦乐之道,不愿再过底层社会的生活,有理性地选择自己的生活和前途的姑娘。她的母亲过早离世,她是姐姐,下边有一个妹妹,早早要在家里干活当家。生活的磨炼,使她显得成熟而有分寸。其实,这些是很久以后,我经过思考给她的定性形象。真正与她交往时,我感受更多的是她的笑脸和快乐。即使她回绝我的要求，也是平静大方地笑着说出的，我没感到刺激和难堪。经过高等名校教育后的学养和置身文化外事部门的职业素养，加上个人良好的貌相、性格，她在人际交往中有着独特的魅力。这正是她对我的引力所在。

为什么在这么多年之后还会梦到她？我一度曾钟情过她。由于时短浅止，总体上对她的了解还是浮在表面上，留下的印迹都是美好欢快的一面。如果我们产生感情的时间，向后稍移一段，待我自身的境遇有较大改善时，再同她谈情说爱，也许我们会走到一起。真要是那样，我现在可能就不会再梦见她了。

选自 2016 年 11 月 5 日《焦作日报》

疼痛的村庄（节选）

杨剑文

疼痛的村庄把疼痛挂在村口的大槐树上，一窝毛茸茸的麻雀把它擒走，村庄的疼痛溃烂开来，四处流淌。

村庄的疼痛是否起源于人们对于泥土的轻视与鄙夷？村庄不知道，村庄能够感觉到的是更加剧烈的疼痛迎面而来，痛彻骨髓。

疼痛的村庄，疼痛，是因为一卷卫生纸的价格，是因为一瓶菜籽油的重量，是因为一斤咸盐的密度，真实而强大地疼痛着。疼痛的村庄或者说村庄的疼痛，都是物质的，都是强大的生存与轻薄的钞票交换的不等式。

这些，村庄不明白，住在村庄里的人无暇顾及，他们只知道：土地不能荒芜，土地不能疼痛。荒芜是土地的疼痛。

疼痛的村庄，对于血是漠视的轻蔑的。血属于他们的身体，属于他们的姓氏，属于他们的祖先，属于他们疼痛着的村庄。他们拥有绝对的支配权力。他们像奴隶主驱使奴隶一样驱使着他们的血液。他们浪费着挥霍着他们的血液。他们像种地一样自由而认真地播洒着他们的血液。

扳起沉睡的祖先，从春天咒骂到夏天，眼睛里布满血丝，嘴角边爬着血虫，血是唾沫染了俏皮的颜色，披了花衣服；小孩子因为一根玉米棒的归属而打破脑袋，血具有夏天的河水的野性与刺激；女人背着青翠的草跌下深沟，擦破膝盖撞破手背与丰满的乳房，血如同夕阳洇红白云。血，在疼痛着的村庄里是红色的溪红色的河，在这条奔腾的河里，村庄暂时把疼痛寄存起来、封存起来、冰冻起来。

疼痛的村庄，在冬夜的幕布上，女人呻吟着疼痛着的快感，男人吧嗒着旱烟燃烧的疼痛，烟雾弥漫开来，很快凝固成疼痛的彻骨冰凉。生命最终最重的疼痛站立在村庄之外，黄土堆掩埋不住已经疼痛过的骨头，骨头带着燃烧的磷火，吓唬着醉酒的脚步踉踉跄跄。疼痛的村庄，让一个十七岁的女子暂时忘记疼痛的初恋，奔向城市欢畅淋漓的夜晚，把自己年轻瘦弱而容颜姣好的身体轻易地打开，一张张绿色的钞票，拼成带刺的无法紧紧裹住她身体的衣服。她刺骨的疼痛就是村庄的疼痛，就是疼痛着的村庄的某个夜晚。

村庄又有了另外一种疼痛。

炊烟拉扯着疼痛的村庄；

雪花包裹着疼痛的村庄；

溪水雨水洗刷着疼痛的村庄；

打平伙的羊肉滋养着疼痛的村庄；

箭杆杨钻天杨拍打着敲击着钻探着疼痛的村庄，想要给村庄寻找到一个可以把疼痛流淌出去的伤口。

疼痛的村庄已经疼痛到极点，需要收获需要喜悦需要目光需要城市需要世界需要未来。

疼痛的村庄，被一条路解剖开来，裸露出村庄所有的眼泪、疼痛、悲哀、无奈、落后、绝望，以及纯朴、厚道、真诚、勤劳，还有血的劣性血的刚强。这些，最终将被车轮被脚步被目光被观念碾压着筛选着挑拣着。早晨。黄昏。白天。黑夜。汽车一趟一趟搬运着村庄。把村庄的土豆搬运出去，把村庄的石头搬运出去，把村庄的手艺搬运出去，把村庄的疼痛搬运出去，然后把外面的世界搬运进来。浸泡着村庄的疼痛，腌制着村庄的疼痛，发酵着村庄的疼痛，慢慢缓解着村庄的疼痛，试图医治着村庄的疼痛。

疼痛的村庄体味到疼痛之外的感觉；疼痛的村庄品尝着疼痛之外的滋味。村庄在鞭炮与零星的焰火中平静下来，在年的祥和氛围里安然入睡。这一刻，村庄的疼痛得到短暂而真实的缓解。

选自《岷江》2016年夏季刊

一个人的村庄

杨胜应

村庄住满了孤独。神龛上布满灰尘的神并不嫌弃，只是低头作揖越来越老。

只有月光能够把孤独照亮。来自天上众神的俯瞰，不带人间情感的光辉，有时候落到人们的头顶，有时候落到稀疏的瓦片，也落到缝隙里的秕谷。只有被人们赋予了生活内涵的月光，才会落到我们的额头上，内心深处。

和月光相呼应的是灯火。她的摇曳、闪避、泛黄，甚至苍白、虚弱，都散发着众生平等的含义。但我们被照亮的已经超越了一个人的正面。还有我们可以率领的众多苍生之物。

一个人的村庄，孤独在多种意义下相互叠生。

长河走过的山色，是不变的梦想；落日回归的地方，是崭新的肃穆。村庄，汉语词典里最动人的词语；孤独，人类繁衍中最虚伪的字词。它们仿佛众神的泪滴，滚动成最后的赞美。谁能够读出它的波澜，谁能够记住它的悲悯？

选自《散文诗世界》2016年第2期

猫　惑

苏　扬

猫从来不屑人类画饼充饥，所以，猫很务实。

有时，猫饿得厉害，自作聪明的主人就制造一种电声老鼠来诱惑猫，但每次都被猫识破。

现在的猫都讲究精致饮食了，猫对老鼠早已失去了兴趣，要求吃鱼。

狡诈的主人总是假惺惺地说，菜场上没有健康的鱼，都有致癌毒素。

猫有猫的智谋，猫已学会了上网搜索。猫趁主人休息之际，点开鱼塘的视频，口水立刻就流出来了。

哇塞！这么多鱼没有健康的吗？瞧，它们活得多自在，敢在猫面前游来游去！

顿时，猫的利爪像闪电一样忽上忽下，忽左忽右。

怎么回事呢？都说猫的身手敏捷，难道抓住的都是虚无？

不，务实又能干的猫从不相信幻觉。

只有人类才制造欺骗！

此刻，猫的嗓子里已有了浓烈的鱼腥味。

选自《中国诗人》2016年第5卷

残雪（外一章）

苏启平

残雪，掉了队的雪。是因为孩子般贪玩，还是对冬天的依恋？

晶莹的雪色，晶莹的泪光。谁的心如此晶莹剔透，藏着来自混沌初开的神话与传说。

婉约或者豪放，壮观或者柔美，残雪自有风韵，在冬天的旷野。

残雪所在，也许是村庄的腋窝。轻轻地揶揄，逗乐一村的顽童。

打雪仗的笑声焐热饭甑里的红薯，丰富饥饿的童年。

一堆雪，无法卷起岁月的涟漪。村庄沉默，宛如比丘，把残雪串成念珠。

恍然，村庄已经坐床成佛。

火 炉

火炉是跳动的心脏，左右着村庄的行动。

我和飞鸟一起站在村庄的高处，大声控诉凛冽的寒风。

屋檐把岁月切割成不同的季节。春天、冬天，只有一墙之隔。

用木柴把火炉点燃，温暖顺着乡村小路走进人间。

红得刺眼的木炭，使我想起安徒生笔下卖火柴的小女孩。那枚划过夜空的火柴，是否依然诠释着痛苦、怜悯。

通红的火炉是儿时的红棉袄，高高地挂在商铺的货架上，温暖我的心。

鲜红的火焰是否也有白居易一样的叹息。白发，愁容，已经随着破败的王朝远去。

青瓦白墙的山村，露出自己亮堂的心扉，黎明开始书写阳光、岁月。

选自 2016 年 9 月 29 日《伊犁晚报》

雨落在了徽州

沙 飞

九月，雨落在了徽州，落在了江南邑小的韵脚。
梦，开始绵延，一个小浪一个小浪，旋出季节变奏的惆怅。
那枚即将离枝的树叶，做好了归隐的准备——
落叶归根。与泥土作最后的拥抱，
然后抽出灵魂，肉体埋进土里，等待，发芽。
雨，是生命仪式的见证。一丝丝，从天空斜下来。
这天地间的竖琴，谁的手指才能拨动你的琴弦，弹奏一曲不老的传说？
她或他，在遇与不遇的徽州故里，底色渐行渐远。
而石板路，小陌巷依然在时光深处坚守，一地月光。
秋天在消瘦，我在消瘦。
马头墙里牵不出一匹马，我只好牵风为马。
错过了雨季，我不想再错过这场秋雨。
哒哒的，我试图走完这潮湿的泥泞。却
走不出一个人的眼神。
停留，为谁，谁为。
在徽州的斜风细雨里，我坦白了爱情的方向以及回家的日期。

选自 2016 年 8 月 18 日《世界日报》

彭阳：生命里的荣誉

汪志鑫

> 彭阳，宁夏南部边缘，六盘山东麓，境内曾是伏羲、女娲等人文始祖活动过的地方。大禹"九鼎"分天下九州，彭阳属雍州，世居戎狄部落。
>
> ——题记

1

一站上山梁，就听见黄土高坡上有大风一路嚎叫。

贾平凹说："我是乡村的幽灵在城市里哀嚎。"

这是一个生命力与意识流此消彼长的拉锯战，角逐的结果是两败俱伤。

那么，我就如这哀嚎，守着仅有的一丝城乡牵绊，让自己在没有谜底的答案里穿梭，或肆意挥霍，但终将被世俗的目光揭穿，却不留痕迹。

那么，我就如高原上的风，站在戈壁与荒漠的边缘像未名的群鸟啄伤自己，昼夜辗转，在挥之不去的疼痛中学会应对，却依旧茫然。

而彭阳确是温暖的一米阳光，在生命里凝聚荣誉之光，让一个馒头的天下与衣衫褴褛的岁月填充过往，

这是负有价值与代价的成长——

2

栖凤山，小城街道，茹河，是"川"字的大行抒写！

朝那湫：注解我丰盛的清冷。

我曾无知地蹲在小城的煤堆旁，思考黑与白赋予的涵义，

与天真、与纯良、与少年，毫不对等！

狭小而无限的空间，有父亲定义的老屋与年久失修的唠叨，有兄姐留驻的灯火与喋喋不休的珍重，有丈量街道的脚印与清瘦和善的脸庞……

我听闻山杏花已毫无节制地迎面扑来，

瞭望长城塬乔渠窑洞穿越历史的时光，

习见无际梯田墨绿与金黄中飞速流转，

笃信麦芽脆嫩甜度抻出一碗面的长度！

3

醒：泪水沾枕。是思乡心切，是距离遥远——

大雁从梦的南方待飞——

彭阳不再是一个名词。在我的辞典：是副词，固定我的存在。是形容词，严防我的迷失。净行一段或平坦或坎坷的路，彭阳成了我的语气助词——

儿时的玩伴模糊又清晰地显现，直到虚无。我在深不可测的沟壑梳理已逝的思想，扎堆的羔羊呼出一夏炎热自我救赎。

黄土高原是一头负重却不肯停歇的老牛，在雷雨与洪流中撕扯自己的灵魂，不卑不亢。

一群乌鸦飞过燕麦地，留下一地鸣叫，我听懂了深秋最深处阳光的温暖，如同彭阳给予我的荣誉——

4

孩提时，父老乡亲是收割的机器，臂膀将最后一束麦穗搂进怀里，如同高原上收获的爱情。

我就坐在架子车辕上，从"白路岗"走出自己的理想，大山与关隘留在身后，成为多年后的守候——

无所不在的人生校场，将荒野与围栏在自然的风光里尽情散放，留下远去的人，远去的事，远去的物——

其实，歌如行板已是一种常态。我等待茹河的夕阳，身后的一切黯淡下来，唯独厚重的：是黄土的深情与父亲的背影！

我抖擞与执着的情绪，在阳光的拐角处发酵……

沉重的碌碡碾过我的躯体，岁月在打麦场上散落，留下的，

犁铧光亮如银，油灯静默如水，背笼的草芥深隐着四季，我卧在岁月的静处深情呐喊：彭阳，我生命里的荣誉！

选自《一起回彭阳》微信平台 2016 年 1 月 25 日

折纸：梦与彩虹（二章）

汪维伦

纸飞机

如何挖掘一张纸的潜能？折，一架纸飞机很快成形。对称的翅膀，尖尖的机头。说是一架"飞机"，倒不如说是折纸的孩子用纸制造出的一只想触摸天空的手。一只赋予了翅膀的手。

这一想法或许出自于一种偶然，也或许源自孩子在某个夜晚的一个梦。

纸飞机被放向空中的一刻，触摸的意念随之上升。也许是风的不给力，或者是纸的潜能所限。那只飞起的"手"才上升到比较"低"的高度上，便旋转式地向下做了一个无奈的手势，并沿空气的跑道一路向下滑行。直到落地与泥土碰撞出轻微的响声（那响声很像是一声轻微的叹息）。

纸飞机一架又一架被折出，一次又一次被抛向空中，"触摸"在进行着一次又一次的尝试。虽终没有达到预想的目的，但每上升一次，就会与高处有一次相握。

天空高远，童心多梦。

纸风车

不停地旋转，有多少风需要搬运？

作为车的一种，它在不停地转动中行进。风的道路是多长？谁也不知道。只知道一阵风停下来，它就到了一站。另一阵风吹起时，它会再次上路。风车的路程不是计长，而是计圈。

风在风车上始终是圆的，因为风车的旋转。

折纸风车的孩子，为的是看风抱着纸风车跳舞。不停地旋舞。风舞成美丽的圆弧，纸风车也舞成美丽的圆弧。

纸风车从风中给孩子搬运来许多的欢乐。

选自《散文诗作家报》2016年第143期

时间的河流上（外一章）

沈 健

一路上划桨，或者摇橹，是可以回到梅溪古镇的……
在时间的河流上。
一路上摇橹，或者划桨，可以回到梅溪古镇，
还可以看见西苕溪畔，盛开的紫梅，和紫梅盛开。
可以看见溪水上，紫梅灵魂的紫光，随波逐流随水流淌。
还可以看见十六岁的小妹，在一株梅树下若隐若现。
还可以看见不需要看见的许许多多。
就坚决不看见。
——还可以看见永远十六岁的小妹，在一株梅树下若隐若现。

隐隐约约的隐士

小隐隐于竹林里。大隐，隐于竹林里。
小隐和大隐一样，都隐于竹林里。
不需要寻寻觅觅，不需要跋山涉水。
竹林，就在身旁、身前、身后、身周围。
转身或者不转身，退一步或者进一步，或者原地起跳，纵身一跃，便是竹林。
或者学习孙悟空，从身上拔下一根汗毛，轻轻吹上一口气，将自身即刻变成一株竹子，或者无数株竹子。
——和所有的竹子一模一样不分真假，完成名符其实的隐身。

选自《星星》2016 年第 4 期

草原上的野兔(外一章)

何 文

坚定的素食者,终生只啃食草。

而且坚持不吃窝边草,在这专坑熟人的时代,是多么可贵的品质。心怀仁慈的兔子,因此还被嘲笑。

跑不过鹰的翅膀,就认命了,能逃就逃,能躲就躲。

跑不过猎狗长长的四脚,也认命了,只有能逃就逃,能躲就躲。

跑不过猎枪射出的子弹,也认命了,还是能逃就逃,能躲就躲。

一窟。二窟。三窟。

哪里是什么狡猾啊?是无可奈何地一避再避三避,借助大地的庇护苟活而已。

在这广漠的草原,只亲近那些与自己一样终生信仰草的动物,比如羊,牛,马。它们眼神里透出真正的慈悲与温和。

对于那些叫做人的两脚兽,只偶尔接近未被欲望侵蚀的孩童,以及当了母亲的女人。

即使给了兔子鹰的翅膀,还是用来逃跑。给它嘴里安上锋利的獠牙,还是只啃食草。

因为兔子有一颗兔子的心。

别责怪我总是为兔子辩解,因为生肖属虎的我,在现实里也是一只兔。

在山巅俯瞰鹰翔

这应该是神的瞭望台。

站在山巅，在这神的高度，即使用俗人的眼睛也可以俯瞰一切。

我看到了白云的背面依然是白的，乌云的背面也是白的。五彩的云霞只是多沾了些太阳的光。

我还看到正在飞翔的雄鹰的背面。

鹰展开的翅膀比天空狭窄。背上空空的，并没有驮着云朵，更没有驮着太阳与蓝天。

用鹰俯瞰大地上兔子奔跑的姿势俯瞰鹰的飞翔，发现高高在上的鹰远没有想象的那么高。只是一只小鸟在天空扑腾。

世间一切高高在上者，如果把你们立足的高度降到零海拔的俗世，把鹰降到兔子的高度，你们还会那么高傲吗？

在人世间，没有人会是真正的神！如果不站在高处，他既不是英雄，也不是王。

选自《中国诗人》2016年第2期

十月之末（外一章）

何敬君

……影子拖了半地，你去往我不能去的方向
似乎挥动了千言万语的手臂，褐色风衣芦穗般向身后飘拂
地上的落叶被再次旋起，如一群群焦躁的麻雀
石榴呲牙咧嘴，柿子树欲言又止，燃烧成熄灭前的篝火堆
那么多艳丽的花朵没有结实便纷纷凋散？
太阳撤退光芒，仿佛在高空讪笑：好天气到此为止……
而在另一些热闹之处，人们仍在欢声或者低语
一些人放肆地就近菊花，追逐似有若无的鸟的啁啾
一些人小心翼翼，将最后的灿烂光色收藏进自己的手机
……寒风解析了梦，大地向深处转移秘密
从春到夏、从夏到秋的绚丽将充满一整间标本室
冬天里的人在雪的光明中平静，在冰的黑暗中思虑？

在陶然亭公园湖边

一代又一代父子在这湖上，从坐船到划船，再到坐船
木桨船换成燃油船再换成电动船
影子与影子，在水底在水面
游动，重叠，消逝，又浮现
一层层影子，如涟漪如水藻，也如庄稼，被收割深藏或在风与阳光里干枯腐烂
船上的和岸上的眼睛是一丛高过一丛的刀镰

湖面的波纹是天空的哂笑，经久未变
岸边及远处的建筑在三十年的瞬间覆地翻天
划船的人们可否听到更深更高处的欢笑与幽怨
许多水草长出水面，爬进狭促或空荡的胸膛
我是一株低着头的庄稼，看秋色斑斓如刃光耀闪

      选自《山东文学》下半月刊 2016 年第 8 期

慢中暖景（外二章）

邱春兰

风虚妄的从冬的外围袭向春天，而兰坡，关乎兰的令词与一朵暖景内有万顷蝴蝶慢飞。

朵的蕊、蕊的心、心的光、光的影，影绰缓慢，慢中暖景，源于她的"知止而后有定"。

她了断与寒鸦违心的交谈，取消江湖出入的肆意，她取回以往所有被浪费掉的一切。

她有兰坡，有兰坡护兰人的金戈铁马。她以90秒钟内潜意识来判断红、白、黑。

她从晨曦中走来，她经过光线堆积的南山，她说看得见的暖香永远呈现于分秒的光阴里。

她说坡上风与兰与视觉中的映射，是昨的外化，是今的区分，是万尺日光的投射，是一朵暖景的感召。

她提着灯，从子夜到月久年深，她的兰坡，有万千灯盏被点亮，她的万盏灯火与兰景境辽阔。

慢中蓝景

她一袭布衣裹着日常的温暖。她挽起发髻，继续在寒冬腊月市井之外的兰坡种兰。

她不等风对南山的崇尚，不等雨对北山的标榜，她等阵阵雷声的呼喊；绝大多数时间，她愿意在鸟群的呼声中唤醒坡上烈如火焰的灯盏；

她竟如此幸福：兰坡慢中蓝景，仿佛坡外万千灯火都在回应和共鸣。

她无限蔓延至再辽阔，安静至再安静，她不再棋敲残月对孔圣红尘忧喜。

她沿着一盏灯里的黄昏打开自己，在一枚词语里打开月份，她穿过喧嚣的孤独打开黎明的春天。

慢中应景

应是晴好的午前，半弯淡月还藏在天寒地冻的兰坡；缓风静香，应是微光还停在兰词的某个笔画上。

应是兰坡种兰人还在空灵、疏朗、平远、幽深之中，朴素的时光持续而执着地映照超越悲喜自由灵魂的兰。

应是一坡兰草足够养活兰坡护兰人的身心，而且有所富余可留作过渡的一生，和兰坡上的星星。

应是景中之境，每一朵兰在骤雨初歇后被安放在一个月光越过雨帘的暖景里；兰风自东向西，从北到南，生机盎然应是兰坡慢中应景的某种笃定。

选自《星星·散文诗》2016年第5期

行囊（外一章）

宋清芳

我已启程。

背上了稻谷，就是背上了锋芒。但不会迟疑。

晚霞落满天际时，我把一行字揉碎。丢了的，不要了，即使心会顺着流光的方向，退步了几回。

一个人启程，带着露水和泡沫。

以此警戒，有些土地无须丈量。

要有足够的月光，够琴弦流淌。

听，伴着你抚摸月华的，是一双神秘的手。它托着翡翠的光泽，把水一般潮湿的心，抱了又抱。

把那些防不胜防的忧伤，设想了一万次。

甚至，在路上，愿意放开华发，铺设一场空梦，让运转的世界忽然停下来。

足够我们打量的繁华摆设，陀螺般旋转，这足够的迷茫，足够的空，和满。

身前身后今生来世的，沟壑山川，麻衣神相，在思维里左右突围。

忽而它们放空了自己，忽而它们面容狰狞。

路遇的众生，都有犹豫的好心肠。

走一路丢一路。

先是天空，然后是土地。

最后，流水不动了。

路断了。

月光被腐蚀了。

梦一直没醒,划动音符的手脚,静静地展开,什么都没有留下。

这时候看得清清楚楚,呐喊的喉咙停在中途,谁的名字都没记住。

花园里空无一人。

最后抵达的破房子里,我们带来的是,异地风吹花落后满目疮痍。

我们的背包,一副多好的瘪皮囊。

今日有雨

有雨无雨,都不必惊诧。

仅仅是个想念水的人,拥抱土地后,抽身而出的幻觉而已。

仅仅是在水的波纹里,翻转后又有了旗帜。淅淅沥沥的细碎的俗念,被禁锢了而已。

今日不用进入潮湿的氛围,置身其间,或者抽离出来,有一种欣喜,即可体会。

不倾诉,不贪嗔。一念,以水呈现。以落差,明白三个处境。

此间适合观照。从地而有的来自天上,遥远处寂静处,屋里屋外,意识前意识后,一直存在。

以水的形态,让你心存善意。以气贯通,以雨契合。以一颗心前一秒虚妄,后一秒尘埃,中途有着花开果现的不二之路。

那么,雨在心中色不异空。

那么,雨在身外受想行识。

那么,淋一场雨,一场细雨。

山脉青翠,流水回环。赶路的人没有迷茫。手握闪电的人,无需云朵。

清朗世界里,雨中花开,花开雨中。我们顺着长长的路,想念那句从容的台词。

"心不住于身。身亦不住心。"

大自在的,在于眼前风景,须臾存在,须臾出离。

你能留住什么?

选自《中国诗人》2016 年第 5 卷

稻草人

宋晓杰

1.

试着，排兵布阵；试着，记住那些金黄的细部、黄金的闪烁之处。

——诗人说："生命并不短暂，短暂的是人。"

2.

遮阳帽。小花褂。倾斜着身体，急于长大。

手握小彩旗，呼啦啦呼啦啦，麻雀、老家贼，全都被你吓跑。

——如果愿意，你就顺着自己的意思活；如果愿意，你就变着花样儿笑。你就是童年和童话的粮仓。

编织与创意，历来是春天的缔造：清亮的露水挂在唇边，你睁开瞌睡的眼，清风扑面，蜜蜂旋舞，花枝乱颤……在干草收割之前，你不停地歌唱九月、明亮和停顿的时间。

3.

古老的机杼没断，打草机停在檐下，会把你打扮成什么样子？那些线、横梁、踏板，太熟悉不过了。是谁令光阴漫漶，一把把星辰推到天边？

当我翻过山冈、涉过梦的泥淖，苦难中止，天使在晾晒翅膀，蕨类在编瞎话，而我在慢慢变轻……

身影消逝，单调的声息、奶奶的咳嗽、模糊的面容……都在原地旋转。

风箱得了哮喘，但是，一家人的夜晚因为你而烟火旺盛，晨昏升起明净而温良的火焰。

4.

我们都是稻草人！我们都是稻草人！

地震了！砖瓦因而可疑、危险。唯稻草暂可栖身，唯稻草性格绵软。

乡下的奶奶家不是避难所，而是童话乐园：黑夜里无须点灯，无须烛照，手电恰好是神秘的灯塔——稻草人的卫兵，就睡在我们的身边；我们睡在奶奶家的菜园。

"地震了！"奶奶是发号施令的指挥官，我们每天的功课就是等待命令——也许正在吃饭，也许正在玩耍——人命关天，奶奶爱我们，训练决不手软。

那一次，我刚刚跑出稻草窝棚的"洞口"，却恍然记起我的伙伴——因为笨重的棉衣，因为惊慌失措，七岁的我跌倒在"逃生"的前线！两个姑姑连拉带拽，我艰难地爬出洞口，怀里紧紧抱着你——我的稻草人……哦，寒冷有牙齿啊，它一小口一小口地咬我的鼻子、脸蛋，但我有你的温暖，足以抵御清贫和严寒。

5.

我要给你一个心脏，一颗透明的水晶。没有血，没有疼，永远明亮而喜悦。

我要给你绿野、仙踪、夙愿；给你晴朗的笑容、美丽的旅途、至爱的旅伴。

我还要给你：绵延不绝的田野、宽舒的怀抱、无尽的蔚蓝和夏天……

6.

海子说：丰收后荒凉的大地，黑夜从你内部上升。

田野空了出来，让位给即将君临的雪和清霜。你说没关系，轮回就是再见。

我失神地坐在坝埝上，绿浪翻滚，我却在独自疗伤。直至黄昏温柔，远处的村舍传来匀称的犬吠，一个孩子甜甜地呼喊妈妈……奶声奶气的声息在稻海之上，荡着秋千。

选自《伊犁河》2016年第6期

低处的水（外二章）

孜　澜

在成为湖之前，它们以几脉细流的形式存在，汇入纵横交错的河汊、苇荡深深的湿地。

婆罗科努山、阿拉套山和巴尔鲁克山环绕的这片广袤的低地，接纳雪融水、胡杨、红柳、飞禽、走兽和慢慢沉淀下来的岁月。

大地之肾，北疆之盆，这汇聚繁茂和败落、喧嚣和寂寞、野性和温情之所哟。

水的游走，驯化了蛮荒，水的律动，平添了诗意，水的接力，却无法挽回颓势——

西伯利亚的风，向盆中吹送暴虐，旋起弥天的沙暴，若定期发作的精神病患者。

这些长途跋涉的水，经过汇合，最终奔向更低处的艾比湖——一只巨大的壅塞着沙尘的漏斗，正在慢慢漏掉我们的前世今生。

沙洲上的鸟窝

苇荡深处，沙洲之上，天鹅、白鹭、野鸭、大雁找到了栖息、繁衍之地。

这些密布的鸟窝，远远望去，仿佛一个个自然村落。

历经沧桑的领头鸟，带着家族子女在迁徙途中找到这片湿地，安顿下来。之后更多的家族落户于此。

这些鸟分工有序：雄鸟觅食、警戒，雌鸟育雏、守家。

哦,不断出生的毛茸茸的雏鸟,在这里成长,等待羽翼丰满。在寒冬来临之前,它们将飞往更远的远方。一条长长的迁徙之路,充满艰辛。鸟翅上的家,在颠簸中寻觅下一个安身之地。

早年的父辈们,不也是一群迁徙的鸟?他们从遥远的江南,飞到塞外,在风沙弥漫的荒原,筑巢栖息。历经岁月的磨难,有的折翅早夭,有的儿孙满堂,香火源源不断,延续着庞大的家族。

有一天,当我们游走的生命即将耗尽,在昏花的眼里,是否还能辨识曾经在大地上短暂落脚栖息的家?在泛黄的记忆里,是否还能勾起怅然若失的怀乡之痛?

河汉纵横的苇荡伸向远方

此刻,夕阳在烟霭里暧昧着。

眼前这片广袤的水泽湿地莽莽苍苍。河汉纵横的苇荡伸向远方。几只捕蟹的小船在河道里悠悠地游走。

如此熟悉的场景,如此温暖的画面,怎能不唤醒记忆,浸湿情感?

——江南的湖泽里,藏着九岁的乡音,苇丛里咿呀的摇橹声,伴着软软甜甜的乳名,惊飞掠起连漪的水鸟;青石板上一双赤脚走在如水的月光下,斗笠斜在瘦弱的肩头,炊烟挂在挑起的檐角;须发如雪的外公,嘴里的烟锅明明灭灭,他佝偻的背影在夕阳下,和石拱桥一同慢慢矮下去……

河汉纵横的苇荡伸向远方,伸向遥远的江南故里。水面上幽暗的波光,把一个游子三十多年前的梦境照亮。

此刻,粗粝的晚风、浑浊的夕阳和南去的雁声提醒我,这里是野性的西域,塞外的湿地,是乡音无法唤回、乡情难以抵达和触摸的地方。

选自《绿风》2016年第5期

墨田守望者

雨 兰

星空浩瀚，虫声明亮，古朴的书案上，一砚新墨飘香。

我是心怀古典的女子，不慕锦衣玉食，不羡香车宝马，我只爱在书卷里安身立命，在砚边轻舞羊毫，襟染墨香。

我喜欢守望着满室书香，更喜欢守望着一砚墨香，悲欣交集，亦动亦静，凝思静虑，心无旁骛。

守望墨香，也守望着这清贫岁月，守望着这清寂的人生。二十多年来，我孤独地守望，温暖地守望，安然地守望。我是坚定的守望者，也是幸福的守望者。我的日子，在守望中醇厚；我的生命，在守望中丰盈；我的笔墨，在守望中厚重、坚实。

我敬慕经典，迷恋经典。我迷恋钟繇小楷的天真烂漫，稚拙率性；我迷恋王羲之小楷的典雅庄重，穆如清风；我迷恋王献之的妍媚清丽，温雅从容；我迷恋米芾行书的沉着痛快，八面出锋；我迷恋祝允明的闲雅自在，潇洒劲健。

我追慕古人的笔墨品格，感怀古人的笔墨精神。我偏爱颜鲁公书迹里那浩然正气，书格里的高洁人格；我偏爱苏东坡行书的安然恬适，一派天机；我偏爱黄山谷大草的纵横恣肆，奇崛多姿；我偏爱傅山行草书那典雅的恣肆，泣血的心迹。

我在墨香里闲庭信步，愉悦漫游；我在墨香里得意忘形，得月忘指；我在墨香里缱绻，也决绝。

一缕缕墨香淡淡，让我神清气爽，也让我目迷神醉；让我低眉心折，也让我翰逸神飞。就让我的一颗心，匍匐在宣纸上，一年又一年，无我无物，无法无天。

守望墨香，就是守望着自己的内心，守望自己内心的宁静。

守望墨香，就是守望着自己的灵魂，守望自己灵魂的自在。

守望墨香，像农民守望土地，我愿意用一生的深情去守望，用一生的执著去守望。

此生，我迷恋于做一位墨田里的守望者。

选自 2016 年 3 月 30 日《书法报》

像少女一样，奔向你（三章）

雨倾城

我的身体里藏着风暴、雷霆

晒着阳光。

那些花儿，开到极致。

哥哥，那样小小的金黄，明亮、灿烂，不失悲悯之心。它们在风中摇曳，像你一样把我深情照耀。

熟悉的路途、山林，不断前行，追赶，充满感激。

如同命运。

哥哥，我的身体，藏着风暴、雷霆，漫山遍野蹉跎半生的回首。

树叶里奔跑，仿佛遭遇了爱情。

时间滚滚而逝。

哥哥，白云翻卷，道阻且长，谁偶然的一瞥，让我一次又一次抱紧灵魂，只想胡作非为，向着青春靠拢。

天地无一物。

哥哥，公园的木长椅上，那无数次经过的是我，那变轻变薄的是我，那想和你说话的是我。

哥哥，能不能停下来，等一等。陪我聊一聊孩子、天气、茶和初见的傍晚，还有我门窗掩闭、苦苦压制的欲望。

像少女一样，奔向你

哥哥，我在发呆。

在明明灭灭的波澜里。

在辽阔的南湖上。

至静至美。我爱的午后，有残荷的味道，在路边坐坐，就能喊出我名字的石头与晴空。

足矣。有无邪的蓝，睁开大地的眼睛。

有只属于荷的态度。

有绚烂之后的找到自己的沉静凋零。

该有一场雨。

点点滴滴，敲打于枯荷之上。从天上，远处，你午夜的耳边，苍苍茫茫，无边无际。沿途写下命运之初，那些世间万象、生活洪流，以及，那些正在发生的遇见，和爱情。

不久，我伫立过的地方，就会有水面清圆，——风荷举。而我的襟袖之间，也会氤氲起莲香的痕迹。

哥哥，那时，我会像少女一样，张开双臂，奔向你。

就像小时候，奔向大雪飘飞。

风一千次吹过南湖，而你，吹过我

大雪一样的落叶。

落下来了。

仿佛艳遇，一闪而过。

城市和乡村，它们铺满旅途。说出冷。

那么多人视而不见，那么多人打身边经过。

我转过头去，然后消失。

哥哥，叫我傻孩子，把我关心宠爱，想了一遍又想一遍的哥哥，你听，你听，寂静在远处，树叶正在从我的身上落下来……

哥哥，以后要不要每天给我写信。信的内容是，阔大的晴空下，我们互相爱着，风一千次吹过南湖，而你，

吹过我。

哥哥，秋天的事物，多么美丽。

满山的枯草。

满山的足音。

满山的枝桠，伸出安静。

满山的你和我，抱紧岁月，发梢微凉。

选自《山东文学》2016年第3期

墙

武 稚

一

此生,它只练习一种姿势。并且它不允许它的天空出现倾斜。墙的命不由自主,渐渐地墙不把这当做一回事,渐渐地墙就在比谁站得更长更久。

墙要面对不紧不慢的雨水,墙还要面对不紧不慢的时光雨水,不紧不慢,可能就是一些事物的精气所在。风起墙外,墙稳稳地立着,墙用一堵墙的形式,完成对你一生的包容与挚爱。

一堵好墙,总是自信从容、彰显个性,一堵好墙要不冲动、不动摇、不挂泪水,不陈仓暗渡。一堵好墙,不能毁在烟火中,几堵断墙几根残壁,像是偷梁换柱,那是墙一生的耻辱。一堵好墙应该毁在炸药中。有一堵好墙靠着是多么重要,它能让人轩昂,也能让人沉睡半生。

墙对觊觎者,保持一生冷静。墙在年轻的时候也曾心跳得厉害,它也暗暗赞叹翻墙入室者的勇敢。

二

老家的墙,被雾气阻断了。

老家的墙立在水边,它默默地埋头饮水,它有足够多的影子做伴。

老家的墙已经长满了皱纹，它有腐朽的门窗，它有带木栓子的门，它独抱幽静。

老家的墙说着土话，老家的墙过着漫不经心的日子。谁也吹不倒它，老家的墙没有了锋芒，但有硬度。

老家墙里的灯火，还温着昨日的余香，老家墙里的炭火，还时不时呛得我泪流满面。

孤单的时候，听墙说一夜的情话，老家的墙还藏着那么多的好梦。老家的墙也总是会和粮食一同醒来，不论风雪怎样地掷在墙上。

这么多年，梦翻过墙头，越来越远了。老家的墙成了虚构，虚构的墙，有了痛觉。

选自《散文诗》上半月刊 2016 年第 7 期

辩解（二章）

转　角

是蜗牛在树叶薄片上留下的字？
它不是我的。不要接受。

——普拉斯《信使》

无　言

坐在树下等死。

微垂的风也充耳不闻，远处的光有了强烈的求死意志。双膝交叠后进入一种冥思状态，我看到三维立体世界呈缓慢旋转的锥的形状，百年老树用虬枝透穿了大气层。

这一刻毋庸置疑，在灿烂的星河新生事物往往此起彼伏。

虬枝在新的感觉里充满希望。他同我一样切近一切有光斑的暗处，他同我一样以一种巨大的意志力挺直了腰身，他终于站在了王的位置上——

缓慢切换，轮廓越来越与众不同。

大地不再五颜六色，只遗留青灰引领惊诧与沮丧。大地叠覆落日，远天以取之不尽的醉意招揽天下豪客纵驰在空旷渺远的地平线上，万物随风倒伏。熔金的远方残阳嗜血，人影物影不停涣散，涣散……

一切都还是沉沦的样子！

极致是短暂的。四顾之后，我对自己依然茫然无知；对远处的树，空气，流动的星云，灰垢的清晨与黄昏依然茫然无知。我就这样默对自己的影子，由远及近——

欲尝死亡。

皮　囊

一根鱼刺倒立着进入，他的表情像化石。

这是失明的六年。瓷砖上的四色花安静地醒着，餐桌的一侧坐下一尾上岸的鱼，桌布有幸福膨胀的颜色。这里因为他的到来而议论纷纷。

被拖拽到食物上了，味觉、嗅觉同时发起战争，动作不雅吃相不良，我们只听到稀里哗啦大快朵颐杯盘碰撞的浑浊之声，我们只看到一只动物的丑陋本性，之后紧随一声"啊——"，一切，戛然而止。

是谁搅扰了我们清明的耳朵？

——他是不是早已被死者所见？

身体是僵直的，表情包却无数。在灰暗的窗外我们确曾也有他的样子，被一些不可知事物碾压成一副空心躯壳——

用来唤醒那些渴望被别人仰视的人。

选自《诗潮》2016年第8期

弥漫（外一章）

庞 白

弥 漫

我相信云朵的任何变化，哪怕瞬闪即逝，都是率性而为。比如现在看到这朵云，在天上的生起和消散。

我相信它们的天空已经没有恐惧，而且无比宽容，云朵才会如此坦然，起伏和往返。

起伏和往返的，还有它们交错而过留下的寂静，一直在大地上方漂泊和弥漫，既无处安放，又悬而不决。

一盏灯在远处的青山上明灭闪烁

有暗雷从山上潜来，击伤雨水；有悲伤轻盈，跃上山坡；古老枯树上，有浆果倏然坠地，微醉的藤蔓，和近处的野菊呼应。

春夜盛大，风吹得到处都是。风目睹了青山上的一盏灯在我心里演变为漫天大火的全过程。

当我仍然站在青山下眺望，再一次拒绝转身。我只能说，夜凉如水，孤独如灯，现在不仅仅是天意了：

夜保守着一个秘密，既清高，又庸俗，就像那明灭的灯光，被一场灵魂的飞翔所覆盖。

选自《星星·散文诗》2016年第4期

惊 蛰

林 溪

半截闪电之后,渐有春雷萌动。

被冰雪封存了一冬的河面,缓缓松开荡漾的碧波,艳阳送来一日暖过一日的南风。

多少个春天,就这样被唤醒了。

在大地的怀抱中酣睡了一冬的昆虫,开始翻转慵懒的腰肢,试探着钻出小脑袋,睁开惺忪的睡眼,望望外面明媚的世界。

桃花灼灼、梨花娇娇、黄鹂鸣翠、南燕归来。

原本冰冷、沉寂的大地,被艳阳与春风叫醒,原野、山河之上早已草木纵横,欣欣向荣。

村庄的上空,炊烟长着细小的触须。

触须伸向村外的庄稼地,和阳光一起,轻轻舔舐着闪亮的油菜花。

所有在清晨走向田野的农民,都是我的亲人。

他们一寸一寸伏下身子,以最为虔诚的姿势,认真聆听万物生长发出的声音。

选自《散文诗世界》2016年第3期

一种声音（三章）

张　元

甘南，云上的天堂

在甘南，我把自己想象成一片云，而且一定是绿色的，那样才会是一团跳跃的色彩，照耀路上各色的行人。

一朵云，飘过一座座城，我看见花开和花谢，像生命最完美的舞动，这种肯定也将是最无可厚非的选择；云朵是最有思想的存在，将以最意想不到的方式唤醒，那些还在清醒中安静的梦游。

褪去了阳光折射下波澜的微光，听剥去声音之后最干净的心声，包含了一切该包含的自由，让无数的心事切割出命运的圆圈。新鲜的明天却再也不敢和昨天相遇。就像尕海一树盛开细小的繁花，听见夏雨和冬雪奏出交响乐，亲吻着世界，在风景中流连……

我曾轻轻地飘过这一树的徘徊，为炎热的天气带来一丝清凉的慰藉；是沉默的化身，给莲花山穿上厚厚的外套；安安静静不带一丝喧嚣的落下，这是云上的天堂，是善良最后的归宿，还能模糊的双眼，是最庄重典雅的告别。

一纸家书里的父亲

我离开的时候，永远都没有忘记，最后消失的那个身影有多沉重，整整一个季节，我都沉浸于其中无法自拔。

父亲常说，古铜色皮肤是我们的骄傲，草原就是我们牧人最大的财富，死了也要贴紧，给灵魂一杆绿色的战旗。这些年从西北、到中原、再到南国小镇，我已经害怕了异乡夜晚褶皱的腹部，学会了谦卑一次次向陌生致敬。

父亲文字的笔画，像极了郎木寺转经轮上的唐画，梦里的青稞成了我唯一甜蜜的回忆。碌曲花开不再只是隔世芳华，抓不住逝去的韶华；异乡的月亮，一封抵万金的家书，把我想说的，都写了出来，卷起了记忆深处的波涛。

我已经流浪的太久了，以至于我都忘记我在为什么而流浪；梦里的布谷鸟催开了满山莺飞草长，一万里草原自有广阔。我已经厌倦了漂泊，我把脚步废弃如同侧溜的大雁，在十三刻的梦境骑着白马在甘南草原奔驰；被期盼覆盖的小路，就在我的脚下，也在父亲信中将要写到的地方。

一种声音

把能表达的声音，都留下来；怕远方太远，梦想太大，那些为生活奔跑的游子理应宽恕。注定的旅途，从不是漂泊的唯一，每一个春天的拥抱都让我害怕，怕短暂的重逢是离别的假象。

我的口袋装满我的忧伤，那些忧伤有着和远方土地一样的颜色；我怕来不及表达就已经结束，多想从未有过分离。在喧闹中吟唱着一纸繁华虚度，习惯了的选择最后必将和时间对峙，除了苍老，最后只能唱一无所有。

无形透明的时间可以摧毁所有感知与认识，但声音永远是最忠诚的记录，无法模仿的音色是世间无比珍贵的亲情物质，总是会在孤独的月夜，隐隐浮动。

我开始耕耘土地，种下的全是爱、梦想与希望，把一个人的话送到一群人心里；翻越了无数的山，跨越无数的河，偷偷把一切安排得美好无垠，三月的甘南，小鸟欢快地歌唱，我也一定回家。

选自《散文诗世界》2016 年第 3 期

一堆玛尼石里藏有多少祈祷（外一章）

张九龄

在西藏，石头坐满整个高原。

高原是神灵修行的圣地；石头是莲花宝座下的沙弥。

石头一片一片地堆积，人们把它叫做玛尼堆。成千上万的石头，成千上万的玛尼堆。

在路边、在河畔，在山冈的一侧，在经幡飘拂的下面……玛尼堆保持最大的静默，和这高原一体，但又比高原更为高远。

刻有佛像，刻着经文，有着灵性的石头，有着灵魂的石头，宗教在这里闪着佛光，它照耀着高原的天空和大地，照耀着这片土地之上的一切生灵，也照耀着信民们一颗颗低于泥土的心。

虔诚，把石头放在额头之上，这是把自己的祈祷置于石头的内心。把头磕下去，白银的石头有着黄金般的光芒。沿着顺时针的方向，玛尼堆内有着法号在低低地吹响，信徒的心中只有爱，只有对这神山圣水的敬畏。自己何其渺小，但有神灵护佑，也必有美满和吉祥。

和一座玛尼堆站立，就是和整个世界在一起，就是和佛祖的慈祥在一起，雪山不再摇晃，大地更加敦实，要继续前行的双足，有着从未有过的力量。

风在吹，但一颗心却如此宁静。

选自《散文诗》2016年第4期

雪后之光

雪后之光,恰似一袭王者君临天下前即将拉开的序幕。

众山皆白,众山都归于静穆。生灵隐于巢窠,不敢有声,它们只能把自己的喉咙紧闭,以卑微,迎接王的到来。

众水都成冰。那是铺开的一条琼瑶玉道,供王辇之缓缓而行。

此时,银白的光将天地全部照亮,那是多少银匠用自己的手搓出的银粉涂抹于这世界的额头,那是多少母亲挤出的奶汁喂养的乾坤!

那些光,动人心魂,仿佛能让自己看得清自己的前生与后世,能让自己看得清自己的骨头和一颗跳动的心,能让自己静谧,仿佛在佛的面前,终于闭上自己在尘世的眼睛。

内心里的孤独被雪光照得晶莹剔透,恰似一枚千年的化石,就算再有千年,它也不化。

王者从来都孤独。此时,我或许就是那王者,在这只有自己的世界里,独自踯躅。

最好是在一片雪光之中,没有告别,拥抱着我的孤独,让自己仿佛一朵雪花,悄然逝去。

选自《散文诗世界》2016年第6期

麦 田

张生祥

我要打开这风的门庭,侧身走过从天而降的旷野。它举着猎猎的旗帜,整片整片地喧嚣着这不眠之夜。是的,在它面前,我轻易就能播种,收割,丈量雨水的良心。我也能将它的纵横,从远古一直收割到现在。但是,在它敦厚的嘴角上,我能看清,微微的抵动,代表了曾经饱受的疼痛。它追逐光明,埋藏黑暗,不惧岁月压迫的路径。它从雪花的颜色里,分辨日月星辰。只用镰刀,就能描绘大河上下的滔滔,长城内外的唯余莽莽。马蹄声破碎,历史的尘埃落下。时间断裂过的荒芜,被黎民的双茧收藏。我看见,孔夫子在麦田里念念有词,默颂天降大任于斯人的经文;我也看见,时间的骨头在这里长出肉体的丰盈和喜悦。我想象,来自远古的城墙上,石头与炮火的交错辉映;呐喊与饥饿的野蛮纠缠。是的,我现在正背负阳光的嘱托,在这里行走。我撑开雨水,让它欢快地表达。麦田一低再低,低过雨冲洗的辽阔和豁达。以无人能及的勇气,抵达不死的时间深处。在麦田的腹部潜入呼吸,你听,它正沿着麦粒的光芒,延伸着生命的长度。

选自 2016 年 8 月 1 日《北大荒日报》

别让惊喜吓着自己（四章）

张庆岭

喜欢慢

把心收一收。

把肺叶敛一敛。

重新回到——深呼吸。

喜欢慢。慢慢地吃，慢慢地喝，以步行的速度告别饥饿。慢慢地说，慢慢地做，慢慢地靠近真理，慢慢地抵达平静，再也不让惊喜吓着自己。

喜欢慢。就让畅想与欲望一刀两断，就让刚刚射出去的子弹退回到弹夹，就让已经爆炸的原子核，竦然变成美丽的烟花——就像把一场涂炭生灵的战争，幡然改编成一次丰富多彩的游戏。

喜欢慢。努力让纷争慢成友好，天涯继续天涯。

灾难成为梦境；

永别变得遥远。

草木格言

一片叶子，一片叶子地——本真，才叫本真。

被大地与蓝天，深深地掩埋，一生一世地掩埋，才能抵达平凡，把本真做大。

可以丢掉漂亮的叶子，也可以丢掉硕美的花果，甚至可以丢掉高达的枝干，惟独不能丢掉了根，丢掉了根，就是丢掉了本真，就会导致毁灭。

穷尽一生，恪守平凡，草木
该有多么幸福。

雨中树

雨仍在下。
挽着高高的裤腿，打着自制的雨伞。树，在等谁呢？
时间，一寸一寸，把自己咬碎，淋湿的鸟鸣，早已飞走。
风，疲惫不堪，收回了诺言。
而树，依然一动不动地，站在那里，谁也
看不见她平静的内心。
雨仍在下。

一朵花儿决定不再开放

也许是因为，她想起了前世。
被紧紧咬住的芬芳，将全身膨胀得十分圆满，看来，她已下定决心不再开放。
她的样子，不像是傲然，而像是忏悔，更像是对这个世界的敬畏。
春天走后，夏天又来了……
一朵花儿，让自己想了很多很多，惟独没有想起自己的美丽。

选自《大沽河》2016年第3期

复活的爱恋
——在小宏城

张沫末

入秋,河流饱满,水滴将挚爱收纳于一颗水草花的内心。流浪与孤独,在八月的眉眼处结束。

八百亩葵花在某一个初晨集体打开笑脸。我心温暖,小小的喜悦在葵花每一粒隐藏的果实里跳跃,激荡。

阳光下最忠诚的花儿,总在某一刻对太阳倾尽所有思念。

抽出鹅黄细软的絮语,抽出花蕊上群起的彩蝶的欢愉,抽出黑土地里整齐的翠绿与金莲川上空逍遥的云朵。抽出草原与农田相接处的灿烂。

麦浪远去,童年远去,草原远去。在这八百亩城池的遗迹之上,你用点点金色打开连接历史与现实的隧道。

所有的青草都为你的浩瀚折服,所有的河流都为你的挺拔回首,所有的风声与来来往往的故事都只是你不屈生命的配角。

远去的鼓角争鸣成为你翠绿衣衫下潜伏的雄壮,悠长的云歌离殇是你丰满笑容里无数次绽开与谢幕后的疼痛,散落的琉璃青瓦是你前世的魂魄,跌碎在刀光剑影中的最纯的爱恋。

曲折的亭台,幽幽的花香是转世而来的粉蝶扑捉游离在红尘中的断肠。

那个携带历史神秘在燃烧的尘烟中奔突的男子是谁?

他没有抵达都城,没有将八百亩辉煌的守望交付到心爱的女人手中。是山的阻隔还是熊熊烈火焚烧了他前行的路途。

爱覆亡了。百年的行官,连同城池中所有的爱恨与琴声一同焚毁于一场大火。是嫉妒之火?战争之火?还是欲望之火?!

灰飞烟灭的爱恋沉没于一条河流的曲折与丰沛。闪电依然一刻不休，时光依然固执前行。散落在灰坑中的葵花的种子从灰烬的叹息声中昂起头颅！

在每一个八月，在每一个草原丰美的时节，说出爱，说出沉默几百年的眷恋与思念。

这沐浴在阳光下的金色之花，这身着绿色裙裾的美少女，一定是那场大火里走散的女子吧。用朝圣日光的心，等待着每一个盛夏时节北上的君王。

风过之后，初秋新月朦胧。野性的闪电河边芳草萋萋，战争与硝烟终于远离了这片丰美的草原，柔情与烈火抽空了近乎八百年的长梦，松软的土地上开满了金色的花朵，秋天里复活的童话暂时忘却了悠远的旧事。

幸与不幸，你都会执着地高昂起笑脸，用穿越时空的情爱，凿出一条温暖在尘世中的清冽之渠。

更多的彩蝶流连于八月的太阳花之上，天空妩媚，你心沉醉。

在婉转含情的河流堤岸上，一朵葵花的身心正在太阳的巡幸下，绽放，谢落，纷飞。

风过之后，初秋之后，轻霜之后，这红尘里最真实的守望与爱恋，又将回归于一场谢落的离歌。

天还是天，云还是云，只有你敞开胸襟，将亿万粒恩爱的果实洒向大地，洒向人间。

相聚或新的别离，在幽幽的察罕淖儿凉亭之上相守同一轮日月的升起与沉落……

选自《中国魂·散文诗》2016年第6期

竹叶纹蜡石

张绍金

竹枝词,养育着你的容颜。其实我心不甘,置身竹林。

一颗石头狠狠攥在手里。阳光开拔,进驻竹林,进驻竹叶,叶片遮住鸟声。

石缝里,竹溪间,泉水叮咚,是应和竹叶吹奏的乐曲。隐隐的杂草,与竹林为邻。

山坡,白云凫过风浪,斜过来的青松托住竹叶的心跳。

白菜青,青菜白。一石墩蓝天流向一石墩竹林,泉水隐没了自己。

竹叶的色彩躺在石头上横七竖八,墨绿或灰黄,杂乱但井井有序。

其实,那座隐隐的房屋,被一片竹叶牢牢固定。

一定是心怀春天,竹林才青绿成溪!一定是情有所泊,大自然滴露成精。

远处,是雾气?是炊烟?是叮咚的泉声?留给知音定夺!

是谷风把悠远的传奇呈现出来,是林中穿行的足音布满周身。

竹鸡声声,叩击一面石鼓!鼓面啄痕叠翠。

选自《散文诗》下半月刊 2016 年第 4 期

大沽河之秋（外二章）

张晓林

云白天清，无名树，婆娑着河与鸥鹭的前生，还有后世。
即墨，惟一一棵入编《山东名木》的林木，
熠熠闪烁着思想的叶子，与雾，与美，不期而遇……
足令另一位地方长者柘树，在他的面前，驻足。
风来了，霾已消散。
而菜蔬，正在展叶；
散发着泥腥气味的大田里，麦苗也已出土；
嫩黄，清新，柔软，有飞的欲望，或者说，是北风刮来的凉，
翱翔着小小的羽……
村落里牛羊稀疏，祖孙们外出打工，
惟一众老人，守着老村，守着故土，守着乡风民俗。
他们的每一道皱纹，都藏着千言万语……
此时，我在用心，用毕生的时光，读一幅绘在大地上的——
清明沽河图！

亚洲闸王

剪剪秋风栖落，因陶醉而抖颤。
白鹭，住在梦里吧，你这特立独行的浪子。
大沽河，亚洲闸王，九孔虹桥，为你架起了一个小小的——
登高望远处……
左近就是槐林。

草地上，羊在吃草，玉米在长高，闪耀美妙的，蝶变。
打鱼人呢？他到哪里去了？
这里，曾经休息过，一个又一个，美丽的——
节日，抑或假期。
正是九月，风已渐凉，牛羊逐渐肥壮。
大沽河，九孔拦河闸，亚洲规模，彩虹式，可望，亦可即。
入海的水，生命之水，滔滔不绝，
正向这里汇集。

秋

山水宜人的岸，一片红叶自天而降。
若一只鸟，飞着，幻觉的一种。
被天鹤或天鹅的羽，轻轻吹远，吹远。
花枝沿岸，心里的花粲然开放。
匿于林中，所有鸟鸣、虫鸣悠悠偃止。每一丛荆榛，都有鸥鹭闪过，
飞入黄昏。
清明上河图沿岸盛开，小小的酒肆小小的镇子，灯火如海。

选自《山东文学》下半月刊 2016 年第 8 期

边走边唱(组章)

张敏华

终 于

镜前,贴近镜面,我终于看到自己日渐衰老的模样:黑眼圈,白发,鱼尾纹,老人斑,
曾经眉清目秀的容颜无迹可寻。
拧开水龙头,装满一杯水,用力泼向镜子,我终于把镜子打碎,把自己淹没。

端 午

一条大江的孤独,屈原知道;一方水土的忧郁,伍子胥知道。人生不过百年,但他俩已活了千年。
两只粽子,放在两只瓷碗里,碗与碗之间的距离,就是伍子胥到屈原的距离。
昨夜两次醒来:一次惊梦,为伍子胥;一次惊魂,为屈原。

无 常

晨钟唤醒草木,蟋蟀替代耳鸣,风和叶谈论离别与生死,鸟换取无常的天空。餐风饮露,一个倥偬的身影。
回首,山峦浮脉——牛羊放归南山。

寥廓夜空，一场雨夹雪融化生与死的界限。

村　庄

在钱氏船坞，百年的光阴顺水而下——一年一年的欸乃，唤醒了多少人的前生后死。

河水把一寸寸的时光，镀成一块块翡翠。生命自然而然地有了水一样的个性：柔中有硬，硬中有柔，在任何一滴水里，柔就是良善，硬就是骨气。

回忆的天空，是村庄的黄昏，月光蓝印水乡的衣袂；而那条映衬月光的河流，再一次流淌两岸的丰稔，恍若梦里，恍若酒酣。

夜　晚

夜晚会给她带来什么？如果泪水足够用来稀释。落寞中，她的肉身突然被窗外的一道月光镀上一层白银，她的背影，像一张拓片。

夜晚会给她带来什么？比一张纸还薄的睡眠，容纳她贫血的呼吸。当她爱，爱已没有记忆，她白银的手，一只伸向远方，另一只，在身边受伤。

夜晚会给她带来什么？是离散，是月光泛白的床单。一颗脆弱的心，无法挡住下沉的日子。但她还在做梦，在梦里，她才会有放大快乐的心情。

选自 2016 年 9 月 29 日《北海日报》

庐江雨中短曲（三章）

陈 俊

在冶父山雨中想着铸剑

白茫茫一片，满山的雨曲。

为剑池而来，为炉火而来，为剑气而来。我想铸一把剑，虎啸龙吟。我想铸一把剑，四方云动。

一进冶父山的山门，我立马衣襟飘荡，似被人牵着衣袖一跃飞到山顶。满山的雨踏在脚下，谁在弹剑而歌。一扇云门訇然中开，一口大池，风云激荡又沉静无比，似是巢湖被移到眼前，这就是我梦寐以求的铸剑池。扯我上山的老头，站在清波边沿，童颜鹤发，仙风道骨。他说他叫欧冶子，而我成了他要铸的一把奇剑的前世。他不由分说地将我带进他的铸剑洞，山洞阴暗潮湿，没有光亮。而他随手抓起一物，轻轻吹一口仙气就满壁的炉火，炉火映红了他的铁铸的长髯、硬朗的神色，也映亮了他眉间的豪迈、脸上的刚毅。他目光如炬，眼里别无他物，只有炉光四射。仿佛天地万物都在他的炉堂之中。火无比的张扬，猛烈，所到之处一切的草木和时光皆被它焚化成无。我成了一块通红的条状物，伴着满山的雨曲的节奏，在他手里变着花样。一会是赵王手中的湛卢、巨阙、胜邪、鱼肠、纯钧五剑，一会是楚王腰间挂着的龙泉、泰阿、工布三剑。

大雨如注，我还没有看清被插进巢湖淬火的过程，就尘封于岁月的剑匣。我的锋芒何在，一时竟拔不出自己于剑鞘。

转身寻找，我已被丢回山下的雨中，原是南柯一梦。

感觉骨头和热血还被握紧在山顶那老头的手里,而我终没有上到山顶找回自己,任由他握着再去千锤百炼。

有剑锋划过,那是一泓从实际禅寺飘来的梵音,在不知不觉间,斩断了谁的红尘旧梦。

雨时断时续,似是一把一把宝剑在淬火时喷溅的泪花。

而我终是还想铸一把剑,笑傲我文字的江湖。

拜谒周瑜墓

雨水刚好停歇,高大的牌坊一尘不染,仿佛被刚刚的雨水的雄心擦亮。

走进墓园,周郎终于歇下金戈铁马,与泥土与荒草相依相伴。在这里他也许最安心了。无需升帐点将,无需费尽心机,无需不择手段,无需感叹"既生瑜何生亮",他的睡眠里再不要枕着刀光剑影、撕杀声声。是可以尽享英年早逝的天伦了,一心一意只守着小乔的春花秋月。

雨水停歇,但天空还停着雨水的影子,雨水的湿,映亮了宽大的墓园。仿佛我的眼角没有泪水,而心在大江东去的波涛中起伏,在三国的江湖澎湃。

一场雨,然后不留痕迹,拜亭里浪花淘尽英雄,一场雨收回了踏波的脚步。

而小乔用十四年在这里相守的时光,延长了英雄的雄姿英发。寂寞的小乔在院中担水浣衣、烧柴煮饭,每天与沉睡的周郎说着眼前细碎的风月,一口胭脂井收集了她全部的雨水光华。

走进来拜谒的漂亮妹妹是否是小乔的前世。

雨水在远天晃荡,坟头的野草泛着雨水的幽光。

我在内心深深一揖,英雄睡好!

转身走进一侧的厢房,一墙壁的伟迹——向我慢声细说。

相思林听雨

走进林子，我们被突然而至的雨水包围。雨水的呐喊敲打着树叶，铺天盖地的气势像心血来潮，像一见钟情的开场。谁将我们不经意引进林子，引进一场爱的伏击。我看见一棵老树生发的新枝上，雨水纠缠，晶亮的喉结处发出细丝丝的喘息。

相思林里蓄积了太多相思的泪水，如此不经踩踏。

起始是大珠小珠落玉盘的节奏，接着是银瓶乍破水浆迸的旋律，渐渐的是十面埋伏的鼓点。

我们在雨水的内心里无处躲藏。声音赤裸像一把刀子，挑开了我们的包裹。

好在有听雨轩让我们落脚，让最后的爱情留给自己，不被淋湿。

与邻近的庐江在听雨轩里敞开长谈的心扉。时光如此坦露，又如此峭拔。

我们在雨水里又在雨水外，我们既在听雨，也在被雨听。我们弹拨的心弦，加入了相思林的雨曲，大弦嘈嘈，小弦切切，岁月汇流成溪。我们在雨水中流淌成为潺潺的一部分，成为记忆。

掩耳不闻，这才是最放松的时刻，道路交给静坐，时间交给雨声。

重新审视这相思的林子，我们才发现它的高大与浓密。

一枚叶子留在内心泛着雨水的微光。

选自《散文诗世界》2016年第9期

风 车

陈计会

风车孕育着一个英雄的梦想。

当黎明撒播，它破壳而出，大海张开胸怀，像迎接王者归来。它扇动翅膀，万匹霞光起舞。黑夜零乱的羽片纷落，溃败。初生的光芒里，一只大鸟面海飞翔。

在那凌空的岬角，在那千古荒芜的岗顶，它耸立着，或从夜的阴影中升高。千百年来，那鼓动帆篷又撕裂帆篷的风，横行天宇，卷走屋顶多少茅草？又让多少渔船葬身海底？此消彼长的福祸，犹如一把双刃剑，横戈在天地之间，让人徒叹奈何！

——谁向长空缚蛟龙？

——它应声而出，迎风疾走，手持人类智慧利剑，与之搏击长空。巨臂挥舞，嗡嗡划过蓝天，引领无数期盼的目光。像一曲萦绕大地的浩歌，威震山河。最后，风成为它的坐骑，安然归于它的麾下。

它驾驭着生命意志，划动巨大而优美的弧线，大开大阖。力的张扬、角逐。从而证明自由从搏击中来，光明自黑暗中萌生。

海风习习，蓝天白云间，你会将它读作浪漫主义翱翔。然而，那是一双风霜雪雨擦亮的翅膀，闪烁着金属凌厉的光芒，犹如思想。

自由是如此可贵，它让淬火的翅膀更加矫健。在自然宏大的书页里，它留下命运不屈抗争的箴言。

它在众人的仰望中升高，成为灿然开放的花朵。一朵，又一朵洁白的莲花，开遍海隅。那是永不凋谢的花朵，清新的花香沁人肺腑。

它的根须埋得很深,连结着山下万家灯火,连结着一颗颗精湛的头脑,连结着一代代人被海风掀开又覆盖的梦想……

连结着我在风中的浩歌或长吟。

选自《散文诗》2016年第6期

高原物事（三章）

陈波来

高原白头帕

白头帕从哪方来？从瞎子婆婆的龙门阵里来。

瞎子婆婆的牙床上七翘八豁，龙门阵里有一道唾沫子飞溅的垭口。

白头帕从那垭口下来，云朵一样下来。垭口那边，是川渝，是湘赣。

白头帕为哪样盘缠上高原？高原的风雨清冷，一脚一脚都是异乡的晦暗。

黑头帕的土苗和格子帕的布依人，在新垦的家山周边晃荡与觊觎。

一声声吆喝里，白头帕认出白头帕。

白头帕聚拢白头帕，和擦亮的火枪，与刀。

白头帕绾紧，紧紧裹住的是一路流徙的不着一声呻唤的恓惶与苦难。

白头帕到哪方去？到瞎子婆婆的龙门阵里去。

白头帕从瞎子婆婆的头上抖散开来，抖散开来便是千百年的皱褶。一夜白发或者一夜白发转青哪！

太多的皱褶！白头帕抖散开来便再也没有盘缠回头上。

高原唢呐

在漫长的阴雨天藏好那把唢呐。

阴雨连天,连最卑微的草籽也挣扎于泥泞,远山因为眺望不及而没入谜一般的寂寥。

那种冷在骨头里淅沥。

要用仅有的一幅绸缎裹好那把唢呐,用说不出或者不用说出的心思把唢呐和旧事物一并安放。

吹唢呐的人深知,要用一抹胜过绸缎的柔软藏好那一腔壮怀。

那吹唢呐的人,一小片干净的羽毛应当贴在他的胸口。那是晴天的信物。

因此他坐在滴水的屋檐下,喝大口的苞谷酒,甚至大声说笑。他洋溢出阴雨天的笑泛着黄铜色。

总有晴天。总有唢呐高低吹响的时候。

是时,金属质的唢呐声在整座高原上滚动:高亢,激越,浩然之气贯穿生死,直把红白事撩拨成一样敞亮的欢欢喜喜。

四乡八里,男女老少的手在挥舞,因为摸着了黄铜色的阳光而挥舞。

高原酒

苞谷熟了。

坡上的白日里风在一层层炸裂。一些身影在干燥的苞谷林中穿梭。等着喝酒的人有些急了。暗黑的板壁上有敲打的回声。

瓦缸收留一切回声和稍纵即逝之物。

瓦缸里有看不见的黑。

就像酒里有看不清的水。只道是酒嘛,水嘛。等着喝酒的人有些急了。

只道是水嘛,酒嘛。苞谷酒是烤出来的。包住了火的水是酒。

不需封酿的苞谷酒葆有最粗爆的灼烧之力。

要喝就喝个认得。认得这些赶来喝酒的先人。

要让他们喝好噢！喝到一把火燃亮高原。瓦缸和喉咙一齐朝天喊——

扁担开花，各回各家！

等着喝酒的先人有些急了。等着喝酒的先人越来越多了。

苞谷熟了。

选自《中国诗人》2016年第3卷

咀嚼生活（三章）

陈修平

心是一道虚掩之门

人与人的相遇，心与心的碰撞，与两扇门的开与关，何其相似！

每个人隐秘的内心，犹如一道虚掩之门，时时在期待，柔风吹进来，花香飘进来，期待着清丽的鸟鸣，荡漾寂寞的心海……

虚掩之门内，心扉已洞开；

虚掩之门外，是谁在徘徊？

其实，一道虚掩的门，只需轻轻一触就开了。就看这道门，何时虚掩，为谁等待？！

怀念黑白照

近日翻阅相册，跌落张老照片——黑白的，黑即是黑，白即是白，没丝毫掺杂。黑的头发，理不出一丝白发；黑的眼珠，透着精气神；白的脸庞，找不出一缕皱纹，也看不到些许疲倦。

如今的世界，尽是眩目的彩色。彩色照片里，几缕白发已藏进鬓角，几道皱纹已爬上额头，曾经乌亮的眼珠，似乎也蒙上些许浑浊……

看看老照片，又看看新照片，我觉得还是老照片耐看，虽不绚烂，但黑白分明，不必那么花着心思分辨——简简单单的，挺好！

三点七级地震

瞬间轻微的晃动感,楼道里纷纷响起开门声,以及匆匆下楼的脚步声。

一栋栋楼里跑出的居民,借着路灯光四处找寻安全之地。好不容易找到一块场地,已是人潮汇聚,周边不是高楼,就是铁塔。攥着装满财物及证件的提包,依然站立不安,焦急地四处张望……

手机网络很快弹出消息,确为一场地震,震级三点七,震中位于三十里外的城郊乡镇!

震中的村民不慌不忙踱出平房,搬把椅子,随意坐在屋前场地上,悠闲地聊天。

选自《永善文学》2016年第2期

剧（外一章）

陈茂慧

帷幕拉开。小院。几丛鲜花，几棵高大的槐树，零星灌木。一条长桌，几把高背椅。

一缕月光斜照。树影斑驳。

一只猫蹲在桌边。

几个举杯的影子，站起又坐下。笑声与叹息合奏为夜曲。

月光镀亮了夜色。杯中盛满寂寥。

猫在冷眼旁观。猫在等待某一时刻的到来，无人会懂。

天空有天空的遥远，而城市的中心，这一夜，小院独领风骚。先是喁喁低语，随着酒热耳酣，激情的朗诵穿透了围墙，惊醒着墙外的路灯一串。仍有欢歌。

属于你的小院。"红酥手，黄藤酒"，满园春色关不住。

猫开始走动，从一个座椅到另一个座椅。从容而冷静。

该来的未来，它有十足的耐心。丝竹之声并未乱其耳。

旁边楼上有打开的窗子，有另一幕幕剧情在上演。

谁成了主演，谁成了观众？

谁又是导演？

月光一样轻柔，一样盛满人世间的悲欢。一只猫的眼光和等待无碍。

直到曲终。直到另一只猫优雅地现身。

影子们停止了动作，声音沉寂。

两只猫相拥，缠绵。旁若无人，欢愉之声响彻墙内墙外。

月明。星稀。神看着世间的一切。

直到明月西坠。直到露珠洒满尘世。直到猫的离去。

影子融入黑暗。

直到幕布缓缓合上。

用缓慢消解冗长

难堪的沉默。口蜜腹剑的享受。

仇视和怨恨隐于时间的背后。

风吹不散,雨淋不断。

有一些还在潜滋暗长。有一些索性停留在某处安营扎寨。

相对于泥土中的小虫子,人的脚步丈量的土地太宽广;

相对于人的肠胃,河流的路径更幽长;

相对于一粒粮食走进胃里,它的成长之路太漫长;

相对于这个下午所发生的事件,一生的等待太冗长。

冰雪消融,乌鹊南飞;尖锐的变为圆滑,坚硬的化为柔软。

是什么,在耳边轻叹?是谁,行走在海的那一边?

苦涩的花朵终究要凋残。

一段蒙尘的旧事终归要被风掀开。

谷粒归仓。万流归海。你我背道而驰,终究越走越远。

事物的结局,在时光中缓慢呈现。

选自《香港散文诗》2016 年第 6 期

独唱（三章）

青 玄

初 雪

仿佛冬天的列车才刚刚出发。

雨的汽笛吻去大地的尘埃，洁净身体开始慢慢变轻。它将逆风走向山坡、田野、扫雪机轰响的嘴巴；它滞留白狐的气息，覆盖野兔的三窟，它平复猎人的蠢动之心。

它把世界分成两半。

被猎守的白，在黑的漫长的蹲伏中，完成光，折射的属性。

被放牧的黑，在白的从未停止的坚守中，无所遁形，成为自己易碎的影子。

在玻璃的背后，肖像师完成了他的素描。

在纷纷扬扬的睡梦里，麦子滑向萌芽的温床。

画 中

一个六岁的孩子手握写字的铅笔，铺开一张被1979年的风揉皱的牛皮纸，她把眼前的阿拉套山画成一只豹子的模样。

山下，几笔从雪中钻出的青草。瞬时，让豹子怒张胡须，有了巍峨感。

错落的山石硌疼她跑得太快的脚底。她还想在山脚种上玉米、葵花、麦子，让蝴蝶围绕着它们飞，让这些看上去金黄的植物像豹皮在风中舞出涟漪。

豹子下山了。

她抚摸了一下画中的阿拉套山,摸到豹子奔跑的骨骼。

独　唱

夕阳隐退,盛夏携带最后一些热烈的词语离开。

我的牧场安静,没有高声部的合唱挤占静谧;没有身怀绝技的羊群冲破栅栏的讨伐;没有追随短鞭呼啸而来的鹰隼,占据半空;没有永远,没有世纪。马车扬起的尘烟已消散在孤零的小道两旁。那些随意丢弃的石头太旧了,只裸露出时间的痕迹,一个人的空旷。在这里,夜一旦拉上幕布,就只能听见水流声,带着时间的刻度昏睡。

我小心地收藏着四月的一些雨水,和被雨水洗透的清白,试探着靠近它们——

我丢失已久的故园。

挤进胸腔的热烈,捧出培育后的新鲜,落尽一片茫然。

短暂是一条流经的河被风带走的过程。

我找不出音阶的错误。

我的慢,终究远离了合唱。

选自《星星·散文诗》2016年第3期

路途（三章）

南小燕

晚风拂过琵琶岛

当城市拥有一座岛，人们眼神里便有了火光，有了羽翼，有了能安抚一切的柔情。

踏上这一片土地，你从来都不是一个孤独的人。流水，送来了神曲！寺庙，送来了钟声，这一片叫"琵琶岛"的水域，会让一座沉默的山城陷入一个人的歌声里。

水鸟，游鱼，炊烟，云朵……一副水墨，吹开眼睛所有的苦涩！

从遥远，到咫尺。

读过的千山万水，闪烁在青黛色的山水里，你不想再为莫名的等待张望，崖下抚琴，举杯独饮，那妖媚的绿茶是最浪漫的情人，你甚至想退出众人的宫殿，进入母语的深处，在琵琶岛激滟的波光里细数所有跋涉的传说……

你甚至想为每一朵怒放的油菜花起一个多情的名字，为每一株树木根植灵魂，如果你是一个诗人，那饱满的诗句已经翻滚在与春天有关的意象里！

微风，偷走浓度很高的困倦，时光慢悠悠地往后走……
漫步在琵琶岛上，你们互为镜像，或者一同回望。

把命运重重摔下的叹息,骨齿间的寒冷,放在大地,这一页苍茫的纸上。你意识到偏头痛,腿无力,眼干涩……. 这些身体的对抗,都是因为以往的人生只懂得奔跑追逐,不懂得停留和坚守!

在琵琶岛,每个人都是歌者,大自然已经准备好了最完美的乐器。

你只需要把在路上遇见的那些人还给道路,把过往的那些事还给过往,把一些误解交给时间,把最真挚的爱留给身边最亲近的人……

像这里的一花一木,不论是在孤傲的枝头,亦或是在卑微的泥土,都只为自己开放,都选择安静而幸福地生长!

晚风拂过琵琶岛。
空如梵音。
一切恬淡安详,都是自然的神谕!

中国式茶道

我与你,在天造的某时相遇。
那一刻,山河晴朗,草木青翠。
阳光,空气,轻纱,古琴……眼前仿佛宋词里遗落的场景,一切都在禅意的静默中,袅袅升腾,清净孤远……
水的柔美和坚韧流动在方寸的茶席之间,一种力量裹挟着我慢慢平静,安落!
我与普洱的醇厚碰撞,与绿茶的清淡缠绵,与花茶的芬芳共醉,与红茶的馥郁不舍……
四野沉静,唯有水声和在这一方小小茶席上演绎的界限与尊重。

一份孤独的心愿，就这样被一双温柔的手拉到了眼前，生活原来可以如此静美。

我是不是也应该放下光阴的追逐，虚名的诱惑，做一个温顺的女子，紧拥高山流水的情怀，每天泡茶，写诗，爱你?.

用微笑收割迷茫，以一份禅定之心，笑看所有得到与失落。

落花寻僧去，云水人间路。

我仿佛穿过了被喧嚣掩盖的街市，以一粒种子的情怀，安于僻静处，只要有雨露就好，只要有阳光就好，只要有茶，有你……就好！

生活如茶，我们紧拥它的浓香时，也应该热爱它的平淡。

我们艳羡一株茶树枝头的葱茏，也应该铭记它成为一片有灵魂的叶子所经历的煎熬与苦难。

生命本素洁。

能让我们永远笑靥如花的，不是心情，而是心境！

走近布达拉宫

焚香，净手。

佛门的威仪触手可及。

这向往了很久的地方，把我的恭敬之心，愉悦之心，忏悔之心提升到空前的高度。

我想起时光的祭品，爱情的祭品，政治的祭品……还有那些有经卷引路，依然将自己关入迷途的人。如今，那些遗落的肢体已经风化成精神的丰碑，在饱经沧桑的布达拉宫，警示平凡者知足，贪婪者觉醒。

面对你，我被赋予了恩慈的美，疲惫的尘埃之心，在一座殿堂前与高贵的信仰一起，被恒久的光亮召引。此时，我活得和愿望一样独立。远离人群与涛声，视觉的每一次相逢，我都在你的威严中沉迷。我是这样喜欢这种仰望的感觉，这种神秘的感觉，这种纯净的感觉，这种独自面对你的感觉。

我想把祝福成倍地加之于你。把你的未来与血腥分离，与苦痛分离，与霸权主义、恐怖主义决绝地分离。

或者，我要用高原的烈酒与你对饮，把堆在心里的无奈，彷徨，软弱，忧伤埋在一杯浓浓的烈酒里……

你要问我为什么来西藏？

你一定要问我为什么来西藏？

因为我在众多的眼神里越来越找不到应有的善良；因为雾霾笼罩的城市缺少像高原这样祥和的阳光；因为我对爱情还心存仓央嘉措一样美好的幻想；因为我梦想有一天西藏这一抹纯净的蓝能随风吹到祖国的每一个地方。

活佛，经幡，朝圣者……

西藏拥有太多我们缺失的精神和信仰。

走近布达拉宫。

潜藏的火焰，燃尽污浊。大德的佛门之光把善良，慈悲，信任，真爱从人性的最深处打捞上来，化为圣水，化为仁爱，化为愿意为众生服务的愿望。

合十，仰望！

湛蓝的上空，一条清澈的路无限通向远方！

选自《长白诗世界》2016年第7期

舞蹈的鹰（节选）

封期任

2

穿行于高处，生命的孤寂抛给无穷的天际。

一个潇洒的动作，让那些曾经骄狂的乌云，把怯懦的思想，藏在幽深的谷底。

幻想一双羽翅，掠过长空，在无边无际的心域，安放精神的淬火。

3

荒野——坟茔，不需要淬火煅烧的文字。

一个翱翔的姿势，尽显顽强。

山岩——家，不需要松柏的庇护，不需要鲜花的装点，

尽管道路布满了荆棘，尽管云雾遮挡我的双睛，尽管潮湿的空气打湿我的羽翼。

依旧以啄破天空的气势，腾空而起——

4

浩瀚的天空装载博大的胸怀，梦想却失落在天宇之外。

低迷的岁月，没有为自己的行为辩解。

也没有像那些脆弱的精灵,一次暴风雨的袭击,就把腾飞的信念隐藏。

燃烧着悲壮的氛围,不惧内心的孤独。

在生命的哲学里,孤独是一种强悍,是一次滴血如泪的跋涉。

5

语言和文字,似乎已经不能表达出悲切。

默默的想念,想念逝去往事,想一只自由的野兽。

缓缓撑开翅膀,向着太阳俯冲。

空气中的每一道缝隙,透漏着红光,

可这不意味死亡,默默燃烧着,直到最后一滴泪。

风暴中的歌声——

天空中,血染的圣洁。

8

有人说,支配梦想的是魔鬼。

我很想说,涂上脂粉的天使,并不比魔鬼可爱。

为何自豪?并不是心着魔,把自身的脆弱同风的强劲,做一次顽强的拼搏。

让肆无忌惮的跳蚤恐惧,让横行霸道的蚂蚁怯懦。

白天,想象着黑夜的恐怖。

夜晚,想象着白天的快乐。

于是,自由着,快乐着。

9

狡猾的猎人,蹲守在山崖。

张弓挽箭,把一镞欲望,射向觅食的我。

带着流血的伤口,在空中挣扎着、旋转着……

殷红的血液,浸染了黑色的白昼。

太阳,在谷外燃烧着铅色的云彩,却燃烧不了昏黄的梦呓。

我的梦,在斑驳的徒壁上滑落。

选自《散文诗》上半月刊 2016 年第 10 期

仰望阿让山

（藏族）牧　风

谁的目光被云雾环绕？

谁的声音被佛光穿透？

阿让山已湮没在黄昏的云海里，唯有三只鹰孤寂地翱翔在天际，它们没有对手。

再次仰望阿让山，已是翌日的晨曦。那一半掩映在云层里的诡秘，一半凸现在梦幻中的雄伟，急切地逼近，令我瞬间哑语。如梦如幻的感觉从清晨弥漫到午后，宛如一束束香艳的达玛花，在藏乡荡漾着刻骨铭心的爱恋，释我心怀，挥之不去。抑或像一段让人无法破译的神秘伏藏，在尕布藏寨的上空飘曳且逍遥。

雄伟的阿让山，静美的阿让山，在端午朝水节的欢腾中期待人类的征服。

选自《诗潮》2016年第4期

我在周期表中,寻找家门?(节选)

周小平

一

我想寻根?我要祭祖!

面对,茫茫元素周期表;面对,一大堆方块字符的神奇。我想回家,我想找到当初离家出走的门。

读着原子序数的门牌号,推开虚掩的门,试问童年的笑语和歌声?

1.2.3……118。自然数,成排列队。俨然,纵横捭阖井字街道,两侧矗立着巍巍房屋。

数字,眼熟。像碰上了一张张熟悉的麻将,阔别久违的老面孔。

二

孩提时代,梦想是轻轻的,灌满了天天向上的氢气。欢乐是清脆的,笑声响亮着金属的质地。

藏起猫来,空气的缄默,很爽!很甜!一点不像雾霾,二氧化碳和尘埃紧裹着惰性气体懒着不走,把氧气逼仄到旮旮旯旯的地步。

土地的肌肤,极有弹性,在上面跑起来,像飞一样。没有那么多的氮磷钾,板结着汞铬铅这些陌生的重金属的生硬和蛮横。硌着了，大片、大片庄稼的疼。

蔬菜，随季节而枝繁叶茂迎风招展，不愧为时蔬的光荣称号！没有砷硫氰之辈的农残猥琐和恶毒的眼光。

青山，是青青的；流水，是亮亮的。

眼不见裸睡的铅锌和裸奔的铋钴。

三

沿着童年的足迹，挨家挨户去寻找。小伙伴们都不见了，怅惘连接着远山的烟岚。

锂镍去当电池坐台，成了掌中玩物……

铝去做合金，装饰了别人的美梦……

镉铬，犯了流氓罪，把邻近的白嘟嘟的大米给糟塌了……

钒钛锰都去参加大炼钢铁，运输着熙熙攘攘。后来，兄弟们竟一言不合而反目，大打出手……

半导体硅锗硒举族迁移，取代了柳毅传书消息树鸡毛信鸿雁的活路……

碱土金属，都失去最外层电子，像泼出去的水，嫁了出去……

卤族，武装外出贩盐。接二连三地催产高血压。令整个社会措手不及，空气的血压飙升！

碳，烤红了地球。

六

婚姻，正发生严重混乱！高锰酸钾，氯酸钾，硫化铜，均搭错班车配错队。

同性恋也不时发生，比如双氧水。

氯苯，四氯化碳在潜伏、在潜水……

这些，本不该走在一起的，偏偏凑在一堆。唉！最糟糕的是，它们的胃里还反刍着触媒、催情、捐客、贿赂、吸毒、军火……

远缘杂交悄然进行：坑、蒙、拐、骗、碰瓷、失联、跑路、做空、套牢等打着稀奇古怪的手势和暗语。

七

美丽的夏洛蒂不见了！

烦恼的少年维特也不见了！

连老实巴交的闰土，竟也下落不明……

周期表伸出的舌苔，空空荡荡的。虚掩的门，不时发着幽幽的磷光……

只剩下饱经沧桑的门捷列夫，还在扶着门楣，痴情守望……

守望在风雪弥漫的，北极村口！

选自《星星·散文诗》2016年第9期

阿尔山的态度

周庆荣

> 赫拉克利特说：自然喜欢躲起来。
>
> ——题记

一

我投宿的地方是一座山，它有一朵花的名字。当阳光有了傍晚的温柔，我想向玫瑰峰要一个高度。

如果谁告诉你，玫瑰长在高山，你不要仅为玫瑰而登攀。你要在高处看一条河，看河畔的草原和仿佛画中的羊群。

我喜欢这样的黄昏，哈拉哈河的气质忧郁而深沉，在夕阳下。

我喜欢站在玫瑰峰一尊像极了思想者雕塑的石峰边，向下眺望。目光辽阔，全部的山河暂时都属于思想者。当地的诗人李岩说，石峰与一位领袖很像。

我坚持把高处的光荣给予思想。

当我们站在山顶，我们就一起把思想投向山下的事物，真实并且具体的事物。

二

在野韭菜个性固执的味道里，我从蓝柳花的美丽背后，看到大片的趴地松。

它们是这里最朴素的比喻。

不长高，但气宇不凡。它们在石丛里扎根，石头黑里透红，这段地形里河流名叫柴，提醒曾经的树木与火的关系。

爱着爱着就选错了方式。

久远的地心之火，它推翻作为一块整体石头的山脉。大石太霸道，它垄断了土地的形象还是禁锢了生命的丰富？

液体的火，土地深处的脾气？

我理解一切革命的理由，石头裂开，旧雨加上新雨，时间沉默为永恒的伴侣。我现在看到的新事物生长在陈旧的石头之上，听到河水汩汩流淌，黑褐色的存在似乎重新美丽，草、野花与树木覆盖住最初的伤痕。

美丽，在疼痛之后。

三

哪一块土地能够如此袒露内心？

在阿尔山，我看到大峡谷深深的往事。如果时间允许，我会一块一块地数，数几十万年前森林里每一棵树，数树枝上每一只松鼠和天空中飞翔的鹰，数野动物公民般的眼神。

这里是石头的世道。被地火煮沸熏黑的环境，我看到火热的心。

一些水证明着这片土地上纯净的湿润，我愿意把这种湿润形容为希望的情感。

高处的水就叫天池吧，低处的依然是地池。再大一些的我们习惯用湖来命名，阿尔山湖泊众多，边上有鹿就叫鹿鸣湖，边上有杜鹃就只能是杜鹃湖了。

这些静止的水是我印象中一篇篇散文，天空、山脉和山脉上郁郁葱葱的树木是文章里吸引眼球的内容。

但我想让水流动。

四

　　阿尔山确实有一条流动的水。

　　它就是我在玫瑰峰看到局部的那条河——哈拉哈河。它核心的意味有两点：一段河可以说服严酷的寒冬，不让厚冰封住水的口；更长的路程属于历史的回顾，家里家外都是马背上的英雄，如果你听到水声，那不是一条河的叹息。当爱无奈时，我同意它最后把爱留给亲人。

　　河畔，草原广大，山脉逶迤。

　　战争不是全部的历史，金戈铁马、圆月弯刀，英雄魂归何处？

　　我热爱哈拉哈河，爱边上蒙古包里真诚的兄弟姐妹，爱长调类的牧歌。

　　一切暴力应该溯流而上，到火山喷发的地方接受培训。

　　哈拉哈河，我听到阿尔山人称呼你为他们的母亲河。

五

　　深秋季节，我建议你们读懂阿尔山。

　　阿尔山，温泉之源。

　　在冷冷的北方，我尊重有温度的水。

　　温泉，是土地的良心。

　　当季节进一步深入，深入到冰与雪，陌生的人也可以在这里从容。我珍惜有良心的土地以及土地上一切事物和事物中间的人们，我在别处如果神情紧张，就选择在这里放松。

　　放松，像自由的人一样自由；自由，像温泉的温暖一样相信世间的依恋。

　　我不知道温泉是否为火山喷发后土地对自己态度的反思，我此刻被温泉温暖，相信自己走出卧牛潭的忍耐，走出虎石潭里的咆哮，只记住悦心潭的哲学。

植物和时间,它们不是给土地的创口疗伤。它们今天的态度很好,人与自然,你们要善待对方,如果累了,阿尔山就是疲倦的人的远方。

选自《诗歌风赏》2016年第4卷

返村(外一首)

周根红

从东头的村子入口,到村西头的家,要经过一条小河,一座独木桥,和十户人家。

在三叔门口聚着一群人,我上前跟他们打招呼。他们只是张了张嘴,叫不出我的名字。然后挪了挪脚,让冬天的阳光能够照到我的身上。许多人我也已经不认识了。只有他们的皱纹里,还藏着我熟悉的风的犀利,尘土的卑微。

还有许多人已经在土地深处,向时间交出了清贫的一生。

一户人家的大门紧锁,去年的对联像记忆一样破旧。也许他们举家外出打工,没有买到返乡的车票。

我走在返回村子的途中,幸运地碰见了三只小狗。它们一蹦一跳跟在我身后,朝我狂吠不止。把我当成了一个陌生的异乡人。

需 要

需要一片月光,让我看清楚:春天怎样慢慢爬上了一片叶子。
需要一场露水,一遍遍地为村庄敷上面膜,抚平岁月的沧桑。
需要一场大风,擦去村庄的汗水。
需要有一盏灯,给黑夜里庄稼的生长,指引方向。
需要一间房子,安放我们的身体和灵魂。
还需要一块宽阔的土地,安放一座村庄的灵魂。
让它在沉睡中舒展手脚,和它疲惫的一生

选自《天津诗人》2016年第2期

南山南,云悠悠(外一章)

邹冬萍

一朵野花似乎窥破了山的柔软,肆无忌惮地生长在山的骨骼上。一粒刺莓终结草的平凡,以自己血一般的风姿刺伤丛林的肌肤。

云的宿命本是漂泊,漂泊的尽头只有雨。雨的尽头却不是云,或许是一粒尘埃,或许是一声被雨水击痛了的鸟鸣。

站在山下仰望山的高度,感觉自己是多么的渺小。站在山上再望山下,感觉别人是多么的渺小。

站在山的这端,总是疑心不曾走过的小路会错过太多的美景。却总是忘了,或许你站在羊肠小道时的寸步难行会让你根本无心看风景。

石桥旧,古道弯。山路十八折,折折是遗落八百年光阴的旧鞋印。

南山南,翠竹翠,山里没谷堆。南山南,红杉红,此地有墓碑。南山南,蓝天蓝,白云深处有人家。

深山有古刹

揭开历史蛛网百结的面纱,你可以看见一枚遗落时光之外的种子,从山的罅隙处向上坚定地生长了一千年。诵念打坐,以佛的姿态接受众生的顶礼膜拜。

这里佛音缭绕。这里梵香袅袅。这里木鱼笃笃。这里诵念声声。

"南无阿弥陀佛,南无阿弥陀佛,南无阿弥陀佛……"佛站在了佛的高度,众生皆渺小。

众生心甘情愿地匍匐在佛的脚下,只为心安。慈悲是一朵空谷幽莲,开在佛祖慈悲的掌心。善念是一树深山的红梅,绽放在前来寻求佛祖庇佑的朝圣者心间。

佛的最高境界当是明心见性之后的无我;而吾等凡俗之人却始终做不到忘我。

我们在纷扰中熙来攘往;我们在利益前煞费苦心;我们在权势面前做低服小;我们在忙碌中蝇营狗苟。我们在岁月中蹉跎了年华,在光阴的皱褶处遗忘了初心。

其实,佛祖也会有佛祖的难处。佛可渡人,人当自渡。时刻提醒自己保持一颗向善之心,感恩之心,戒骄戒躁,戒嗔戒喜,似乎比形式上的顶礼膜拜来得更诚挚一些。

此刻,香烟缭绕、佛音渺渺,我却只能从佛前匆匆而过。转山转水来到佛祖的跟前,却没能为佛祖贡上一炷尘俗的香火。我愿信:我佛慈悲,一定感受到我心间那炷用与生俱来的善念供奉起来的香火,经久不息。我愿信,佛祖拈指一笑,菩提自芬芳。

选自 2016 年 7 月 23 日《江西工人报》

鹰雕（外二章）

邹岳汉

扑展开一双雄阔硬朗的翅膀。

寂静得近乎落寞的书斋，遂时有山风呼啸，流云飞渡。

听得见你焦躁不安沉重的呼吸。

十年神往的飞翔。

十年彷徨的孤独。

十年。困守这书案一角。

石的底座，已被你一双凌厉的钩爪踏成一处莽苍苍的孤峰绝壁。

而不断地承受着一拨拨意气高蹈的来访者们一道道审视、挑剔的目光，令你感觉到翔于崇山峻岭之上尚且未曾遭遇过的孤独，和寒冷。

不如乘风，归去。

不再自囚于砖头、书本和迎来送往的客套所堆砌的世俗斗室，不甘心让丰满的羽毛就此一天天凋敝，渐渐褪掉年轻华美的光泽。

蹲伏。蓄势。一如满弦之箭。

展示鹰，雄健潇洒的风姿。

展示，作为鹰这个专属名词的内涵，要义，与精髓，以及自幼小就确立起了的，远翔万里的宏大志向。

人们无不屏息以待。

然而，你就这么蹲伏着。

蹲伏着。蹲伏着。长久地维持着这欲飞待起之势。

顶着一系列堂皇名头、惯于评头论足的工艺鉴赏家们，都为你这完美绝伦的造型所震撼,且深深地陶醉了。

自己可曾陶醉?

终于,那双令狐鼠辈闻之丧胆的利爪,深深地陷入并且锈结在岁月的底座之上,失去了弹射而出的力量,失去了俯冲一搏的胆略。

(或是忆及当年离窠试翅,头晕目眩咚咚的心跳?)

那般与青山论短长与白云争高下的豪迈气慨,以及周身奔突涌流的热血,都在这静静的蹲伏与久久的期待中,渐渐地销解,冷却,终至于凝固了。

徒存貌似飞翔、走失灵魂的躯壳。

颈羽乍立。警觉地,转动似有多个切割面的黑宝石般光芒闪烁、极富穿透力的目光,环眺。

是在搜寻失落的年华,或是隐隐地谛听到了来自峰壑林莽间,遥远热切野性的召唤?

然而,天空的赋予,仍然是自由的。

翅膀的选择,仍然是自由的。

依旧怀揣着飞翔之梦、不甘就此没落的你,仍然是自由的。

终有一天。

一声决绝的长啸划破这周遭一潭死寂——定是你猛然拍翅噗噗腾空而起,宝剑出鞘般寒光四射……穿牖破户,直追群峰之上蓝天之下悠悠远去的白云苍狗……

一次真实的展翅翱翔,开始一只鹰远大壮丽的行程。

守门人

时近黄昏。

目光散淡,步履蹒跚而急切赶着回程的夕阳,意外地撞着了玻璃幕墙上天光云影变幻的一幢高楼,生铁般冰凉僵硬的屋角。

咯噔。滚落一粒熟透的相思豆。

渐趋沉寂的小街,霎时陷落在一片迅速扩展开的,茄紫色的阴影里。

晃动。一顶破草帽。

一只满布筋络干柴棒似的手臂,麻利地操纵一把用铁丝扭制、简陋而轻巧的钳子,认真深入地,翻捡着守门人刚才倒进砖围里的一堆垃圾。

一边是随手随意地抛弃;一边有人专注细心地去拾起。

回头一看,四目相对:浑浊而漠然的瞳仁里,竟然闪射出灼亮的光芒。

——那不是秀……

——老鬼,还没死呀!

——还真是你?!……嗨,头发也都全白了啊!

守门人急忙转身,返回栅门旁那间低矮的小平房,打开床头那只上了锁的小木箱,抖抖索索地,掏出某个节日留下的半包糖果,赶紧走出门来——

一堆刚刚被翻捡过的垃圾。

一个低沉嘶哑的声音,在骤起的晚风中,喃喃地,诉说着什么。

(一只黑色的流浪猫忽闪一下它惶惑的大眼睛,从城市的某处缝隙间溜了过去……)

雕刻家

叮!叮!……

沉重的,不急不缓节奏分明的凿击声,把什物狼藉的一角工场,震荡得有如一片开阔无垠的旷野。

不急不缓地,一笔一画地,把自己有血有肉、有知觉有内涵,无比生动的名字,刻上那块凉且硬的墓碑。

手,颤抖么?

不。一锤,一錾,小心翼翼而又十分坚定地朝向冥顽不化的花岗石里面击打,仿佛是要以你仅有的最后一点时光,去完成一件将要不朽的杰作。

叮！叮！……

一锤，一响。

一錾，一痕。一声声：是手对心明朗坚定的回应。

此刻，你满头蓬起的银发，被乍起的秋风，梳理成一匹飘忽不定的流云。

你深邃镇定的目光，如同刚打磨锐利的錾子，透视着石碑背后的什么。宽阔健朗、铺满阳光的前额，像一垅刚刚翻耕、犁沟深深的土地；像风啸浪激过后，渐归宁静祥和的大海。

操錾。挥锤。

手底下溅起阵阵殒石雨，放射出束束划破百年孤独的流星。

叮！叮！

在铁与石的火拼较量中，不停地敲打。

镌入血肉。雕刻灵魂。

在这个世界上，什么样的险道畏途，都已经走过来了。

什么样的甜酸苦辣咸咸淡淡，都已经饱尝过了。

什么值得回味、值得感慨的，都已经回味、感慨过了。

于是，心，很清静，很平和。

于是，一锤锤，一錾錾，不急不缓地，敲击得很稳当，很沉实。

很清脆，很响亮。

叮！叮！

叮！叮！……

山响。水应。

犹如灵与肉，面对面的拷问。

选自《山东文学》下半月刊 2016 年第 1 期

此时（外一章）

邵 超

此 时

可以酸可以甜，也可以酸甜酸甜，也可以不酸不甜。此时，苹果是自由的。

可以挑酸的或甜的吃，可以挑酸甜酸甜的吃，也可以挑不酸不甜的吃。此时，人是自由的。

苹果的自由是如何被人吃。人的自由，却不仅仅是如何吃掉一个苹果。

小溪故事

瀑布有自己的过去，大海有自己的过去。

瀑布的过去是一条小溪，大海的过去一条小溪。

两条小溪的经历，一样的跌宕，一样的弯曲。

两条小溪拥有一个信条——弯下腰来，放低自己。低得像小草一样，低得像蚂蚁一样。一条卑微的小溪，遭遇悬崖，义无反顾蹦了下去，结果有了——飞流直下的气势。

一条细弱的小溪，奔向江河，赴向蔚蓝色的海洋，结果有了——浩浩荡荡的壮丽！

选自《绿风》2016 年第 5 期

桃花岛：鸟鸣的小径

阿 土

如果说是绿荫唤醒了岛，那么敲响小径的鸟鸣则成了嘹亮岛的号角。

六月的桃花岛，桃花早已谢去，视野中，只有悬于枝上的桃子，半绿半红。

我一直无法承受红绿相间的色彩诱惑，每次皆以贪恋的姿势倾身，用眸光拥抱不容错过的缘分。

想来，我的前生定然是中了它的蛊，否则怎会如此不堪一击，只一眼便如许了一生！

在桃花岛上行走，还有触手可及的诗意，尽管无法挽留时光和风景，但只要有诗情终究可以在记忆的一角映出几幅精彩的画影！

我还把诗意视如呼吸，那给予语言生命的力量，让我在自己的腋下看到了隐形的翅膀。

风微微地吹着，水缓缓地流着，林荫的小径上有光影落下，斑驳着如宣纸般被揉皱了的岁月。

是否，这只是我抱守着原初的残缺，在饮鸩止渴？

一声声鸟鸣在小径上响着，那回荡的音符，让我中毒的心脏，在深思中渐渐趋于平静……

选自《散文诗世界》2016年第8期

羊的记忆

(彝族)阿洛夫基

一

母亲,从前面赶来一群羊,在三月的最深处,羊们吃着草和云絮,幸福的样子和从前一样。

羊们等我走近,用嘴嗅着我崭新的衣裳,识别是不是阿妈深情的儿子。然后,又抬头,看看我,到底变了多少。

走在前面的老山羊,我不在家的日子,你陪伴我母亲度过最难的时光。我走的时候你流的那滴泪珠一直在我心中晃荡。

现在你又老了一轮,浑浊的眼睛变得迷茫,好像已认不出我了。

老山羊啊,你莫担心,我回来了,我要把你牵到水草丰美的地方喂养,我要把你背上的蚊虫赶走。

老山羊啊,你要好好吃草,更重要的是我们都要努力活着。

二

几只山羊,一前一后走在山路上,一种甜美的情愫在彼此的心上涌动。生命苦短,它们的亲人都变成了主人的血肉,谁也看不见它们的内伤。

走着走着,一路上的草一坡更比一坡茂盛。

羊生来爱草,它们走向不同的草坡。草使它们失去记忆,草使它们心情慌乱，草使它们眼睛迷茫。

　　黄昏渐渐来临，羊们抬头看看身边，又看看远山，早已不见了对方。

三

　　是什么让你与伙伴们走散，这只孤独羊呵。
　　你匆匆忙忙地往哪里赶，回家的路真的记不住了吗？
　　想想，仔细再想想，谁是你的主人，为什么还不来寻找？
　　你目光空洞，四处游移，你咩咩无助声乱了我的心。
　　羊呵，不要走得太远，不要走得太远。
　　我知道你丢了魂，脚步忙乱，呼吸急促。
　　羊呵，请听我说，跟着一个年老的女人去，在她的屋檐下借宿一夜。
　　在这方圆几百里，也许会遇见狼，也许会遇见豹，只有一个本土诗人，忧郁地为你着急。

四

　　经过屠宰场，我一眼便认出这两只羊，它来自我的村庄，它们好像也认出了我，用祈求的目光扫了我一遍。
　　我又看了它们一眼，便发现它们之间曾经的相好，看见被埋在心里的秘密和痛。
　　羊身上散发出青草的味道，母亲的味道，故乡的味道。
　　不久，一只被拉到东路口去了，一只被拉到西路口去了。
　　命运啊，为什么不能让它们死在一起。

五

　　醒来的时候，我的羊们不见了，可能是翻过了山。

我一点也不慌忙，它们是为了草，再往上的草更加茂盛。

让它们自由一些吧，它们也不容易。谁能理解和包容，简单了就一生的情怀。答案从祖到孙，一直都在风中飘散。

我又睡着了，梦见时光的轮回中，我变成了一只瘦弱的羊。

更多的羊分行站成诗歌，四处寻找我。

选自《星星·散文诗》2016年第6期

花语（五章）

草馨儿

等不到一场雪？

等不到一场雪，就像漫天的思念，长满无数的羽毛，无法飞翔，无法穿越千山万水。
无法轻吻你的脸颊，说爱你。
等不到一场雪，就像褪尽了繁华，沾满无数的尘埃，无法清洗，无法去掉那些伪装。
无法找一张干净的纸，让余生，重新泼墨。
等不到一场雪，我只能蜗居一隅。
在突兀的枝丫，画梨，画槐，画春风，让另一场雪事纷飞。

鸟鸣满山

让我首先感到春天的，不是春风，不是花朵，而是一粒粒鸟鸣。
这些勤劳的不知疲倦的精灵，用清新，用明媚，啄开惺忪，拨开迷蒙，
让坚硬的外表，裹不住一颗颗柔软。
那玻璃质的磬声是适合播种的，一小块，一大片。
从草尖，从花苞，到整个山林，仿佛有一场美妙的歌剧在上演，仿佛所有春天的事物

都被唤醒，所有的绿都急着赶路。

我也在忙碌着，无非是想采集更多的音符送给你，让属于你的每一天，鸟鸣满山。

花　语

那些花儿在说话。

当我背过身，它们窃窃私语，还叽叽喳喳。当我猛地回头，它们紧张地喘气，心跳

一副什么也没发生的样子。

我笑了。除了守一，我没有多余的激情，更不能像风儿那样大胆地爱。

我似乎已感觉到，它们在急促地呼吸，连花瓣也在幸福地颤栗。

其实，我不懂花语，可我知道，它们纯粹，简单，从不拒绝爱。

痛苦着，还要往死里爱，往死里开，还要年复一年地盼望和等待。

以一株水草的名义涤荡

一株水草，或者另一个我，轻轻地，把自己涤荡。

柔曼，飘逸。是水，赋予我轻盈和美丽。

沉浮，是生命的过程。

沉，不是堕落；浮，不是随波逐流。

对于它，我并不惊慌。甚至做好了准备

我用眼泪搓洗忧伤，用苦难凝结汗滴。不管清浊与否，我始终把自己擦亮。

绿是我的终极。我的心灵和蓝天相依，我的形影和碧水相融。

我的双足，不再是双足，而是游鱼的尾。一点一点儿的绿，在

体内渗透。

除了翡翠的光芒，我找不到任何色彩来代替。

山野小屋

我渴望有这样的小屋。石头垒的墙，茅草做的顶。
不高不矮，适合花树环抱
树，栽请桐，翠竹。
花，养木槿，栀子。
清风来，推窗看花影；月色好，花下酌清茗。
雀儿啁啾如笔，溪流潺潺如墨，从山野走来的岚气，氤氲如帛刚好为小屋赋诗作画。
这一画，有人孤往前来；这一诗，有人常吟不醒。

选自《大沽河》2016 年第 3 期

贞节牌坊,那些记忆性的疼痛

侯立权

1

那是一个石头说了算的岁月,是臆想构架的世界。

那些晦涩的图案,虽已看不清那些曾经狰狞的面孔,却似岁月深处沉重的触角,穿透我忧伤的目光,穿透我颤栗的灵魂。随着那些剥脱的墙灰去倾听那些凄然故事里的泪流——

我看到花朵在青春岁月里凋落,看到顶着框架的背影在时光里匍匐行走,看到黑色的石头在时光里摇旗呐喊。那些挣扎着越过牌坊的梦在夜半被轰然的雷霆粉碎,那些沉潭和杖毙的魂灵在牌坊的另一侧辛苦建造浮屠。

触摸那些残缺的文字,我想洞开历史的画面去抚慰那些苦难的红颜,想逆着时光去看看那些被历史雕刻的生命的温度的冰点,想探究那些历史神圣的图腾嘴里的獠牙是怎样吸干人性的血脉——

我看见一群群魂灵泪抹黑暗,看到那明清朝的雪在夜空狂舞,看到柔弱鬼魂在仇恨中呐喊、诅咒,看到贞洁的肩膀上,人性渐渐没落,就像一些镜像下的病理切片,在病历纸上张开大嘴,在一粒药丸的催促之下,一点点地吞噬生命。

我感到心脏在痉挛,感到寒意穿透我的骨头——

2

我怀疑前世的灵魂曾被它禁锢和鞭打,或是我用伤痛和悲歌也垫高过它高傲的眼神……

子夜,那些苦涩倩影的忧伤仍在啄食我的心脏,那些被扼杀的生命仍在我灵魂里寻求救赎。

撩开暗淡的窗帘,责问带给她孤独和苦难的夜,为什么在人间种植爱情?又为什么在爱情的梢尖挂起黑色的果实?为什么在她的生命中种下孤独和伤痛……

夜色的啸声中,我看到她把生命的沉重挂在寒宫,在这片厚重的土地上洒下浓烈的忧伤。我看到她润泽的秀发在一河水流中漂染成了月色,被一枚发簪固成死结,被逶迤的波纹荡涤成历史的伤口。

3

柳梢头最后一枚绿叶在昨日黄昏随水而去,季节的颜色在波纹中衰老成一树孤独的倒影。

岁月远去,忧伤如贞洁女子的伤痛,疤迹深处时时牵扯记忆性的疼痛,亦如她肥了又瘦的爱情,守节一生,砌高了牌坊,涂亮了祠堂,却一点一点地剜割自己的生命。

岁月远了,那些凋落的花朵是否在经历割封之伤和孤绝之痛后,撑开体内的雷霆、闪电来一次轮转的拼杀!或是否走过独木的幽幽古道,正漫步花明鸟啼的阳关……!

岁月远了,牌坊剥脱了原有的底色,祠堂退却实时的光彩。历史写下了时代的悲哀,斑驳的血泪留给这方净土无尽的思考。

选自《中国散文诗研究中心》2016年10月2日

潮音（外三章）

香 奴

　　大海推开我新的家门了，水珠的眼神停留在玻璃上。外面的世界，万物都在窥探我的感觉。
　　开裂的橡木得到水分的修复；宣纸上的山水重归氤氲；
　　唰唰作响的书籍全部变绵软；丢弃所有昂贵的护肤品，香水也不要，
　　我坐在纷繁的桂花里晒太阳。
　　我说的是真的，大海进门了，地板上都是细碎的水。
　　每一滴，都响着潮音。
　　这和我在北方装入骨节的风湿病不同，这没有疼痛，我用棉质的爱吸收，我喜欢上了鱼贯而入。
　　岁月累积的干枯和绝望，迅速血脉流畅，夜莺的标本咳出粟粒。
　　亲爱的你听，大海深处正唱着那些归来的柔肠百转。
　　我呼唤的，你的名字也深藏其中。

艾 草

　　天还没亮，端午节的艾草就坐着毛驴车进院了。端午节的纸葫芦，挂在老家的屋檐下，与艾草在一起，等雨。
　　那是我不能重返的家园。童年的秧苗，在风调雨顺的年景里，拔节和抽穗。
　　晚霞点燃了艾草，蚊子和小虫不吵不闹。静静地听，祖母的蒲

扇里的微风,以及纳凉的故事。

艾草的香味,贯穿夏夜。五毒不侵,我们安然睡在村庄里,艾草的篝火旁边。

时光漫长得,无边无沿。

那是我不能重返的家园。

与母亲书

妈妈,我坐在南海边,离你,不能再远了。

我是北方的逆子,此刻科尔沁尘沙满天。

妈妈,我心底有暴风雪的后遗症:我常在梦里抽搐和疼痛,我需要有人承接你手心的爱,给我。

我需要蜷缩如婴儿,逃避落雪的沙沙声。

妈妈,判断一场爱有多难啊!他给我煮了紫糯米,他为我剥了山竹;

他穿上我爱的浅蓝衬衣;他拉着我走斑马线,我还是不敢确认结局,

不敢轻易伸出左手。

妈妈,这些坎坷和沟壑都不是你给我的,却让你最心疼。

等花开得更多一些,我就接你来看大海。

虽然这不比我的油画更好看,却能让你闻到海风和日出。

妈妈,别跟任何人说起我好或者不好。

我怎么可以,活得那么简明扼要?

我终于坐在海边,我要等一个最包容的蚌,藏我于善意的黑暗

等待我,慢慢地生出珍珠的光芒

后 来

后来,流沙堆砌在归途,山体荒芜;后来,秋天一遍遍地翻过洮儿河,风景被抹来抹去,直到所有画笔,都蘸满了赭黄。

后来，别人又爱过我。
不是在田野之上，不是在白杨之间；
不是仅仅吻过我的面颊，不是送了我一朵马铃薯的白花；
后来，别人又离开我。
就像候鸟去了另外的春天，就像大江东去；
我的伤痛仅仅局限于一个布满雾霾的下午，我的表达方式仅仅是坐在满是落叶的屋顶，看着无所不能的北风，穿越了你离去后所有的流年。

选自 2016 年 6 月 23 日《北海日报》

一种过程（三章）

皇 泯

年轻的月亮

你在黑暗的夜读月，二十六岁的年纪才这般洁白。

凸镜凝聚了满天的星光，你的岁月才盛开着灿烂的欢笑。

把影子留在背后，把忧郁留在影子背后。

走过了的路，任它去斑驳。

未走的路，即使有沟壑也流淌湿润的水，即使有陡坡就飘逸轻盈的云。

即使峭壁悬空了走向，也以生命的焦距为圆心，双脚如规旋一支圆舞曲，辐射生命的光芒，让四面八方的音乐再度辉煌。

太阳的血红，只是一抹唇膏点缀你的小嘴，悄语温热的心声。亘古的阳光衰老了，镜片过滤成月光，柔柔地柔柔地染你青春的洁白。

有一天你摘下眼镜，涌出盈盈的泪，布满脸庞的泪纹晶莹透亮，见不到一丝皱纹的阴影。

读你的脸庞，如同读月。月，有多大年纪，无须问月。读了你的洁白，还不相信月亮只有二十岁。

不断流的泉

从深山里走来是一汪不断流的泉。

那里的山径，如你的歌声一样婉转，那里的叶片，如你的眸子一样滴露。

琴上的白键黑键奏忧伤也奏欢乐，也许不仅仅因为白键比黑键多，低沉的忧伤才比高昂的欢乐多。

从深山流出来的泉，懂得深沉是什么。

一如瞎子阿炳那一把龙头二胡懂得光明是什么。

很多古老的歌谣找不到河流；

很多新奇的曲调找不到源头。

有人说，还唱歌干什么？

没有标题的音乐是心声，是血的喷涌，泪的晶莹呀！你这么想，却一如既往的沉默。

我不会唱歌，一唱就跑调；

我不会弹琴，一弹就断弦。

于是，挂在墙上的琴，任岁月演奏无声的歌。

蓝色的哭泣

我望着你，在淡蓝色的烟雾中哭泣。

四四方方的房子是封口的瓶，溅不出半滴哭声，只有活力的呼吸晃荡着成溶液的静。

嘘，别开盖！

憩息在体内的温度，怕古老的凉意。

我的心，是落井的吊桶，忐忑着提不起纤弱的目光。

整个世纪都渴了，旅途荒弥成大漠。

狐狸的爪印，开成梅花形状的诱惑，就循这一线芳菲去寻低洼处的泉。

烟雾飘散时，灌一瓶清澈的泉水，洗你的忧伤，润我的焦渴。

窗是透明到极致的瓶口，眼球是活塞。

水满了，不知道晃荡。漫出来的思潮，蜿蜒两根彩线，织紧身的毛衣。胸乳会山峰一样突兀，显露青春的实质。攀登上去的傲慢将俯视皱纹的沟壑，独自悠然。

我望着你时，你也想望着我。

这种欲望，在瞳仁的暗房显影，没有色彩，无须色彩。

我们只要黑白分明的人生。

选自《青岛文学》2016年第7期

遥远的两棵树

拾谷雨

一

为了使世界澄清,你必须走向浑浊,以众人的智慧为齿,去梳理冷峻的森林。

把暗夜敞开,放出禁锢的温暖,树的呼吸接近早晨。

你渴望一些光,照着,冷寂寂地,如秋天的玉骨,直到我们腐朽的足跟开始复苏,缓慢地发育出温度,和跋涉的脚力。

云中雁书,向谁寄,也道不出旧墨的新愁。羽毛向着翅膀合拢,翅膀向着黑夜合拢,那些黑色的,骨头里的光,使你更加透彻,裸露,不能轻易描绘。

无花而果,春风化雨延续着宿命的根骨,与天空无关,你的脾胃属于大地。

二

春天使你羞耻。一颗饱满的心内融积的洪流,附着于一只欲念的翅膀,失去争妍的色彩。

颜色在清洗着罪孽,那些与旧历无关的风在画一个归宿,稻草一样的孤独,扶着孱弱的晚霞,又一个黄昏,使你我失去拥抱。

我们多像遥远的两棵树,即将衰老或死去,躺下去,在最厚重的黄土里,没有一束野花再盛开。

你的远方存活在我瘦小的心脏里，经历病痛，孤独，生和死的轮回，仍然寂静如落叶。

季节不会陨落，弱小的三月在悄悄受伤，你打皱的寂寥被谱曲，回肠荡气，那些同生共死的森林早已远走。

选自《扬子江》2016 年第 6 期

梦中人（节选）

洪 烛

　　大街上张灯结彩，还有烟火像一张张笑脸在夜空升起。他们在庆祝这属于亿万人的节目。我住在小巷深处，闭门不出，只有穿堂风小跑着，撩起窗帘。我内心有另一个小小的节日：若干年前这一天，两个人相遇了，笑容比礼花还灿烂。应该说我只有半个节日，离开了的你，带走另外半个。在远得不能再远的地方，你会有一种为自己过节的感觉吗？你的面孔，浮现在另一个人的回忆里。这么多年过去了，一点没变。我的节日虽然小，小得不能再小，仍然值得用孤独来庆祝。它使那伟大的节日成为背景，抹也抹不去。

　　断了再接上，接上了又断。把一次爱分成两半，一半是前世，另一半是今生。不，它已变成两次爱了，就像爱了两次。不是爱上两个人，而是把同一个人，整整爱了两遍。爱了一遍又一遍，还是觉得不够啊。接上了又断，断了再接上。总是记得第一次相见时你的模样，却忘掉自己是谁，心里怎么想。断了再接上，接上了又断。把一条路分成两半，可惜啊可惜，我走这一半，你走那一半。我走的是这个方向，你走的是那个方向。接上了又断，断了再接上。在梦里刚刚走近了，醒来却发现：彼此走得更远了。走得再远，我梦见的还是你的那一半，你梦见的还是我的这一半。合在一起，仍然是完整的。

　　去年的花在去年开着，说明去年还在，花还在，看花的人还在，看花一朵接一朵地开，中间隔着一片大海。此岸的花变成彼岸的花，说明大海还在，岸还在，看花的人还在，只不过有点分心：一边看花，一边看海。隔着大海看一朵越变越小的花，不禁想起去年:去年多好啊,可以隔着小花看大海。花的香还在,闻到了花香而产生的颤栗还在,潮汐还在,只不过一层被又一层覆盖。

太阳掉进大海里,把海水都烧红了。亲爱的,我像大海一样等你,等你飞累了,在我的怀抱里,演示一番落日的情景。我尽可能地张开双臂,为了把你抱紧。你可以落在千万个地方,只有一个地方,在焦急地等待,等得眼睛都变蓝了。波涛的臂膀不是为了套牢你,却像镣铐一样约束住自己:不管你是否归来,我都站在原地等你。大海的胸怀再辽阔,却无法给别人腾出位置,所有的空白,全留给了你。只有你能把他的空白,填得满满的。

你的眼睛只望着前方,看不到自己的背影。你不知道自己的背影有多么美丽,也没想留给谁看。你走得越远,背影就越美丽。可惜你不知道,你陶醉于前方的风景。根本没想到,自己忽略了的背影会构成别人的风景。我的眼睛也望着前方,前方是你的背影。我并不想慢腾腾地跟在你后面,只怪你的背影太完美了,甚至比正面还要完美,使我舍不得超越。我只顾着看你的背影,忘掉了自己也有背影。如果有一天,我把你的背影弄丢了,还以为是你的背影把我弄丢了。前方,空荡荡的。心里也空荡荡的。

总是记得告别时的拥抱,想起来就感到暖和。天上正下雪呢,地上也堆满雪,我就像怕冷一样,紧紧地拥抱你。也许,是怕你冷吧?当时就在我单位楼下,又是下班时间,会有人看见吧?管不了那么多了。等出租车的时候,我在马路边拥抱了你。忘掉这大雪天还有别人。总是记得告别那天你穿的衣服,厚厚的羽绒服,还戴着羊毛织的帽子。我拥抱得那么紧,觉得这些羽绒、这些羊毛,像雪花一样在我怀里溶化。记住:这是在分别,你将比那天的任何一片雪花飘得更远。总是记得你告别时的样子,总是觉得你正在告别、还在告别、一直在告别,并不曾真的离开。总是觉得雪还在下着,下在我怀里,下在你怀里,根本没有停下来的意思。

选自《散文诗》上半月刊 2016 年 2 月号

这些叫作父亲的土

赵大海

五月份,在家乡西南岭,我和天空跪拜完那堆叫作父亲的土,回身,看见周围涌过来的麦子——

这些半米高的茁壮,像我一样,被脚下年轻力壮的土举着。

而身前,这堆凸起的、弓着腰,叫作父亲的土,不说话。

如果不是疲倦了,没有营养了,没有力气了,它不会窝到这里,一片不甘心的形状!

这么多年,一些纸,化成灰,包括一些静静的流水、阳光、炊烟和祈愿,覆盖下来——被这些土迅速吸收。

之后,从举起一些草开始,练习——

我抓起一把土,就像抓住父亲的当年。

感觉有些温度,有些脾气了。

选自《山东文学》下半月刊 2016 年第 2 期

大禹渡掠影（五章）

郝子奇

谁也无法改变一条河流的走向

之前。数千年。
先人来过。这黄土垒高的河岸，
先人之前，多少年，
这黄色的河流走到这个地方，并没有在意岸上的人，兀自流着，属于自己的
远方。
现在。我站在岸边。
黄昏。天穹垂下沉重的云朵。细碎的小雨落在辽阔的河床。
缓慢的黄河，并没有加快流动，仍然像沉重的历史，漫不经心地走过我的凝眸。
一条河流有着自己的固执和远方。
它的流动，不会因为山峦和平原而改变。
改变河流的人，最终都被河流所改变。
数千年前，先人站在岸边，懂得了河流的固执，
让泥土回归大地，把低处的路，递给了河的
奔流。
之后。多少年。
岸，在。
河流，在。

而晚来的后人，会不会像我，明白了先人大禹对河流的理解。
谁也无法改变一条河流的走向，
而低下身子，去收取河流举起的庄稼和花朵。

大禹渡，留住傍晚的光

点燃云霞的夕阳，也点燃了抱着泥沙的河流。
碎开的火苗，在宽阔的河床，跳动，熄灭。让四千年岁月，在明灭之间，
涉过河流。
涉河而过的祖先，并没有回家，带着光走向了远方。
只把背影留给了河流。
胸怀河流的人，注定属于远方。所以没有在意自己的小院的门开着。
岸边。黄沙纷纷落下。河流里的鲤鱼划动着翅膀。风把河流里的光一点点吹灭，只留下渡口，
成为历史。
而我，在历史的河床，看到夕阳点燃的河流，在沉默中燃烧。
仿佛，带着光芒的先人举着火把，带着黑暗中的河流走向远方，
这样走着，已经四千多年，他没有回头，河流也没有回头。

大禹渡，古柏上的红

这时候的苍茫，在宽广的河床弥漫。
远处，山的起伏，隐约。
低处流动的，是黄河。河面上裸露的沙痕，只是几千年漏下的斑块。
岸，永远高于河流。
岸上，传说中的祖先呢？他已走远，他不仅仅属于黄河，他属

于整个河流。

　　他走远了，只留下一棵古柏，以龙的姿态，把四千多年的沧桑掩进根脉。

　　这时候的风，在整个天穹下闪开，仿佛要给一棵树闪开路，好让它眺望到那个栽树的人的背影，以及他身后辽阔的山河。

　　一个属于大地的人，不仅仅种下一棵树。无边的黄土，可以让他的理想成为森林，成为另一条跟着他流动的河流。

　　这时候的夕阳，在云层中燃烧，把最后的红，镀上古柏苍劲的肌肉。

　　这红，这血液般的红，在大禹渡岸边散开，正照亮背负着泥沙的流水。

　　这流动的红，已经数千年，像不熄的火把，从一棵古柏的枝头擦亮，走向辽阔的山河。

　　山河起伏，看不见点亮火把的人，只有漫山遍野的红，倍加灿烂。

大铁牛，历史的纤夫

　　拉动的桥，已被历史带走。
　　桥上的人，已经在历史中走散。
　　盛唐的繁华，在厚厚的泥土之下，被缓缓而过的黄河掩去。
　　蒲津渡，没有可渡的人，
　　只有拉着历史的铁牛站在岸上，让晚来的我，
　　去抚摸大唐留下的力量。
　　任黄沙漫漫，掩尽沧桑，这力量仍挽着沧桑的手。
　　任大河东流，浪淘尽尘世繁华，芸芸众生，这力量仍抱着浪花沉默。
　　起于河床的大风，吹过千年，大风中走散的英雄已古。这力量仍在脊背上隆起，让大风滑落，成为蹄边的
　　风尘。

渡口没了,岸在。
桥没了,河流在。
盛唐走远了,大铁牛,这历史的纤夫,仍在。
现在,我涉河而来,像千年前走散的人回到岸上。
白云飞过河流,树木掩住荒凉。
这历史的渡口,河水,走向远方。
远方的山峦,为河流让路,正在打开缺口。
万物蓬勃,生长着曾经的死亡。
这些,都在蒲津渡大铁牛的眼中,像野草生长在河床,而整个河流的历史在大铁牛的背上,让我看到,千年之后的
奔流。

鹳雀楼,诗歌的目光

  这是千年之后的楼顶,天穹苍茫,远山匍匐,把连绵的巍峨让给辽阔的河床。
  黄河,仿佛是诗人写在河床的文字,它的流动,把诗歌带向远方。
  王之涣登临的的楼,已被沧桑的河床掩埋。
  诗歌还在历史中站着,千年,或者更久,没有离开黄河,也没有离开就要落山的夕阳留给世界的最后的
光。

  所以,鹳雀楼,是诗歌留下的风碑。
  让风沙去吹,掩埋所有的繁华和沧桑。
  黄河在泥沙之上流动,
  诗歌在黄河之上流动。

  所以,在鹳雀楼,诗歌带着飞翔的目光,看到了大海,看到了千里山川被黄河拥抱的风光。

所以，站在掩埋了鹳雀楼的河床，一个诗人不应惆怅，
倒下的，只是一个时代的砖瓦，而诗歌一直
站着。

所以，在鹳雀楼，必须登上顶楼，抬高诗歌的目光。极目，
被诗歌抚摸的山川、河流。小蚂蚱正在跳过的青草。还有，渔
船上，一双大手正在收拢渔网，网眼里漏掉的流水和
时光。

连绵的河岸，看不到登岸的诗人。
诗人背着远方，走在路上。
流水牵着诗人的影子，在历史的深处晃动，
如同在低上跳动的文字。

           选自《长白诗世界》2016年第5期

青海湖

胡 蝶

一弯寒光闪闪的孤月，割伤我的望眼，
在你面前，一切肉体失去语言，
在你身后，一切俗尘腐朽成泥。
所有的词语在监狱里逃亡，所有的城堡变成废墟，铁打的江山变得不堪一击，
而你却巍然屹立，布达拉宫——
我是一个带着唐诗宋词的流浪的女子，带着我线装的江南，带着梦里夭折的誓言——流浪。
我肩披的长发从黑到白，双脚赤裸，衣衫褴褛，一步一个脚印匍匐，朝着你方向——流浪。
哦，布达拉宫，仰视你，是因你曾住着人世间最美的情郎。
狂风，暴雨，雷电来过，都被你的气场镇定，
山崩，地裂，海啸来过，全被你无情的嘲弄！
一道彩霞，光芒万丈，你完美如初，呈现一种祥和圣洁的姿态。
我梦里夭折的誓言——起死回生。
半个月亮爬上来了，青海湖里有我青葱的倒影，
一首古老的情歌，宛若天籁，云朵轻快地飘移。
我骑着一匹白马流浪在你的身旁，此时我是山顶上的卓玛，
远处的风，飘来诵经的梵音，一条条经幡引领我朝圣的信念。
半个月亮爬上来了，一朵白云在我眼前漂浮，我忘记了自己的海拔，

一条天路，从我面前出现，通往你的宫殿，
一列火车，载着我的梦想，朝向人世间最美的情郎。

      选自中国流派网论坛《诗歌周刊》2016 年 8 月 23 日

外滩，或者路

语　伞

1

打开门，向前。

路的镜头晃动出沧桑的形态。

各种影像在它凹凸有致的身体上汇集，构成喜剧，或者悲剧的模样。

另一个天空悬浮的，是可能的昨日。

窗外年轻的草木，又站出了新的信仰。我咽下黎明前的断梦，在母亲的叮嘱声中提取早餐的营养和意义，感受一个词语携带拼音和偏旁，走出字典。

感受行路——

无非是目光请远处与近处对饮，无非是双腿绕过障碍物，手指辨别岔道，无非是沉默带着石头的重量，站在一条路上说，足迹只是时间的偶遇。

2

当路以外滩的身份出现，俗事就密集了紧急的汽笛。

谁也不能独自停下，必须以浪潮的姿势完美配合。

满街的鞋子似乎深谙音律，每日打着专业的节拍翻唱水泥地面，我迎上去，在内心翻唱熟悉的小区和楼群。

柏拉图与苏格拉底，一个在问，一个在答。理想国路过我秘密的心脏，我的血管，已被这个城市灌注了太多高贵的谎言。

　　我探出头去，通向龙之梦购物中心的花园路抢夺了我的眼球。我看得更多的，是人们的手指在计算器的花园里跳舞。

　　他们的心在某些时候与花朵毗邻而居。

　　他们的须发和手臂，很快就在我眼睛里长出枯黄的叶子。

　　城市幻化为人的森林。彼此推移。自由组合。瞬间消失。仿佛是大自然以生命的权利所奉献的天衣无缝的魔术表演。

3

　　往来通行，岔道很多。

　　沿着四川北路向前，即见外滩。四川与上海的距离，只隔着几个省份的方言。我伸长手臂，试着涂改舌根的图形，尽力与方言们亲如一家，以便凝聚它们头顶的祥云，来压低乡愁。

　　我并无借尸还魂术，仍然身披蜀人的赤诚，在人性的河流中，坚持仰泳。但我常常看见蝉、螳螂、黄雀在水中谈判，成群的鱼与鲲鹏守在庄子的门口，它们是在等待七月的风扶摇直上？

　　献出捷径的方向，难以预测今天与明天的距离，常常死在白日梦的忧伤里。

　　哦，对路客气一些——

　　人们立即转过身来，穿好恰当的鞋子重新出发。

　　背负十字架行走，是非恩怨像灶台上积攒了多年的油污，我始终没有找到一张真正的万能抹布。

4

　　一个装满顾虑的苍穹，无法同时盛放暴雨和太阳。

　　我不确定外滩深刻的召唤，我只能在风吹草动时跟随眼睛和耳朵，认真收录某条路的神秘显像。

踩着人行横道的腹部穿行，绿灯在上，步伐不是一本超越时差的巧书。

人们站在合适的位置，在途中等待神秘的机缘。

我等待十字路口那个朴素的城管，用黝黑的面孔贴出暗示的布告。他重复多年的表情和手语，再一次毫无新意地重复出他的性格特征。他偶尔抛出一堆粗鲁的词语，还是无法阻止闯红灯的人在车流的夹缝里练习冒险。

这个城市，到底住着多少心存侥幸的人？

公园一角的宁静尘封了鲁迅的呐喊，只有石库门还在痛诉脏空气要如何为上海的繁华还债。

5

脚印在自己的外套上寻找答案。

我在道路的袖口捕获了另一个我的存在。

大梦吞食毒蛇，我吞食整个夜晚。佛经里的生字太多，没有读懂的人都以高僧的姿势盘坐。

善良的人开始揣度道路的心地，我在幻觉里切割时间，陪迷途的羔羊走路。

紫色的喇叭花开了，一个城市的美被它们的芳香喊出。而一群身患忧郁症的病号，正在黑暗中试图将破碎的灵魂抛弃。

我在冥想中醒来。

我想掐住一条路的七寸。

我在赫尔曼·黑塞的文字里复制了悉达多的影子——

那个永远自我否定的"逻辑"。

6

多年以后，我亲手割断的风筝，还能不能找到故乡的软肋？

亲人仍不能常常相聚，不是距离捏造的借口。路，早已不是千山万水。路在不断繁衍，只是我和许多行路的人一样，越来越分不清，自己应该先走哪一条，再走哪一条。

上海在历史的回音壁上镌刻记忆，英雄的脸上淌过血泪，名媛的旗袍上写过悲剧。今日的酒吧里，仍有人身陷迷雾，在酒精里曲解方向。

于是，尘埃倒立，横山路和新天地重建了人们的内心。

法国梧桐还在为这个城市撰写日志，多少花朵的隐私还来不及忏悔就已凋零，多少枝条的秘密并未发芽就被修葺，多少根的思想不曾被理解就形同枯槁。

长路漫漫，我的目的地，在有和无之间徘徊。

我一直在寻找身背指南针的人。

7

分不清是路在挥手还是外滩在挥手。

我向前迈出一百年，虚构自己的坟墓。

一本书，正在为一首诗，守灵。

卧室多像躲在这个城市里的甲壳虫。我在甲壳虫的体内放逐不安的臆想，无数条想动又动弹不得的细腿，在时间的乐园里，生锈。

现在，稠密的晚餐闭上了眼睛，酒杯已精疲力竭。我翻开书，返回商周，流浪在"小雅"与"大雅"之间。我的马匹，瞬时奔驰于云朵之上。

天空与大地对应，我走遍自己，无数的影子在太阳下复活。

一个城市的心脏，被理想的喧嚣攻破。

丢下《诗经》，我说，归哉，归哉！

选自《盐》诗刊创刊号

绝壁（五章）

耿林莽

伐木者舞姿

一千年两千年古树，枯木朽株，依然在大路边上昂然而立，不肯退出，

伐木者，安在？

银月一钩，投注下幽幽的蓝和淡淡的白，刚好为我画出了伐木者隐约的身影。

伐木者的手臂，抡起巨斧，挥动着一弯优美的弧。一袭轻纱或是一只飞鸟，飘然掠过的蝙蝠，还是游走的云呢。

这时候，风之手蜕去你碎了的衣衫，旋舞三圈。多么动人的一种旋舞！舞者之衣，悄然垂落。

银月一钩，勾勒出你肩背的赤裸，紫铜色的肌肤，亮出了一粒粒汗雨的银珠。

伐木者的手臂，抛出了一串优美的弧。一斧，一斧，节奏和力度，圆与半圆，因朦胧月色的渗映，雕塑感和神话的气息同时呈现。

仿佛，砍砍伐桂的吴刚，已走出月宫，来到了人间。

绝　壁

勒马于悬崖：险！

再一步便是深渊。

岩石之上,阳光轻抹,敷一层薄薄粉黛。经不住冷风一吹,依然是铁一般的阴暗。

鲜花是没有的,连野草也不长一根。

百孔千疮的一处处洞穴,没有虫子们出入。

绝壁。石头是不说话的,天打五雷轰,也不说。

是怕说"错"了话,被推下崖壁会粉身碎骨!

绝壁下面,沟壑纵横。

不说话的人,站在那里,战战兢兢,不寒而栗。

不说话的人,站在那里,仰视崖顶,

那里有一株古木凌空,叶子们早已落尽,光秃秃的枯枝,困守着

沉默。

绝壁,

绝壁之上,枯树无语,

绝壁之下,万籁无声。

驼铃敲响

月光在铺一条丝绸路吗?

历史,苍老,

沙漠,遥远。

今夜,只有一半的月了?

那一半呢?

被风吹折,天狗吞了,还是

碎了玉盘?

驼铃敲响,孤独的音符,

风吹不断。一串串蹄印,撒在沙上,

能长出什么?

历史,寂寞,

沙漠，遥远。

还走下去吗，骆驼？

会走下去的。它说。

驼铃敲响，半个月亮。

青衫湿：听雨

一切都是轻盈的：露珠，软语，水滴。蜻蜓翅膀，折柳枝的手。

剪烛西窗，池塘水满。《巴山夜雨》的雨珠，一直滴到今日，还没有滴完。

多雨的南方，荷叶杯中，还能品出

一点点古典的凉意么？

寻雨的少年，躺在那块紫色山崖的下面，闭上了眼睛。朦朦胧胧，仿佛已在雨声里行船。

雨打船篷，一滴一滴，水滴石穿。

梦醒！

奇怪的是，一角青衫袖，怎么竟真的湿了？

注："巴山夜雨涨秋池"，是唐诗人李商隐的名诗《夜雨寄北》中的一句。

守 夜

从高处，夜的柔软的肩上，俯视：

一千只窗格中的一格，亮着淡淡的灯火。

发了黄的老照片背不出记忆，落满尘埃的草帽在提示。油纸伞记录下满天风雨，乌云们交头接耳，酝酿着持续。

一串红珠子失去抚摸，悄悄地散落了几颗。

斯蒂文斯的诗集摊在桌上，字迹模糊。十三种黑鸟一只也不曾留下，读诗的人也已经高飞远走。

这一切都是不可见的：猜想、梦幻、臆断……

万家灯火陆陆续续闭上了眼睛，你却，偏不。

一夜无人，却开着灯。那么淡淡的一点迷蒙，在等着谁的归来呢？

选自《星星·散文诗》2016年第4期

千里洮河图（节选）

聂 白

一

"叮……咚……"

在时间远处。在福祉深处。一滴水，以卵形裂变——悬垂。椭圆。潋洄。明澈。呈现出造化的准则、命运的美学。

一滴水，有着怎样的幅员广阔的灵魂之疼？

混沌，时间的发祥地。擎起一束光阴的燧火，启开八极洪荒。

神的卜辞。美的礼仪。一种绵延的渊薮里寂静含雨、孤独生云。日出如阵痛。

原来，所有都是虚掩的！

传说在上游。

沐浴远古文明的霞彩。天地有色，草木生姿。

时间，不腐。

北纬35°08，东经104°45'。

——灵魂的坐标。

其实不远，在神出发的地方。

二

一切即将开始……

……一切正在开始。

粼粼——宿命的炼金术。蕴蔚着日月精魂，一滴水，手提时光的灯盏行走。

我相信她是大地上生长的光。黑夜从体内流过，美，在伤势中孕育。一路而行，所有生命的自由都裸裎偌大的蔚蓝，幻化空旷的虹彩。

清到极致，一眼可找出灵魂的倒影。

万象缤纷。风行于水上。

源远流长：一滴水，推开传说之门。一切开始都因奔腾而从此无限。

三

天下黄河。

一个民族——开始启程。

谁说洪荒永世？黄是精魂的结晶，浊是血液的升华。

大禹王出生地。

秦长城巍峨。

河床蜿蜒。有了秩序和方向，经幡和朝圣，故土和乡愁。

一滴水流过：母语和长歌，精神和信仰，游牧和农耕，仰望和迁徙……一切由此而生。

雪域高原之上，每一朵花都养眼，每一粒泥土都能够活命。微笑的太阳，抚摸第一缕升起的桑烟。阳光有了人世的体温。

从先民到后裔，一滴水，是一代代藏民的胞衣。

孕育一个伟大的民族，放牧牲畜。敬畏神灵。面颊朝日。内心如豹。

只向圣山、先祖、父母、妻儿、乡邻俯下身子。

灵魂只有一个故乡，叫远方。

八

不能没有酒,为惊世的壮举。

掬一滴洮河水,换取千年一醉。

饮水之碧。饮花之香。饮西风之猎。饮鹰隼之疾。饮青稞之醇。饮薪火之远。饮今生之久。饮觉醒之真。饮女子之贞洁。饮男儿之胆魄。

——非藏王宴莫属!

饮者为王。不负冰雪肝胆,不负眉宇英气,不负生就好皮囊,敢称万世之雄。难怪诗仙太白的祖籍在狄道。

酣处。从不舌粲莲花,去欺心瞒人,唯有马蹄掀起狂飚。面对地平线仰天高歌,有善巴,有阿迦,有"三格毛"的爱人一生马背相随,插箭节漫天的"隆达"抛洒对英雄的崇拜,篝火和锅庄倾洒奔放的激情。

血从酒中来。泪从酒中来。爱从酒中来。

生命,永远拒绝用泪水止渴。

罐里的奶茶飘香,煮浓一轮草原落日。醒来,又是新的黎明。

熬出灵魂的芬芳,谁敢说淡到极致,水不是酒?

把一条流域面积2.55万平方公里的洮河酿成酒,唯有高原为席、日月为樽可与之为匹。

敬天。敬地。敬人。在《祝酒歌》里把酒壶高高举过头顶,一声"扎西德勒"——

天地嘤嗡。身心俱醉。

本文获"藏王宴"杯一等奖

我用现实的眼光去看天路

夏　寒

鹰,在雪域盘旋;鸟,衔着佛性的灵光飞鸣。
天路,穿过湖泊盐滩沙漠,穿过巍巍昆仑,穿过赤裸裸的高原,直达布达拉宫圣殿。
远离喧嚣的圣殿,有顶礼膜拜,更有佛性的灵光。
朝拜者磕着长头朝着佛国的净土、经幡飘舞的方向跋涉,
打开了西藏的一扇扇窗,打开了西藏一幅幅深邃而神秘的风景。
在距离太阳最近的地方,雪莲花、格桑花竞相绽放圣洁的芳香。

罡风的王国,暴风雪呼啸,翻浆路翻浆。
雪域的世界,颤栗着呐喊,仿佛远古荒芜的高原突然苏醒。
风的怒吼声,让人心悸,在茫茫雪域中堆砌着严寒,
一条巨龙横空出世,把内地与西藏的隔绝贯穿。
中国人,以热血的温度,融化了雪域高原万年的坚冰。
推土机,把积雪的厚度推成耀眼的光芒万缕。
帐篷,架起黎明,架起一缕缕炊烟,架起一条天路。

天路,有朝圣的激情,更有比雪峰更高的信仰。
千年的雪山上,冷辉折射出诵经,使藏人的血液凝固。
天在脚下,路在脚下,人在天上,坚定信念在通往布达拉宫的圣殿上。

中国人，以坚强的意志，推开封锁了千年的严寒。

万籁俱寂开始与阳光对接，风雪，在五千多米的高度编织成洁白的哈达。

那哈达就是通向雪域的天路。一条诠释民族伟大复兴的天路，

雪山下，火车汽车沿着天路送来的的温暖，

让诵经开始流传，使藏人的血液开始流动。

选自《星星·散文诗》2016年第2期

大地的风骨（三章）

崔国发

深处的根

一生一世，在地下，不怕被泥土埋没。

化血换骨，唯恐自己在温厚的土层里，显得很肤浅。

风的一次次舒卷，不过是一些婆娑的枝条与鸟翅，却无论如何也难以看见，一根根傲骨，坚韧的伸展与绵延。

根，找到了它自己的栖所。

就是这一条盘结而执拗的根脉，可以是一个深层次的隐喻，但你绝对不可以割裂，根深与叶茂之间的某种关联。

情到深处，剩下的虽是一种寂然的孤独，潜滋暗长，默默无言，却能于深藏的韵脚之上，支撑起生命中一抹喷薄的春色。

与大地为伴，安于蛰伏的姿态与永世的卑微，不离不弃，生它养它的这片热土，无时无刻不在时光的年轮里稳扎与深陷，只是为了竭力维护作为树的一种庄重与尊严。

听风吹响一树叶子。注入自己的全部心血，让花与果实举向天空，赫然在目的，是那一朵朵绿色的火焰……

与石头书

大地的风骨。

任奔雷击，任众人踩，有时也邀约干净的月光与雪的光芒轻轻地洒下来。

把粗砺还给本真,把冷静还给头脑,把炽热还给内心,把硬朗与刚毅,还给天底下心理还很脆弱的人们。

混沌初开:谁能告诉我与生俱来的苦痛,谁能在轻薄的纸面上移动这个沉重的词?

也许我们毕生都需要学会忍耐——

历经磨难。缄默的石头,它究竟怀揣了几多旷古变幻的风云与不朽的记忆?

蓄谋已久的爱,于蚀骨的流年碎影中,赢得一记闪电的喝彩。尽管心灵的碰撞,未必都能产生智慧的火花,有时还可能造成一种伤害,但淬火的凛冽,苍凉中却闪射出一种意志。

因为石头,我的骨骼仿佛有了沉甸甸的重量。

现在我终于明白,生活总是让我们遍体鳞伤,但到后来,因为我们拥有石头般的坚强而终未被命运打败……

风暴四起,谁能固守尊严而能在撼人心魄的激烈拷打中,兀自岿然不动?

犁的踪迹

深入浅出,犁的脚步总是那么沉着有力。

翻开黑色的泥浪,浩浩荡荡,它的举止,昭示着春天的一次次冲动。

接地气的犁——

庆幸自己还可以深切地感受:土地的力量与蕴含,土地的温度与气息。

一种再生的激情。

深藏在岁月的隐秘处,让存在的根开始发芽,而不再是一场虚无的梦。

沉落于自己的足印,不只是绿色的梦,沉睡的灵魂,一次次被唤醒。朴实的行走,是为了泥土更轻松也更自由的呼吸。

一直在追索，泥土的潜台词。

相信一个个生命，许多蓬勃的想法，总会在温暖的春晖中，脱颖而出。

虽然，犁遭遇的是板结僵硬，但作为一种坚韧地表达，刃的措辞一定很犀利。

其实，路就是这样走过来的，让一粒粒词的种子找到它们的栖落之地，才是硬道理。

与春有约，犁无所不在：不破不立，于在场的质问中，它带给空旷而贫瘠的大地，总是一种摧枯拉朽的掀动力。

选自《星星·散文诗》2016 年 5 月号

回望湾前村(三章)

倪俊宇

老唱师的二胡

把万千风晨雨夕捏细,自心底抽出,成一弓两弦。
弹一弹弦,已是春去秋来;
拉一拉弓,就是关山万里。
汗味搅和土味,被椰风扬起,撒落在泥土般的心地,一茬茬植入乡音的爱恨情仇……
一把胡,挑起家小的沧桑岁月。
窄窄的二弦之间,比乡路还长,竟蹒跚了一生。
哦,一弓长音,拉黑了乡村的夜幕。断弦的一响,是渗出血丝的深沉一咳。

田野间的竹笠

于民谣的丛簇中,灿然开放。
风也好,雨也好,总溢出农事的芬芳。
从挑秧扁担蜿蜒的田塍上,从耙田牛鞭撩开的晨雾中,
岁月读你,读出谷粒咸涩涩的味道。
编进日光的经,编进月华的纬,
编成田野上一页页挂历。

槟榔寨的早晨

槟榔羽叶尖上的露珠,落下最后的夜色。
第一缕曙光推开木门,
此刻,翠绿的鸟鸣,抚遍村寨每一扇窗口。
野芋伸开大掌,承载不住群鸡出棚振翅的声音。
远去的牛铃,拉长榕荫下蜿蜒的小路。大水轮歇息了,我仍能握住一把泉声。
追赶时序的村民们,带上笠帽扁担箩筐,挤窄田野的晨景。
余下雕花墙上的背篓,等待装满夕照与菜园春色。
犁耙与锄镰敲响岁月,村寨尽铺温馨的阳光。
昨夜一场春雨,淋湿了秋的斑斓思绪。
我看见飞过去一只鹊鸟,翅羽下,藏着许多喜讯。

选自《山东文学》下半月刊 2016 年第 5 期

一个人的河流（四章）

徐　泽

时光的诗篇

时光睡了，又一颗成熟的果子在坠落；
屋里的灰尘太厚了，早晨的阳光暂时还照不进来；
我们想出去，才知梦中的楼梯断了，洪水一下高过我们的头顶。

你走过的路，我还在走，你掉落的头发，我还在珍藏；
但所有的故事都老了，没有一声叹息能赶上自由的风声。
纸是白的，雨水是新的，新娘的花衣是蝴蝶蜻蜓送来的。

谁还会数着雨水过日子，谁还会在黑夜看清闪电，
秋风吹着落叶，这是谁的脚步，在一弯秋水里走远了，
海边的星星，每一颗都很晶亮，在时光中堆起雪白的波浪。
我宁可交出平静软弱的一生，也不会交出窗外天空飞翔的翅膀！

岁月不会比我大山般的抬头纹更苍老；
也不会比我膝盖跪拜去西天取经的心更虔诚……
如果有一块石碑，不会冷却火焰的文字。
每次从小路走回来，心中的树又长高了许多。

青春还在生长，青葱朦胧的日子像翻阅纸牌一样翻阅我们的诗篇，

谁还会从一幅宁静优美的画中，看清苍茫的夜色和风沙弥漫的世界？

你我已老了，所有的刀子都是柔软的，像春天的花枝划伤季节的面容！

空 巢

这个下午，我哪里也没去，我开始厌倦这个世界，
窗外无聊的风在吹，一场雨夹雪哪有那么大的长性？
一直下到天亮，没完没了，地上的落叶有些比生命还新。

雨停了。阳光照在树叶上，水珠在铁丝上滑行，
蚂蚁和蜘蛛，再次回到生活中，
再次织网建造家园，等待下一次灾难降临，，
我听到鸟巢中的月光和瓷器破碎的声音，
这些都来自火和焦灼不安的内心。

去菜场买菜的路上，我看见有人将一只猪头提回家，
那么多面孔熟悉的脸谱，多像我前世的朋友
把一把厚土抹在脸上，世界变得多么陌生。

在生活中你真的必须想开，必须把剩下的日子过好，
被窝是空的，口袋是空的，一切都是空的，我还能要求什么？
故乡是深扎在心里的刺。每次拔出来都血流不止。

一棵草

一棵草,只有拥有了露珠时才拥有了生命之灯。

在黑夜时,我走回了家,那些草也会走下山坡吗?

人也是一棵草,从出生到死亡都在那块荒凉的山坡。

蚂蚁是他们最好的朋友,有了蚂蚁和秋虫的吟唱小草就不会寂寞了。

还有站在风中的芦苇,多冷啊,天空飘过的云彩多苍凉啊!

学会感恩耐住寂寞让我们就从一棵草开始……

一天的光阴

阳光照在树林里,把所有的树叶都染红了,像流淌着生命之血。

由此我想到海和大海的涛声。当我听到一首激昂的歌时,阳光又从山坡上落下去,

树叶也由光亮转向暗淡。只有高高的铁塔还站在那里,

高高烟囱上的尘埃会落满老人的双肩,那件破旧的风衣,有阳光也有雨水。

小孩奔跑着回家,比运煤的火车还要跑得快,我看到风的影子。

一阵风就把大地刮黑了。我没有点灯,天空都是星光的文字。

水上的文字,还是留给水鸟和大树上的喜鹊做梦吧!

选自《散文诗》2016年第3期

母亲口里衔着一群麻雀（外一章）

徐 庶

母亲秧苗一样，长在一块脾气温顺的水田里。

三鞠躬，四鞠躬，五鞠躬，六鞠躬，七鞠躬，鞠躬鞠躬再鞠躬……

插秧的母亲，嘴唇微闭，她生怕惊扰禾尖上打盹的蜻蜓。

她到底在默默祈祷什么？

父亲早早走了。扔下母亲、我、姐姐和妹妹。

母亲手里有扔不掉的四季，有冰冷的铁，有诉不尽的怨和疾。

她把自己八十斤的影子一把种下，把嗷嗷待哺的我们当作秧苗一行行种下。

水静养万物，母亲说。她把雷电、人世的冷、岁月的痛，都草草按进水里。看不见了，就不会痛，母亲说。

水田是柔软的，轻轻一按就要溢出稻米、麻雀和秧歌。

母亲为何这么用力呀？她咬着牙，似乎紧紧衔住一群麻雀。她担心一张口，麻雀就要逃出去吃掉大片大片的庄稼。

鞠躬，鞠躬，再鞠躬。一把，一把，再一把……

插秧的母亲，仿佛在反复戳痛自己的影子。

选自《黄河文学》2016 年第 12 期

沙 洲

沙洲送走潮汐。

送走江上归人，偷偷渡来的，千年月色。

又是一个看似风平浪静的唐朝。

迎着潮水低头的灌木抬头了，在汹涌的水下，它们把自己折叠成一叶轻舟，

隐身在时间之外。

其实，植物比人类更有韧性。

唐风牵着宋韵，草鞋和空杯，扔得遍地。

脚印被秋风吹破，又发芽。真相和虚伪，颠倒了黑白。

面对看得见的事物，不需要像一朵浪花那样叫什么。更不需要，像一块礁石那样，抱残守缺。

我不明白，圆溜溜的沙石，为何世代遗传一个模样？

选自《诗选刊》2016年第4期

缀在介词之后的山水（二章）

徐澄泉

在射亭村仰望瓦屋山

在射亭村向上仰望，瓦屋山就像一只大雕，抑或一块腊肉。

盛夏时节，雾锁瓦屋，人道凡间蓬瀛。两挂笔直的水瀑，从瓦屋山的额际垂下来，仿若两根仙人的神鞭，又如两缕高道的美髯，可远观而不可近亵矣。噼——啪！两道天神的霹雳，把我的胡思乱想击得粉碎——瓦屋山升级打造，闭山造景，多少远方游客，欲攀不能。射亭村里，徘徊多少射手的脚步；多少待发的箭镞，不知射向何处。射亭村里徒有亭，射亭有箭不能发；唯有一只大雕，翱翔在高空。

厚重的山影从黄昏的幻象里掉下来，把我的饥饿砸个正着。清雅农家乐史老板的晚餐桌上，一盘瓦屋山老腊肉为我治饿疗伤。我举手投箸，以箸为箭，纷纷射向想象的敌人。我的技艺炉火纯青，双箭一雕。我为自己的战绩骄傲和自豪。

雷鸣电闪，夜深无电，黑暗更加黑暗，大雕腊肉皆无踪影，正好秉烛夜读。"空持千百偈，不如吃茶去。"与赵朴初老不期而遇，恍然有悟——

瓦屋有仙求不得，

不如峨眉吃茶去！

在孟获拉达的晨雾中

比黎明起得更早。

在马边河清澈的水波里,他们汲水,垂钓,浣衣,搅乱了小凉山最后一缕月光,把孟获拉达的最初一片晨雾,撕开。

河边的卵石杂乱无章。他们把自己的生活安排得有条不紊,并借助一条睡眼惺忪的大鲵之口,向又一个赶往河边的人,献上赞美之辞——

瓦几瓦!瓦几瓦!

这一切,都在梦中进行着。

只有一个叫做孟获的老彝人(他老得不能再老,像一只沧桑的老鹰),用嶙峋的鹰爪,拨开群山与雾障,拨开传说与史籍,用敏锐的鹰眼,看见了。

注:
① 孟获拉达,彝语,意为云雾的那边,指马边彝族自治县。
② 瓦几瓦,彝语,"好"的意思。

选自《散文诗世界》2016 年第 3 期

你的神迹（节选）

唐朝晖

58A

城市中的一个拐角，停下。

你钻进黑色的夜里，一点点地往下沉，

夜的浮力，一点点减弱，你看见了暗的黑在加重……

身体有些僵硬……双手微微地抓住白昼的树枝，试图保持身体的平衡。

一点点，一点点，很多个月之后，很多年之后，

你轻盈地经过夜的长廊，走进黑的中心点，身体飘起来。告别城市，你从树林里离开树林，和夜一起走近湖边，路沉浸在美妙之中，椅子是记忆回家的钥匙。

你一点点往下沉，身体向后，平稳着一河的水，还有那些送别的友好的植物，穗子飘在空中，微微地举起花朵，与草叶拉开点点距离，观看自己的前世，

情绪安详，

身体里的某个机关突然间自动旋转，徐徐地把你的身体转到灵魂的正对面，椅子在椅子对面。话语在心灵的大地上轻轻涌出，一条小溪，莲花开了，莲雾红了，树叶茂盛了，到处是叫不出名字的水果和植物。

城市中的你消失在浮出来的路上……你出现在那个村庄里……

58B

泥土的家，远远地落在北方的灰土地上，树很多年没有生长

了,房子上爬满了灰尘,记忆的虫子栖身于雨水的镜面,水晶般透明。

很远的地方有一条河,你听见河水的声音。

你是个大孩子的时候,每个月你都会偷偷地以各种名目,从家里的早晨出发,一直往北,走到太阳当顶,你才会站在一条河的旁边,小脚很疼,但你不会马上坐下,你担心每一个动作都会让这条河退后、消失在更远的北方。

因为家里不断的吵闹声,器物之间的碰砸声——那是父母间的斗争,那是父母和你与镇上流氓之间的打斗,

因为打斗,河流才跑出了这么远……河流曾经一直就在你家后院不远的地方,你坚信在出生之前,河流就流淌在家的后面,

后来,河流退后了数十公里,

在你走进死亡山谷的时候,灵魂阻止了河流的干涸和消隐。你唤醒了神的呼吸,巨鸟的翅膀,影子遮蔽了树林,唯一的一条路,依旧顽强地挣脱大地的束缚,随涨水的河流漫上发黑的小镇。

因为你的醒来……

59

你与母亲是一体的,天空的种子在移动的云朵里,下雨了,植物大片大片地繁殖你遥远的梦。

母亲少女时期的快乐浮在回忆的水面,美丽的笑容被你的梦一朵朵珍藏,

童年时期你想到的都是母亲那一地的小花,

你的枝条向着母亲走来的方向倾斜,

看着母亲从青涩的果子到憔悴落地。后来,你懂事了,忆起母亲的美丽,让村子路的树枝都向着你家的方向摇曳,那轻灵的美,让你全身发抖……大风吹倒了晾衣的竹竿。你再也看不到青郁茂盛的植物了……

低而脏的土房,孤独地立在风的谷底,

即使是镇上那些楼房,也是脏的,藏着一双双恶毒的流着口水

的男人们的眼睛，邪恶地看着你十三岁的母亲在小镇里来来去去，
　　青涩挂果，鹰伺机把翅膀平衡在风的谷底，把种子带到平原的外面。

61
平房灰暗，十多年了，阳光就没有穿透过那三间房子。
虫子在你内心长出了翅膀。
房子随你长大，尾随你进到每一所学校。
成年后，你有幸居住在一个小岛上的院校里，无边无际的海水，和层层叠叠的破碎山河，医治着你敏感的细微神经，来不及忧伤的喟叹就被浩浩荡荡的海浪埋葬。

62
之后，你到了城市，城市只能伤害那些无辜的精灵，
血的印记唤醒了你观看精灵的眼睛，
精灵的视角笼罩着你的伤痛……

63
你没有兄弟姐妹，你一个人来挑战世界的晦暗。
死亡：飞翔的高度，化学制剂比例，绳束的花结，匕首的寒光……呼吸着你的呼吸，诱惑的力量绸带般缠着你，多年来，你一直在想，到了想的尽头，只有雨帘垂挂，惊醒你的灵魂，已经没有再想的事情了……
只有死亡才能阻挡门的开合。

64A
死亡：飞翔的高度，化学制剂比例，绳束的花结，匕首的寒光……在身体里驱赶着灵魂的鸟群，黄昏里没有了光亮，死亡堆满了你的身体，白色，充斥着整个黄昏，烹煮着你身体的器官，灵魂对你身体的依恋程度超出常人的想象力，灵魂如烟如雾抽丝般分批撤

离——出窍，细细地时断时续地萦绕在你身体周围，坚决地守护着你纯净美洁的身体。

死亡竟然被身体稀释，灵魂被驱除出体，但灵魂之核，自己强制地留了下来，灵魂对你的决绝眷念，以放弃自己的生命为代价，静候你的醒来。

如果你的身体没有苏醒的机能，灵魂之核也将被困死在你的身体里。死亡的身体将封锁灵魂出窍的所有出口。

很多时候，灵魂的最后一次撤离会把灵魂之核带走，只有这样，灵魂才会永生……

你的生命停在时间固定的深渊里，没有上浮，也没有气息涌动，但生命体始终存在。

五天，你的身体有了初春的萌动，灵魂的核在发芽，在召唤队伍，灵魂回家，你重新活在南方的土地上。

虚弱的身体承受不了灵魂的重量，幻觉把你渡到河对岸，

64B

南北的谷物在你身体里微微细细地游动。

后来，很多次，你继续把死亡捆绑在你身体里，你感觉不到身体的起与立，你硬生生地从身体的墙体上撕扯着灵魂的牵绊，不是仇视，只是强烈地感觉到身心在大地的游历没有任何意义。

父母看着你的身体突然沉沉睡去，又丝丝复苏。

你披着夜晚的长袍，悄悄回家，怕被人看见你这女子是如何一次次地毁灭着这具身体。

无论多少次，只有你的灵魂了解那些细枝末节的思想是如何顺藤开花，是如何张望着蓝色的夜晚，虚空有实地远离那些藏污纳垢的角落。

让你身体复活的原由，是你的灵魂在以命相抗，

你闭上眼睛，看不到自己的一举一动。

母亲的眼泪淹没了你六次与生命告别的宴会……

66

母亲漂亮得让你欣慰。

身体的美在村庄里的结果只会掉进老套的戏剧情景里：你看见母亲的失望，走进了父亲的生活。

你说，父亲配不上母亲的优雅。

67

无数个晚上，家里的门经常被酒鬼流氓撞坏。酒鬼都带有装鬼的成分。

你心灵的角落里怨恨流出来：因为父亲的懦弱，父亲的血液来自于底层的命运，你们与父亲站在一起，承受着四面八方的寒风，你没有说你爱你父亲，你没有说恨。

你与母亲站在一起。

整个舞台都是观众的眼泪。制度的拳头，管理者的惩罚，流氓的刀棍，都有一个斜度，你们在斜度的下角，淹没了你们的呼喊。

你以不同的形式演绎着死亡和复活的游戏。

69

你一直住在零下冰的屋子里。

母亲瘦得跟大刀片一样，你希望老天那把刀砍下自己的肉给她。

母亲偏执的气息飘在空气的房子里，生活都病了。

70

有人说，有女鬼缠上了你。

选自《西湖》2016年第3期

心中有红马（外二章）

爱斐儿

鸟声唤醒清晨，阳光随风而至，仿佛踏月归来的红马，蹄声踏着蹄声，不由人捧出心中的山河与慈悲来配合你带来的天意之美。

心中有红马的都是胸怀辽阔的人。

内心飘着白云，熟知青草和花朵，如果遇到春风催动马蹄，一路不是经过杏花村就是桃花源，遇见干涸就放出河流，遇见冷雨就钻木取火，遇见荒漠，随便捧出一首诗歌就是千亩绿洲和万里江山。

也许只有骑上梦中的红马才能靠近心中的神灵，学着神的样子拈花、微笑，普度众生。

也许它只是另一个我，不是它代替我，就是我代替它爱着——这无边的尘世和万物生灵。

选自《诗潮》2016 年第 10 期

不冻河

如果说一滴雨是情怀，一条河就是天涯。

所以，三两滴雨水不足以完成一条河的前世今生。

比如不冻河，需要汇聚一万吨雨水才能成就奔腾，而一颗永不结冰的心，需要怀抱太阳出生。

在阿尔山，你要沿着青山绿水一直走，才能得到不冻河从心底捧出的酒：

第一杯是叮咚作响的马蹄。

第二杯是终年不息的荡漾。

第三杯混合了燃烧、彩虹和雷鸣……

如果你还没有醉去,那就退回白雪环绕之中,与初升的朝霞打坐雾气蒸腾的水面,终日痛饮不冻河流水的回声。

悦心潭

如果声音追着声音,我定能找到你,悦心潭。

看你一袭青衫,涛声满袖,立于天光下,搬来最激越的水声,醉得那么忘情。

事实上,人间都是虚构,你也是一个不存在的人,充满神性的隐喻,被安置在一颗心里,只用浪花说话,只用流水带走光阴。

作为一个听懂时光流动的人,我欣然接受各种命运的托付,我陪另一个自己一起聆听你。

薄薄的阳光撒在水面,那些藏起的静谧、孤单、叹息、离别、欢喜,顺从了你的淘洗和冲刷,它们和你的气息融为一体,互相撞击,声音越大,疼得越深。

在苍茫人世,人们听凭你流走,你听凭时光带走那些不愿离开的落叶枯枝。

那些在你心里酣睡的鱼,那些在你身旁为爱而开的花,它们一次次依靠你获得重生。

我也是获得你馈赠的人,一颗草木的心离流水最近。

在阿尔山,在悦心潭,我与你的名字因一次盛大的相逢,而对称于奔腾。

那一刻,你待我以长情的音乐,我报你以水做的心动。

选自《诗潮》2016年第2期

爱，并与时间同悲欢

容 浩

1

桌子上的坚果待在那儿很久了，时间曾让它变得坚硬，并刻出曲折的花纹。我仿佛看到一个生命，从花蕊，到果实，最后失去水分，步入老迈之境。

我以为这就是时间的影子。握着它，就像握着尘世中的悲欢与命。时光所给予的，有储蓄，有舍弃。

而夏天就要来了，新鲜的果子在迸发，包括你。

南风中，世间轻轻的。

不要动，我要在那枝条上找到你。

2

早晨升起，在果园的西面，清新的弧光中，露水仍然紧贴青芒果，时间的寂静仿佛躲藏于那果实中。

此时的少年芒果，既不坚硬，也不柔软。要到将来的某一天，才会发生变化。

世间有种种坚硬和柔软，难以说清究竟哪个更多，怎样更好。我希望我们就是这些芒果——我与你，欢喜紧贴着欢喜，果仁爱着果仁。

我希望草丛中飞出彩蝶，它们有相似的翅膀，如我们有相似的手指。

3

新雨过后，竹叶闪光。竹笋又高了一些，它是一个答案，等待问题的诞生。

朋友发来短信，感叹生活之难事。

我回复说即使是你所认为的坏事情，往往也是带着微光的，回想这二十年，有些事情刚开始是坏事，后来却变成好事。

你看此刻那些艰难，并不沉于身体，它们跳上竹笋，顺着阴影向上。我对此感到满意——

竹笋是我赞成的事物，它要高于我所反对的大王椰。

4

要感谢那个爱你的人，她甘愿返回，以童年之手牵挽这内心之神秘。

她奉献，成为欢乐的叶子，并真挚地持有骄傲。

几经浮沉挣扎，眼前之境如旧将军营垒，英雄与诗早已日渐式微。每个人所渴望的，都不过是平凡中的肝胆相照。

你那么辽阔的土地，多少次自在其上独来独往，她在你心中下一场雪，那茫茫，可以理解为覆盖，可以理解为光芒涌入。

要感谢那个爱你的人。她迢迢奔来，只为给予。

要感谢那真挚的泪水、那秋天的暮霭中的紫色葡萄，她的脸颊贴着你的脸颊，小心地修补着这个虚假的时代。

选自《散文诗世界》2016年第10期

泉城之诗（四章）

栾承舟

初识大明湖

有李杜歌吟，道元行述，大明湖，犹如一篇《水经注》。

婉转的鸟之歌吟，水之抒情，像咿呀散曲，青若苔绿。

亭榭楼阁，曲径回廊，像岁月客驿，更像曲折前行的历史，有难描的韵致。

天蓝草碧，独见涟漪间菡萏映日，映照着文人行迹。

烟水浩荡，以及雁鸣鱼跃，以及，湖风烟波，被蝉，一翅翅擦亮。

不见苏轼、李清照，也不见马可·波罗。

惟时光肥美，在我们面前，茂盛而青，风声人声乐声天籁之声入心入耳，

拂过荷叶田田，水色山光。

忽然，无数鸢鸟掠水而过。

一场西风吹凉了这个秋天……

历下亭怀古

身周是水。一种彻骨的沧浪之韵，瞬间湿透了来自唐宋的每一片风，每一叶帆。

节令适逢初秋，古亭台已成野树故事。

即便是小小一隅，
也有史笔似椽，也有词赋如歌。
湖心岛上的所有声音所有吟哦，已经去远。
他们，鲜活在灵肉之外，
那别一个世界。

稼轩祠幻思

今夜，你再次看到了古道霜雪，铁血冰河。
醉里挑灯看剑，
战车辚辚，驰过了千载荒原。
日暮乡关的浴血之思，次第展开。
冰与雪，血与火，到处都是成片成片的水声，火声，喊杀、冰裂之声。
我能看到，梦中，啸啸战马踏破了梦中山河，有一种男儿壮美。
之后，长风驱赶着啸啸嘶鸣，
渐渐抵达，一千年后，某个晨昏的
水软山温……
之后，再也没有了冰也似的沉思，也没有了，席卷一切的
猎猎雷暴！
除却庄生化蝶，除却灵魂穿越，
天地间一片歌舞升平……

夜半赏平湖秋月

水声淙淙，船，随风潜入夜。
此时，对岸歌声已歇。
无宿鸟惊飞，无野鸭戏水。
湖，

静如荒原。

所有水花所有灯火所有船桨欸乃之声，以灵感的方式，次第显现。

而我，心如鲲鹏展翅，展开美和想象，

与冉冉升起的月，默默对视……

风是洗过的，月是洗过的，月魄清凉。

整个世界都上岸了。凉风轻起，人籁尽消。

许多或大或小的声音，心中响着。

之后，月看见了：千佛山上的梵宇僧楼，芦苇丹枫，

在李白走过的路上，

潜入湖中去了……

选自《奔流》2016年第10期

光与影的每个表情(节选)

海 叶

01

那些阳光,仿佛全被袅娜的书香洗亮!

寒冬,蓦然间显得格外温暖。泊在阳光里的白墙与黑瓦,回廊与木窗,在诗人眼里皆是光与影的静默,皆是情怀的内敛!

或许,千年前的一缕光或一片叶,就定格了光阴的模样。

此刻,我只能静静仰望,所缅怀的,并不是那些渐行渐远的伟岸背影,而是刚穿越庭院的那一缕微风。

02

这一汪被时光环抱的水,被几朵残荷泄漏了心境。

溅在树叶上的阳光,又滑落于水面,将倒影里的微澜,小心翼翼打开又揉皱,揉皱又打开。

满亭的空阔,被几根石柱撑起。那个留有我体温的石墩,此刻正被人占据。

站在记忆之外,打开记忆,退后三步,回眸来路。岁月依旧静好。

只用黑白虚实生活。纵使带不走半片落叶,这样也罢。

03

翘檐,突然朝天空撒一张网,想打捞些什么呢?

天蓝得那样干净，酷似婴儿的目光。

天空下，一个漫游者，携带着自己的影子，在明亮的阳光里驻足。当喧嚣厌倦了喧嚣，一分静谧就能让呼吸无比酣畅！

在湛蓝的梦里，这一定是我架在大地与天宇之间的心弦，被风弹奏的旋律，已漂泊到银河的对岸。

04

一只倾倒的素瓶，终于找到了自己最惬意的姿势。匍匐的枝柯，让世间万物在喧闹中安静下来。

如果有一束光，来自生命深处的爱抚，我将会在黑夜来临之前，交出自己全部的阴影。

可光阴都竖排在竹简上，让一切貌似坚固的东西都烟消云散了。一朵干枯的小花，就是坍塌的废墟之上的旗帜，让我看清了此生的坚守。

看清了，隐在时光背后那虚空又无比真实的大海！

09

静夜，挽起一缕风和一盏灯。我在灯影里细数着光阴，朦胧的过往也开始变得透彻。

身陷人海，其实每个人都是一座孤岛。那些来历不明的巨轮或豪艇，都值得警惕。

当我决定乘一叶扁舟离开时，一定是黎明或春天就要来了。我携带的每一颗种子，都要让其找到扎根、绽芽、开花的快乐！

你用光与影虚拟的场景，往往比真实更真。纵使给我的是一座孤岛，我的驻守或离开，都显得无关紧要了。

因为，在尘世间我总能安于自己所有的境遇。

17

此刻，如果竹影摇曳，我会挽起那滴清亮的鸟啼，走进夜之深处。

就是要逃，也要逃到一只葫芦的体内，不必再咬着牙与昨日的影子为敌。

着青袍的光阴，用半盏明月催生了千古幽思。倘若我是一位旧时书生，我也会蘸墨勾勒出白狐的妖媚。

倘若，我又能从黑夜布施的隐身术中逃出来，我定会抛开满池春水，打包藏好一花一叶的荣枯……

20

大寒之夜。有一盆炉火，一盏小灯，一朵新棉，一壶老茶，这夜就暖了。

被炉火点燃的夜色，被小灯照亮的书简，被新棉绽开的光阴，被老茶悠远的过往，安恬地聚集在一起，就构成了奇妙而温馨的画面。

那一点炉火的红，一朵棉的白，一缕光的暗，就将我带到了生活的拐弯处。

在那里，我并未遇见生活的传奇。也许，生活原本就是断裂的。有经历，就自会有过往，自会有对岸，自会有桥梁或横渡的小舟。

而此刻，黑夜仿佛陷入了巨大的停顿。远方的那场雪，还徘徊在记忆的边缘。

如果听见了壶里沸水的尖叫声，我将会起身再次回到炉前。

选自《中国诗歌》2016年第5期

独出阳关（三章）

海 湄

大漠——我藏的最久的一个词

这么多年，我始终找不到一个确切的词来形容戈壁大漠，正如找不到一个形容家乡的词一样。

我索性在记忆深处撒满种子，期待他们沿着情感的藤蔓攀援到我的笔端。

这样，我就可以坐在笔下的大漠中，听风。

风，依旧是我童年的风；风，掠过芨芨草、骆驼刺、芦苇和红柳，掠过砂砾、沙丘、驮道和盐碱地。

风，带来了鸟鸣，尽管那么单一，单一的冲出了广袤的天际，直达风想去的地方；

风，送来我童年的伙伴，他们唱着沙与沙的歌，像一个个小沙粒，从这一堆跑向那一堆。

风，把父亲的影子吹得很弯，我看到他被折断，被吹进了最深的大漠。

独出阳关

我不想歌唱沙漠，是沙漠在歌唱我。我不想抚摸关外的垛口，是垛口想抚摸我，我不想看到代表逝者灵魂的旋风，是旋风围绕着我，他们先是一小股一小股地旋，然后突然合成一大股，他们贯穿天地，他们非常努力地旋，他们非常急切地呐喊，他们是这个垛口的士兵，他们为了还原大漠的面目就一直活着！

很多事物已经远去，岁月消蚀了所有的存在，这里却仍旧有半个士兵。

没有人知道他最初的样子，没有人知道他站立了多久，更没有人知道他怎样在黑夜里，独自挪动着岁月的脚步。裸露的泥土，土层与土层之间的麦草，焦脆却依旧金黄。

我猜测，所有的人都嗅闻到了它的清香，仿佛嗅闻到了关里的故乡。

大漠，用沙书写生命

我曾独自坐在沙丘连绵的大漠中，面对白雪皑皑的祁连山，与芨芨草和骆驼刺为伴。

我曾一枚一枚地摘下沙棘果，咬碎他们酸甜掺半的果实。

大漠的果实，多为红黄绿三色，他们像成色极好的玛瑙，圆润而又丰满。

我曾无数次依偎在沙丘身边，看风吹云，云携风，一缕一缕，一朵一朵，时快时慢，时进时退。

我特别想知道这里的一切，想知道沙子的前世是鱼骨，还是贝壳，是女人的胸骨，还是男人的膝盖。

大漠告诉我，沙子虽小，却最善于磨砺。

在这里的大部分时间，我惯常会茫然四顾，仿佛在等待一个故去的人。

又仿佛他的前生今世一定与我有关。

选自中国散文诗研究中心 2016 年 9 月 21 日

雪的祖国（外二章）

堆 雪

一场又一场的，雪。

雪地里，睡着月亮和祖国。

此时，我的祖国格外地白，格外辽阔。

其实，不过是一张又一张的纸，一程又一程的路程，一次又一次的呼吸与微明。

雪地里，埋着春风与松枝，马蹄与胡琴，骨骸与山林。

雪夜，有一扇窗户亮着。这，并不代表此时的原野，还没有睡着。

诗人和我睡得很香。那打开又合上的经卷，在灯下睡得很香。我劳作一生的母亲，睡得很香。

睡得很香的，还有窸窸窣窣的村庄，大雪下冒着热气的铁轨和火车。

那穿越整整一个世纪的火车呀，一路的坎坷，不必细说。

落雪之夜，不过是，油灯再一次抵近补丁与针脚。哈出胆气，擦拭生锈的枪支与发雾的明镜。不过是夜深了，有风，出门时记得披上大衣。

没有星宿的夜晚，只身经过墓地，最好是咳嗽两声。

不过是，反复给那个失恋者写信，写一千里的长信，再用剩下的半截橡皮，把那些字迹或脚印擦拭干净……

雪，还在下。

一个人推门出去，看见雪的祖国。

描述一段铁轨

有谁能够描述一段颤抖的铁轨。

一段被吼叫的火车,刚刚碾过的铁轨。

一段,爱着时哐当哐当地喘着粗气,通体冒着热气和火星的铁轨。

一段,爱过后还在,长时间痉挛或抽搐的铁轨。

它的身上,刚刚释去重负。它的内心,刚刚掠过风暴。

被钢铁占领,又被钢铁洗劫一空的铁轨。现在,静静地躺在最坚硬的大地上。

像一段,愤怒时暴起的青筋,爱恋时流动的蓝色血脉。

一段,飞过麦田时叫村庄失眠的铁轨。

一段,穿越树林时让草木战栗的铁轨。

一段,钻过山洞时带出尘埃和血丝的铁轨。

一段疼痛时,能够像蛇一样首尾相顾的铁轨。

一段又一段,一直能够这样爱下去、颠簸下去的铁轨。

有谁能够,用一列火车的速度描述一段铁轨,描述爱着时浑身战栗、通体透明的铁轨。

有谁能够像铁轨一样剧烈地爱,并且剧烈地承受。

一辆手扶拖拉机翻过几座大山

雪,还在落。种子在仓廪深处,事先翻了个身。

北风依然强硬,大山挺立成古代武士的架势。

石头的意志,还不肯服软。我们的表情,远离生铁。

河水有意掩饰内心的喧腾。拐了几个弯后,于低处,悄悄解开红尘的风衣,风衣上,最后几粒纽扣。

无人的时候,道路总是大大咧咧伸向远方,仿佛唯独它,有那通天的本事。

门框和窗棂，空出地方。等待柳枝的笔尖，把春风和心血蘸饱了，再把那春联和窗花，一笔一笔，描出来。

大雁走了有一段时日了，燕子还没有到假呢。

夜晚来临，苍穹更静。静得星星都能听到，自己的声音。

还是叽叽喳喳的麻雀和喜鹊好，像没有嫁远的儿女，它们守着沉睡的田野，也守着，铺满月光的院落。

年关不远了，一辆手扶拖拉机，翻过几座大山，已经开始向风雪深处运送生火取暖的煤碳。

一切，都在等待。

等待雪落下来，一层一层地覆盖，已经梳理了无数遍的头发和心情。

等待太阳的追光灯，重新聚焦北方大地。

等待牛羊出圈，麦苗返青，蓝天和白云扑面而来。

等待树木萌动、抽芽，绿意深重，说出对风雨和泥土的情意。

等待姹紫嫣红的百花艺术团，再次来到民间献艺。

等待城市在胸中拔节，睡梦穿上赴约的灯火。

等待春天的脚步声，从地平线响起，手挽那黛青色的远山，一步步逼近。

选自《山东文学》下半月刊2016年第2期

隐约的动静(二章)

曹 雷

你不来

你不来。
而寂寞有多么辽阔,音乐的翅膀已无法丈量。
泉水是暗自流淌的泪,在说着山的忧伤。
曾有一个词的吐露,让人的血液燃烧。
曾有一句话的温暖,让天色慢慢发亮。
而你不来,
……今夜的月光就要枯萎了,哪一场雨水能让它重新绽放?哪一
双眼睛还要把这样的绽放悉心指望?

你不来。
而痛苦有多么平静,诗歌的呻吟已不能释放。
落叶挣脱枝头的姿态,是为了表达树的遗忘。
一次低下头来的清醒,就是给觉悟松绑。
一次挺起胸来的放弃,就是云开雾散后的太阳。
而你不来,
……今天的庭院要继续洒扫,要把伤痛的灰烬带去路尽头的土地,
一棵草在那里已开始茁壮。

回 去

从枯竭的古井，打捞一支失落的童谣，让两小无猜的
芬芳，重新回到地面.
是在我慢慢长大的时候，背影却悄悄走远，
当我慢慢成熟的时候，比遗弃的果核还要孤单.
现在，我得去邀约秋风中的黄叶，沿着画好的纹路，回
到一朵最初的花蕾身边.

风可以吹平游过水面的所有痕迹，鱼同样可以沿着没有
忘记的水脉，找回浪花灿烂的老滩.

从池塘边的蛙声里，捕捉一枚飞走的萤火，让耳鬓厮磨
的游戏，重新回到简单.
褪掉物质光晕，山月又是暖人的灯盏，
洗尽满面铅华，你还是我的少年伙伴.
现在，我得去聆听秋空下的鸟鸣，按照约定的暗示，安顿
一次最完整的睡眠.

选自《散文诗世界》2016年第4期

清水湾:蓝湾小镇(外二章)

黄亚洲

显然,我们这群高楼的透明而柔和的弧线,都来自
海浪的身形
浪花跳上沙滩化作彩虹的一刹那,当初
被设计师看见了
这些遍布小镇的椰树与芭蕉,在我们杭州籍住客看来
都是杭州老字号王星记扇子的
植物形态
大地的手掌可真多啊
而且,搧动的风是那么柔软,仅让远处的大海
作轻微的摇晃
我露台上的风景总是总是由两大块组成
一半是天空,一半是大海
而且经常蓝成同一种颜色
入夜,渔火开始闪烁,但也经常混同于星星
我们一半的生活归了地下一层,那里是
学习教室、园区食堂、物管部门
运动房、图书馆、儿童乐园、大众超市、健康中心
我们好像是快活的田鼠一族
互相咬着尾巴,自给自足
其实这地下一层也筑在地面之上
窗外笔直地站着芭蕉、风与阳光
另一半生活,当然就由游泳帽与沙滩排球构成

汲着拖鞋懒懒散散的就撞上了波浪
结束以后,我习惯用海滩喷淋冲洗干净
不让一丝海腥带入这首小诗
这样的休闲生活太有点儿贵族,这与我们身后那座
嘈杂而热闹的陵水县新村镇,有了反差
那里的马鲛鱼、蚶子、乌贼、海马实在太便宜了
那里是人民的大海

新村镇,早餐

坐在油噜噜的长案板面前,手剥鹌鹑蛋
一粒接一粒,嚼着这个早晨
六粒鹌鹑蛋只收一块五毛,我是多么幸福
老板娘又递来一碗豆芽蒜苗粉汤
铁碗里套上塑料纸再冲上这么烫的食物,似与科学冲突
在老板娘看来这就是讲卫生,知道我们来自滨海高档园区
她必须尽心
两排牙齿墨黑,甚至殃及嘴唇,显然
这是嚼槟榔的缘故,她用我很难听懂的普通话称赞海南
说是空气好,水好,冬天好,海好
是啊中国人不就缺这些嘛,黑牙人说出了洁白的真理
高档接送大巴又准时来到小镇。我多付老板娘一块钱
我多么慷慨,她多么舒心
这个小镇咧嘴大笑的时候
槟榔树就开满了黑色的小花

依傍南海的一天

重要的是醒来之后的心情
是否如窗外的波浪一样,保持基本的宁静

精心烹调哑铃操与冷水澡

这是我每天的早餐

然后,反复拉伸视力

用露台对面的南海以及更远的太平洋

努力看透别的国家也相当重要,这是

看清自己家园的前提

然后就开始打一些哈哈,电话里,微信里

我毕竟是一个中国人

骨子里,潜伏着一个加强排的言不由衷

再然后,写字

在文字里,可以稍稍松一松马缰

问号是问号,惊叹号是惊叹号

也不必走得太快,随时让马休息

让马把头伸进句号喝水

想起来,就去园区健康中心里量量血压

新闻里的那些垃圾词汇,总是叫我的血管不堪重负

譬如坍塌、癌村、血铅、截访、维稳、PM2.5

黄昏打车去渔排吃饭,在菜单里搜寻

礁石、珊瑚、有深度的海水

周遭挤满了内地来的陌生人,应该都是邻居

但我不熟悉他们,就像不熟悉自己,以及

自己的国家

虽然我的生活已是这么奢靡

吸全国最好的空气,喝世界品质的自来水

与暴富一族的高尔夫球场为邻,满口仁义道德

选自《山东文学》下半月刊 2016 年第 11 期

故乡（三章）

萝卜孩儿

云 寄

从来就不只是一片浮云！
云层里有雀，有风，还有彩虹。
浮云何曾老去。老去的，只是云的身影。
浮云有一颗浮萍的心！
浮云，有雨的心跳，露的遐想，霜的凝思……浮云偶尔扔下几颗冰雹，提醒倦怠的苍生。
浮云何曾远去？
故乡的山上，一眼泉，是云的眼睛。
老父亲昏花的视野里，总是云雾蒙蒙。
落满天光云影的那条河，夜夜响起老母亲的捣衣声……

纸上年轮

我写下一个母亲，她端坐在纸的中央。
密密麻麻的泪珠，围着母亲旋转，旋转成速生的年轮。
泪眼开花，母亲生根！
纸上的母亲，明亮的母亲。眩晕着我的双眼！
一张纸上的年轮，比泪痕大十圈，比纸厚一分；比一颗苍白的心，暗三分。

流淌的泪花,模糊的母亲!

我捧着一个母亲,随着年轮旋转。

脆弱的木质,海枯的离恨,撑不住一个断层的岁月,和塌陷的黄昏!

我再写一个母亲!

凌乱的老屋,已然隔世……

清晨,面对故乡的一块石头

有一片云,比石头还硬。

有一颗心,比水还柔软。

阳刻的云水,阴刻的天空!世界原本:黑白相间。

吹面不寒是秋风!柔可绕指。

一群大雁变换阵式,渐行渐远。

片片红叶隐身大地,待价而沽。

故乡,方寸之间,爹娘的额头上秋霜如盐啊!

故乡,方圆之间,冰心卡在玉壶的咽喉。

三更的鸡鸣,五更的身影。

墙头上的明月:岁月的疤痕。

今夜无眠……

选自《散文诗》上半月刊2016年第10期

写在北美的枫叶上（三章）

郭　辉

一座城 的前世今生

约克，泥泞是你的外套，冬日成冰，夏日飞尘，要花多少年，才能够脱下来。

安大略湖用天蓝色的圣水，洗涤你的眉头和骨头。

约克，你这野性的乡巴佬，什么时候才能，光头顶天，赤脚立地，站在北美洲皮货堆积的土地上。

浣熊穿越了大林莽，严冬，使每一个脚窝都寒光闪耀。

约克，你伟岸的长矛和弓箭，能否在春暖花开时分，呼啸着，洞穿历史！

约克，你因维多利亚时代而胸肌发达。用一把长锹，只一挥，便播下了黄金般的美誉与奇观。

这野心、企求和欲望会聚的地方，多元性就是力量。

今日，神话般的约克呵，你拔下一棵最粗最壮最高最直的树，栽种成了，令整个世界仰视的高度。

枫叶型的标识上大写着

——多伦多！

魁北克

河流变窄的地方，水草丰茂，黑雁一群群地飞过来飞过去，在寻找母性的花园。

小精灵般的种子，张开熟能生巧的语言，在河岸上打滚，撒野，把自己日渐膨胀的思想，一寸一寸扎下去，扎得深深，深深。

多么像法兰西腹地，那一些大手大脚的好斗的儿子。

勇敢的水手呵，他们在故乡的叮咛里，用古藤结成的绳子扯起了风帆和愿景。他们的笑声、吼声和歌哭，高过了海洋中拼命挣扎的风暴！

踏着无边的蓝液体的神经，他们血迹斑斑的双手，捉住了圣劳伦斯河的翅膀，飞升，然后落下，在一片陌生的沃土上，掘地成穴，临水而居，开垦来自先祖的记忆。

呵，魁北克，那是一个伟大生命的血管，，最为蓬勃的地段！

一代一代征服了死亡，见证了梦想中充满奇迹的果核。

石头的深处，开出鲜花。

血一般的枫叶，燃成浮雕。

鱼群骄傲的鳞片，堆积成黄金的光泽。

但在一个寒冷将临未临的季节，风蜷缩在树梢，寒号鸟，尚在初试喉嗓。

一堵土生土长的悬崖，竟然以铁石心肠，出卖了主的意志。

多少年的辛劳和荣光，被一下扼杀了。钢铁的锋刃，全都摔碎在血光里，溅起孤傲的哀鸣。

不死的魁北克呀，血泪养育的河流，灵魂不会干枯，泥土中的浪漫，哪怕戴着比死亡还要沉重的钉铐，也要呼吼，也要舞蹈！

一切都可以失去，但法兰西的母语，早已砌进了城墙里，潜入了每一根骨头中。

即便，千年的石头会风化，那些祖辈用白银打造的语音，也不会失落，不会腐烂！

斯库卡

我为什么来到这里，斯库卡？

小湖边，那一座尖顶的灰蓝色铁皮屋，是不是百年前老劳尔镇长一声操劳过度的咳叹，余音未绝？

我是万里之外的异乡人，斯库卡。绿草地上的圆亭子，黄灿灿的郁金香，还有老劳尔塑像上思想者般的和平鸽，都可以证明我是过客。

斯库卡，你为什么悭悋一拨清风，给我的黑头发加冕？让一粒游子魂，恨不得落地生根。

我像东方的一只小耳朵，在斯库卡，贴在了北美格言式的壁画前。

历史如同当年圆木，向我滚滚而来。

蓄着小胡子的年轻伐木者，拉着长锯，拉开木材聚散地的春秋卷，给了我无尽的悠思。

呵，斯库卡，街边边上，那扫着落叶与寂静的少妇，是你的第几代情人？

长长的彩裙，像风车一样旋转，玉琢般的手臂活色生香。

有韵律的美，有美感的劳动，为什么总是这样意味深长？

湖底下那一片纯蓝是斯库卡。

天宇中那一抹洁白是斯库卡。

秋林里那一座圣城是斯库卡。

沙滩上那一群不朽的童真是斯库卡……

而我哟，为什么？为什么？只是一颗匆匆的钮扣。

在斯库卡的锦衣绣服上，刚刚缝起，又将脱落……

选自《散文诗》上半月刊 2016 年第 6 期

日照（外二章）

郭文阁

一切照耀的，被照耀的一切。每天必须有光亮行走的地方，照看。

热的海水。不被切开的西瓜。垃圾。人的面孔。还有你我看不透的抽屉和内心。

照耀，不再拒绝一丝光亮。

黑暗曾经成了一块块死去的煤，被我们抛弃。我们都喜爱阳光，喜爱多么美好的阳光。

甚至，在摸索中前行；没有颜色只能听到声音。那声音说红色便是一阵火焰，那声音说白色便是一堆大雪。甚至听到天鹅在高空飞翔的声音。

我们中间其实没有多少光亮，一样穿越。

等光芒插入每个人的花瓶，一切都灿烂之极了。

太阳把每个人当成星星，让我们温暖又让我们发出光亮。

当年的恋人

你把那条大街扫得真干净。我早晚都那样走过。

像你那些年擦过的机器，连细小的部位都不放过。你的脸埋在宽大的工服里，还是想阔叶后，像一个国度里走动的月亮……

你扫大街的手，肯定没拿过玫瑰，没拿过车钥匙……

但你能拿动生活。生活，你伸出手真实地相握在一起。

扫一条街。

扫一条街上的阳光、落叶和影子。
而我对生活却一知半解。

蟋蟀呀！小心

别在枕木底下安家，一间多么不起眼的廉租房。
出来吧！蟋蟀。
趁火车向北的时候还没有到来，趁钢轨像梯子一样放得很平。
出来吧，蟋蟀。
四处走走，可以选择更好的地方居住。秋天的日子还很长。
出来吧，蟋蟀。
小心硬硬的钢轨，小心硬硬的石子，小心走路粗狂的情侣。
秋天的风在叫：出来吧，蟋蟀。
火车要来了……
你看，太阳在草地上还画了大片大片的房子。
叫你，蟋蟀！

选自《山东文学》下半月刊 2016 年第 8 期

一生只为穿越一堵墙（三章）

郭长玉

高 墙

心事如砖，墙被越垒越高。
书和笔，掩入水泥的森林，泛着幽幽光亮。
如卡壳的弹膛，许多梦想在青灯下停摆。
那些与洋酒暧昧的人，夜比白昼更长，即便有大山封路，野马的鬃毛一扫而过。
那些与高冷厮守的人，惯用戾气画地为牢，别人的悲喜，不过是鱼缸里的那尾金龙鱼。
父亲耸起僵硬的双肩，将他发力驮起，只要一勾手，就可融入市声。
这时父亲的身体剧烈抖动，紧咬的牙龈渗出血滴。
他咚的栽倒在地，长病不起。
父亲辞世之际也不知道，他的跌落纯属故意。

左 墙

听墙外撩人的笑声，是他每天的必修课。
蹲在墙角，他像一只蟋蟀，一只闷在瓦罐里的蟋蟀。
这蟋蟀的牙板够硬
这蟋蟀的翅翼够宽

这蟋蟀的鸣叫够烈

只是没有一根草的触须，亲近它。

脚印叠脚印的石桥，连接起外界惟一径路。

熟悉的面孔，排浪般涌去，又蚁群似的随电梯上升。

在不同楼层，阳台上挂满五颜六色的面具。

光阴沿小河潺潺流去，他痴痴地想，从瓦罐里腾空的那一刻，所有的蟋蟀草都滴着露水，向他摇尾乞怜。

右 墙

重金属之音，滚雷般碾压过来，霉烂的墙皮，噼啪噼啪坠落。

一地心灵的碎片。

铜板，在欲望断崖，翩翩艳舞。

缩回探出右墙的目光，一团团浮云，被风撕成破棉絮。

蓦地，他与信鸽同时失语。

那个小妹，由远而近。

曾经的玉女面失桃花。

项圈，手镯，脚链，合谋绞杀她的笑靥。

一身阳光，满心暮霭。

油光可鉴的小分头，由温顺的羊羔，哗变为猎食猛兽。

他以滑腻的舌尖，闪击同行者的梦想。

锋利的牙齿，刺穿所有的物质。

墙内的他，透过孔洞，对峙墙外的他和她。

当假性黄昏，再次被误作晨曦，他和她在变异的白昼里，失掉了回家的记忆。

选自《山东文学》下半月刊2016年第8期

远山(外一章)

郭召磊

这时的远山,如黛。
这时的远山,如我的孤独一样不可触摸。
这时的夕阳,如我的寂寞一样莫可名状。
这时的黑夜,是我行路的一个永久性地标,以至我不能轻易将他眺望。
抑或是我在走向我的村庄的时候,越接近就越觉忧伤。
他们让我不能长久地凝望一个地方。
那个黎明之前异常地黑暗,那个黎明之前格外凄凉。
那个黎明有一轮红日喷薄而出,一朵紫色的日冕让那夜的星光失却了方向。
我的太阳光光亮亮。
穿过闹市,挣脱烟尘,走过无人关注的早餐,走过星辰寂寥的街道,将本该忘却的往事忘掉。
明天,我点上一支中华牌香烟。
让香烟燎黄我的手指,让青烟在我指掌间袅袅上升。
让我吐出的眼圈在我眼前云雾缭绕!
我的手指泛着故意的昏黄。
这样的事情,你千万别放在心上。

寻梦

我的心,从河流的源头寻梦,从唐古拉山开始,在哥拉丹东雪峰驻足。

撒开世俗的峰峦和流言的溪川，抛弃我年轻的高山与河流，我在山谷与沟壑之间，横冲直撞。

我在找寻永远离去的我的爱，看着乱云飞渡中的劲松，背负着晶莹的树挂，在太阳底下闪烁着美仑美奂的光亮。

从那时起，我开始在大漠的骆驼刺与戈壁的胡杨林里徜徉、喧腾、突奔，看着几只猎犬追逐着一群绵羊，看一群羚羊穿过铁路，穿过高岗。

在找羊的路上，我含着两颗热泪微笑，我流着一滴滴热血叩问过往。在那风雨如晦的天地间，我的骨头如山岩般消瘦，我的梦幻夕阳般无望，我在西天燃烧着火烧云的时候，回头，瞩望。

看一只云雀没入流云。

那朵火烧云弄得我汗流浃背。

我汗流浃背地，走啊啊走。

走向我要去的方向。

　　　　　　　　　　　选自《散文诗》上半月刊2016年第8期

旧物的火焰（外一章）

清 水

山水的嶙峋隐约可辨。

那些凋零在河边的菩提树叶，慢慢会被人遗忘。薄如蝉翼的，是坠落的金。

它们说一些尘土被雨水带走。说早晨和夜晚的光浸在河水里，慢慢沉落，又慢慢升起。说淡淡槐香的软草，在无数个明媚的、孤独的时光里，有我幼年细小身体里爱情的羞怯和离别的伤愁。川杨河日日夜夜向两岸诀别前行，一个黑夜又将过去，一簇火焰又将燃起。

我看见父亲在整理老房的旧物。一些干草留有香气。

怀念没有停止，父亲也是旧物的怀念。

我看见夜晚的光穿过软草。那些朴素的、安然的事物一下又照亮了母亲。

卑微之物

蓄满雨水的花枝，已盛开在原隰之上。

我赶着马车走在中道。四匹马的驾车跑得飞快。马儿鬃毛飞散，它们早已跑得疲累。

而路程遥遥，我还得继续赶路。一个影子被另一个影子覆盖。

我看见一些见多识广的苔藓跟着水流缓缓行走。

我看见丢失了寒冰的湖水不再伤悲，一只疲累的鹁鸪鸟儿，它和长着金叶的大树不期而遇。湖水轻漾。透明的枯叶落入了泥土。

稍不留神

一些卑微之物转眼就变成了金子。

选自《诗潮》2016年第9期

牡丹，三月的会晤（外一章）

清水心荷

三月，我站成一次妩媚，

曾经开了又开的，是被春风擦亮的笑容，从此，有了水样的波纹。

春天起草的一幅画，在多年的揣摩中，重复醒来的表情。

我一生的谜底，在这个被时光拨快的季节，

渲染一捧旖旎的春色。

更遥远的地方，从顾恺之到来的三月开始，

打开左胸的秒针，量取明月山粗犷的呼吸，

在阳光成熟的时候，仍旧难以读取，往事般的素描。

那就等吧，肯定，有一个美丽的劫数正在垫江构思。

颜色中的颜色

梦向西南，回应垫江的呼唤。

听鸟鸣，啄破皈依之谜，流彩的画笔，红肿，一朵笑容摇曳，亮起蛾眉。

那一年，捎来的水彩，摁住翘首的春天，几根跳舞的指尖，弹伤他的眼眸，火焰的色彩，真的打动过他。

朝牡丹走来，他离故乡更远了。

远古的尖刀山上，春天的色调膨胀，

除了惊叹，更多的时候，他把自己藏进颜色中，

做一个花下人，醮着薄薄的阳光，绘春天的味道。

抑或牡丹的血液,被香气溢出,请不要挪动他的画板。
他的儿女情长,怀拥香魂。离去的人啊,请一定回头。

选自《星星·散文诗》2016年第4期

淇河，诗意抵达灵魂

朝 颜

当我的喉管被喷涌而出的诗句堵住，我知道，我这是抵达你，抵达淇河，抵达诗意了。

"淇水悠悠，桧楫松舟，驾言出游，以写我忧。"五亿年不舍昼夜地奔流，你掀起的每一个漩涡每一朵浪花都向着灵魂的旧址。是殷商的风，还是西周的雨，遗落下一河的故事一河的诗行？

我听见婴儿哇哇的啼哭，我看见大禹决绝远去的背影。淇水汤汤，寸断柔肠。

我循着花木兰的足迹，瞧见一身戎装的少女，以淇水为镜，照见一张明净的脸庞。

今日，我愿意端坐于146米高的青岩绝壁上，和公元前11世纪的姬昌一起，怀揽太极，静思致远。我会用一颗诗心来体悟阴和阳的交融，动与静的韵律。我愿意抛弃了尘世的诸多浮躁，安静地等待一只白鹭从我的头顶掠过，看那些芦苇、碧草、野鸭、鱼儿、木舟……如何在你至纯至净的体内，搅动一个温暖的春天。

今日，我愿意收藏了许穆夫人的乡思，行走在这片曾经名为朝歌的土地上。我会将绵延了那么多年的国破君亡之痛，一寸一寸地揉碎，顺淇水点点漂流。我愿意重新坐在淇河岸边，完成一次跨越千年的垂钓。"淇水在右，泉源在左。巧笑之瑳，佩玉之傩。"今日，就让我用一生的耐心，等待她朝我嫣然一笑。

当诗意抵达灵魂，淇河，你濯洗过的历史永不谢幕。

选自《中国诗人》2016年第3期

在透明的夜做个透明的人

鸽　子

夜的帷幕缓缓拉开。光即将进来。奇迹每时每刻都在发生。

失眠也是一种幸福。睁大眼睛，我发现，所谓的黑并不是伸手不见五指的黑，黑并不是浓得化不开的黑。黑并不是看不见一切看不见自己的黑。

睁大眼睛，在夜里，我能看见墙、窗、地板、衣柜、书架、书本，和我试图伸出手捕捉住某物的手。

不是因为我有超能力和好眼力，习惯会改变一切，我们以为夜漆黑如铁，除了黑就什么也看不见了。而慢慢习惯了黑夜的眼睛，能看清楚黑暗里的事物。突破黑暗和习惯的需要的不仅是口号，需要尝试和努力去实践。

我还能看清浮在天花板上的词，天花板上灯盏曾经发射过的光明，我入睡之前收回内心的诗句，和放飞了一半的意象；白日里我刚刚准备吐露却又被强压回去的话。它们现在居然还浮在空中，发着诱人的光。像是等着我继续放飞，又像是等着我带它们回家。

阳台上的石斛开花了。花香流淌出的语言，我要用尽心力，才能捉住它们。花开了，我没见到佛。但我想，怒放的花看到了我，恍如见到了含笑的佛：善良，慈悲，平静，安详。

而后，我开始看见那些我阅读过或未阅读过的只是作为装饰的书本，零乱地在书架上，像在说话，像是呼唤，像在等着我探出手去，将它们轻轻掀开。哦，因为这个夜晚的失眠，我才重新看到了这些书籍。突然就想起了捷克诗人赫鲁伯的诗歌《玻璃》："李白是透明的，/康德是透明的。我们互相打量犹如透明的/海葵。我们看见深紫色的心脏在跳动……林奈是透明的,/莫扎特是透明的,/弗兰约瑟夫是透明的。/在透明的肚皮上我们看见/肾小管的宇宙……"

他写的是玻璃。不!何止是玻璃。这个夜晚是透明的,想法是透明的,爱情是透明的,飞翔的耳朵和开花的心是透明。这个夜里的我和万物都是透明的!

在这透明的夜里,我睁大眼睛。如石的沉重、带刺的玫瑰、流血的拼斗、杀气腾腾的追逐……烟消云散了。隐痛、暗疾、沉疴、旧伤……烟消云散了。

夜帷幕被缓缓拉开。夜里的我被缓缓展开。

透明的夜,我是个透明的人。

选自《星河》(人民文学出版社)2016年夏季卷

子虚、海棠如来（节选）

章闻哲

一

粉红的浪潮，宫商角徵羽。这已是全部了。它跟随着我们。或在所有耳熟能详的春天里，所有的尾巴都是一种欢迎词，一种仪仗，迎接我们这些天真的人。有时，它们也是一种富丽的屏障。但究竟是春天的尾巴？抑或春天的羽毛？

我喜欢尾巴，甚于羽毛。因尾巴是俏皮的，而羽毛是炫耀的。

这样讲述真是有失春天的本真，因它们其实是宽袍华服的仙人，包围着我们的仙人。

现在我们已经身在春天了，随便仰天一倒，就能倒在春天的怀里。万无一失的春天。——若有花从悬崖坠落，不必尖叫，因崖底是更宽阔的春天，更绵软的春天。甚至连一个杀出去的冬天，也将在那里化为一壶温汤。

这是无可怀疑的。但这一切也还只是海棠从春天抽出的一把薪火。——我喜欢这种突如其来的火花，在我们游经之地"嗞"的一声点燃，在湖水中漾开，而人们以为是西沉的太阳擦着了白云，发生了莫名其妙的爱情。

整个春天的镜子是红色的，因此这火花也是镜中的火花，不能熄灭，不能取暖，不能触摸——这正是海棠，整个亚洲的海棠，投进人群中的幻影。

但或者是久远的期盼，在佛陀曾经诵经的地方，长出的寺花。

二

宛如出入乱世的常客。抑或我们只是飘浮在海棠上的船只。

男妖海棠与女妖海棠都是寂寞的,因此须日夜做爱,使航行的船只颠簸不已。

真是纷扰的世界。像蓝色的水一样不停咆哮的纷扰。

听说有人已经丧失了诗篇。嚎啕大哭的赫卡柏却像诗人那样从悲剧作者的笔下诞生了。仿佛一种遗传基因,在上个文明的瓦罐里,装着海伦,却是隐性的海伦。现在——终于是显性的了。虽然更苦涩,更老了,却是更明亮的海棠。没有一丝低落之象。

轮回是越来越高的吗?在宗教,甚至在尼采的语言中,都可听到一种广播式的宣讲,像盘旋而上的一墙紫藤花,不断升腾,直至云雀那样无可企及的高度。

现在我们要平静下来了。在已知的必然的轮回中,自己扮演着轮回之神,使一切历史的悬崖和山谷变成扁平的起伏。

——信任科学的人们确信:在那里始终会有一枝海棠,盛开并安慰。且欣喜地揭示着观众的存在。

三

让我痛哭,让我狂喜……但如今正是没有这样幼稚的人……

让我想想……如果周围都是年轻时髦的美人,如果给你一杯彩虹,给你一段催情的摇滚……

"如此就能令人幼稚起来?……"

——如果给你十天这样的幼稚,你很快就会成熟起来的……

厌倦是成熟的标志。

"谁说的?我是一个孜孜不倦的人——对任何事物孜孜不倦的人。按你的说法——我是一个永恒幼稚的人。"

你确实幼稚。你对你的官殿保持着远超过你一生时间的兴趣。

幽灵回到幽灵的宫殿游荡——你认为那里的一切都是菲狄亚斯的杰作。

谁在长久地抚摸着楼梯上的护栏，就像上面雕的每一种东西都是他自己灵魂的化身：苋苔叶、葡萄、纸莎草、石榴……它们连接着他的每一根腐朽的筋脉……

他与维纳斯的断臂同呼吸，他的手指与和平女神的头发纠缠了整整一世纪。

让左臂充满希腊悲剧与杜松子酒还是粟米酒混合的情绪——不死的幽灵！他喜欢根据《周公解梦》来给人们编造各种梦境——无论是鼓励还是嘲讽；喜欢化身各种逝去的诸侯与各种略有姿色的女子交媾，他还喜欢藏身于那些雕像里接受现代人的凝视和触摸——他真是幼稚极了！

——天呐，我真是幼稚极了！但我想知道，你的海棠又有什么"卓越的成熟"之处？

你的海棠不过是个莫名其妙的"名义"罢了，或者我们可称之为"幌子"……甚至连"幌子"都不及，你的海棠多么空洞啊，它究竟是个什么？你知道吗？

——"它代表你对春天的无知！

代表你对颜色的可笑的无敏感性！代表你那动物的视觉与欲望。代表你对血腥的鼓励和崇拜！代表你对女人的虚情假意！代表你那雌雄同体的意志！……"

选自《山东文学》下半月刊 2016 年第 8 期

伊丽莎白是一匹马（外一首）

韩 冰

伊丽莎白是一匹马，一匹伊犁马。

它仿佛刚刚从一场森林舞会上回来。一个热闹的车站，一条清冷的轨道。它们和它一起延伸着，风车一样旋转的耳朵。

各种不一样的声音，贴在火车的尾部，忽明忽暗。

它有树一样伸入云端的眼睛，可以认出河流的湍急，湖泊的微凉。和，微风过后，巨人甩动的面具。有多远就走多远的绿野，脚下长出的根须。

它的脚印，作为街道的慰藉，有众多刚好分开的路口。一部分转动黑夜的经筒，一部分试着敲打白天的寂静。浮华的月光飘起来，那个不时转动着脑筋的小狐狸，一会儿送走耳朵，一会儿送走嘴巴。

就连它一双忽闪忽闪的大眼睛，也丢在了森林里的灌木丛。它一会儿左，一会儿右，一对慌乱的小脚丫跳着、蹦着，陷入黑夜的裂缝里。

不能自拔。

一场新雨的到来，为它铺平了道路。它一定是从另一片草原上赶来，飞驰的风声，溅起你心中的浪花。它驮着自己的山河，一路颠簸，遮住坐在上面的人。

越走越凉的色彩和天空，无法退却内心的草木和鸟鸣。星辰寥落，它不平凡的一生，孤独而高贵。一直在人世间，晃动。

回味。疾驰。

荷塘月色

我很高兴,我找到了一个花开得最安静的地方来看你。
看你摇曳的背影,踯躅的脚步,和凌乱的小草叶,
看你打一把藕荷色的伞,支撑着手心的暖,脚下的凉,和一切顺和的风。
深深庭院,需要我们命名的事物还不多,
我们拿出我们的,余下的小身体,
还不需要咽下更多的甜和苦,这个时候什么都是暖的。
你安静地等着,等一切都停顿下来,与清风和解。
一只白狐忽隐忽现,就要逼近我的江湖。
她在心里说:凤凰飞,果然,一只凤凰就飞了起来,
越过淡泊的水,越过你的静。
你的静是蜂尾的毒,被小心收留,被偷偷品尝。
竟是这么的意外:玉兰花在岸边静静地开。
从手心到散落的,从诸国到枭雄,
从天上到人间,八百里的洞庭湖水无浅月。

选自《散文诗》上半月刊 2016 年第 3 期

祖母的皮箱

韩嘉川

1

那只铁皮包角的牛皮箱在两条铁轨旁，标注着一段时光。

那个夏天依然很热，热得高音喇叭与青杨树一起吱吱响。

绿皮火车在远方喘息，知了的颤音撕碎了季节，砂纸一样打磨着心房的神经锐角。

那个夏天的红旗从城市的街道，沿着铁路，直插到田间地头。

坐在那只铁皮包角的牛皮箱上，没有布拉吉连衣裙的祖母，等待喘息的火车匍匐着到来。

而那一节节绿色的列车窗口，背信的情侣一样，没有如期出现在广阔天地的站台上。

那个夏天热得吱吱响。人们聚在大街上辩论一些比瓜菜代更重要的问题，甚至比草根、树皮和观音土都大的事体。

事体之外的祖母，用草绳扎起小辫，还有青葱与豆蔻，直到初识山塬与河流，而那时人们怀揣着洪水猛兽，大汗淋漓地到处行走。

没有布拉吉的祖母，穿着草色的衣裳，卷着袖子，坐在铁皮包角的牛皮箱上，引颈向铁轨伸出的远方。

2

  荒野牦牛的一声长吼,干缩在铁皮包角牛皮箱的皱褶里,与层层蛛网一起,在房角结构着往昔。
  经纬织梭密密编织的晨昏,积压在遗忘的库房;
  老歌飘在城市花园的上空时,倒塌的厂房瓦砾,还残留着压锭的回响。
  天空在流浪,迷离的阳光穿过房屋与街道,曲折地搭在床角,如一件旧衣衫,隐喻某件事物的背景曲调。
  《原谅我》是一部电影海报的字样,情侣们的脚步,密集地踏过水门汀的石阶,落雪的黄昏扑打着眼际线,鸽哨擦过一扇扇窗子,地铁畅通了,今夜在何处落脚。
  铁皮包角的牛皮箱在房角,上面结满了一层层蛛网。

3

  天井与老虎灶也还将苔藓作为人间烟火的外延,而雨季走过的往日风范,随着戒指与高高鞋跟的失落,预示着生活还将回到陈旧年华的边缘。
  老门洞外面,湿漉漉的脚踝踩着乡间的蛙鸣、喘息和欲望,看高速列车风驰电掣地驶过,遗落的只有铁皮包角的牛皮箱,在两条铁轨旁,上面坐着困兽一样迷惘的祖母。
  挟着皮箱走过一遭的祖母,仿如到生活的某处出了一趟差。随着车窗的掠过,往事终究还是走远;而困惑、忧郁与忧愁的面孔依然在身后,难以用橡皮擦掉。
  地铁畅通了。《原谅我》的电影海报还在身后做背景面板,长久的注视中,没有眼泪。
  街道。汽车。广告橱窗还有响起的手机铃声,还有微信和视频。在街角可以找到小马、草帽、磨盘、麦秸垛,还有粗粝的桌子和板凳，还有村子里倒塌的泥墙和蒿草掩匿的狗吠，一杯绿茶便可以虚构青春的场景。

却没有铁皮包角的皮箱。

即便一杯绿茶可以虚拟所有的往事，但没有橡皮可以擦掉皮箱里装载的蛙鸣、喘息和欲望，它们始终搁置在房角的蛛网里；即便拆迁的巨轮辗过历史的废墟，它们还在那里，装载在铁皮包角的牛皮箱里，与层层蛛网一起。

选自《山东文学》下半月刊 2016 年第 8 期

在异乡（二章）

彭俐辉

通往故乡的路

离乡太久太远了，总想猛地转身。

而那条回乡的路啊……

回眸，有鸟惊飞，斜刺里，是曲曲弯弯的弧线。

把什么举过头顶，回乡的路，骤然就短了？走向故乡的身体，会轻盈起来？

雪是冬天的雪，雨是一直在飘飞的雨。一步一步，每一次移动，内心都在思忖，——什么时候归去？

那条回乡的路，又长又短，又宽又窄，时而断口，时而被轻吟浅唱遮掩。驻足凝望时，总有砂砾灌进眼里。

故乡那么远，隔着千山万水。鹰在其间盘旋，翅膀上是飘飞的尘埃。

故乡那么近，梦里来去自如，伸手就能抚摸山川，一张熟悉的老泪纵横的脸。

那条呜咽着风声的路，从离开就开始追随。你在北方，它就挖空心思延伸到北；你在东边，它又无理由地铺展到东。它要把它交到你手里，你心里，缠绕你不定的辗转。

它上面是流淌不止的泪水，是长满辛酸的荆棘，是你走几步又想退回去的犹豫，是始终推不开的石头，挥不去的迷雾。

回乡，无法确定的启程。

通往故乡的路放下来，是一条笔直的大道，站起来，是一面沉重的墙。

晚中的歌唱

在夜里，我从不歌唱。

我只在北方的大地上，移动我破损的手，去触摸一个叫故乡的地方。当然，摸到的是一马平川，一把流淌的泪水。

离乡多年，我学会了埋藏，不给星星看，也不让陌生的灯光知晓。我只呈给周围的暗，暗里是一条奔涌的河流。

微风拂动，如蝶在嘤嘤。

我不歌唱，只听，选择熟悉的音符，反复倾听。

梦在还没有入睡之前，还不是梦，但它早已站在入梦者的前面。

梦是另一种歌唱。

我置身其中，只听，随着它的旋律，在故乡的鼾声里轻轻荡漾。

选自《星星·散文诗》2016年第6期

雕饰(三章)

蒋志武

铜 钟

在时间的游戏中,我们增加肢体和语言。手指舞蹈,跳过圆圈的指针围绕戛然而止的事物祭奠。

铜钟,怪物,一架充满幻象的机器。

时间解释了一切,也亵渎了一切;也是类似于时间的空洞,才使饥饿和睡眠更加迷人。

铜钟,大钟。当身体萎缩,铜管发绿,时间展示了它的绝活,指针所指的数字像人类的器皿,我们在时间的表面安葬,露出骨头。

我藐视过在锅里跳跃的鱼,肉丸;我羡慕铜钟,它为时间服务,而最终被时间劝降。

铜钟,大钟,一架切割的机器!

假发厂

雕饰,为了更加虚伪。

在假发厂,阴冷的天气中下着小雨,各色头发从各种人头上拔下。液体在排列的头发上充当了进步时代的急先锋,拼装假发的机器是进步的噪音。

前行于思想的境地,头发承担掩盖之名。假发,装饰了头颅,以及眼睛的虚晃。当一个城市女子，戴上妖艳的假发，她避开了花园，迎接男性暧昧的虚光。

假人，以假乱真。真实在哪里，一棵小树在风中安抚一个社会，一群人心。

假发厂，一个秃顶的男人在经营。

鸟，来不及在天空抛出弧线

火，是鸟的另一种隐喻。三月之鸟，善于发现鲜艳之花，在桃花的顶部，鸟展开翅膀。

来不及，倾盆暴雨洗刷褐色城市，灰铁、灯光、窗体混为一种理论，我无法阻止它们。鸟，更来不及在天空抛出弧线，以一种致命的风速降临，它躲藏在公园的板凳下，将大地抓得更紧。

漂浮的气息，伟大的音乐正在降音。火要与什么结合才能产生颤音，或者一种熄不灭的温度？

我想，只有鸟。

金鸟啊，来不及在天空抛出弧线，你已经安置在富贵人家的笼中。

选自《延河》下半月刊2016年第6期

花开花落,和玉兰共饮一盏孤独
(外一章)

棠 棣

玉兰花开,捧一盏孤独,醉卧在三月的黄昏。

风中的游子,祭起洁白的惆怅,照亮孤子的身影,照亮青葱无垠的远方。

谁在风中打开院门,让酒香溢满青石的小巷?那个提着灯笼的书生,正伫立水边,吟哦着玉质的惦念。

风渐缓,夜渐浓,星光有无,斜月一弯。梦醒时分,阑珊的醉意里,一盏瓷白的痛清冷着昏黄的月色。

来处。去处。无寄的惆怅压低夜空。漫长的夜晚,刺目的白刺痛了谁的眼神?

孤傲留给孤傲,清高还给清高,漂泊在春意泛滥的三月,谁在用内心的伤精心烧制一件洁白的瓷器。夜无声,水清冷,穿透时空的白同时洞穿一个人灵魂的暗影。

梦去了可以再来,酒醒了可以再醉,而光阴,而那一树孤高的美,在冷冷的月下,疼痛着谁的疼痛?!

乘一瓣杏花渡河

乘一瓣杏花,带着晨露和晚霞,渡河,渡花开花落的四月,在风里、在雨里、在阳光和星月里。

静水流深。脚下,看似舒缓的水面凝一波波强劲的暗流。随风行止,水在身边来去,我和一瓣杏花在水中沉浮起落。

四月打开一树树繁花迎我,在黎明时分。梦里,花的漩涡把我裹紧。当花瓣散去,我在岸上,带着亦真亦幻的创痛和幸福。

渡河,渡四月恣肆的流水。花事将尽,绿意渐浓,困守岁月的骨头在花香的浸渍下又一度骨质疏松。

此岸在左。彼岸在右。花香散尽的夜晚,我和四月一起失眠。夜色浓浓,我置身孤洲,提一盏灯,看着四月渐远的身影,等待内心的救赎。

选自《中国魂·散文诗》2016年第3期

汉字意象（二章）

喻子涵

出

命运不可预料，是因为命运与命运互为关联。

原来多么有骨气。同样的，另一种骨气也在生长，内心气宇轩昂。

戏剧性，悲剧笼罩。土豪或者公理。出人头地者，山与山的故事，经受挤压或挤压别人。

一种神秘的动力，控制命运的轮回。

轮番演讲、威压和掠夺，叙述本性与面目，被赞美或诅咒，暴露现状。

历史不好说，历史是一堆颜料，可以任意涂抹。红脸，花脸，白脸，粉脸，在人流中不断闪过，舞台上川流不息。

历史是太阳，而它的阴影躲在山的背面。阴影是太阳的未来，山的背影鬼魅重重。

力量来自太阳，也来自地心，因此互有野心。

山与山的轮回与较量，命运与变迁，历史互相篡改和重写。

当然，一座山如果不倒下，就没有新的山站起来；一座山如果不踩着另一座山往上爬，人心就无法生长。

仔细看山，它是忧郁的，厚重中的空虚。山的耸立就是倒下的开始，就像左脚在前面时，马上就会被右脚超过。

这就是路和它的方向。

那你就往远处看，机会或者命运就高耸在云雾中。

其实，我一直在世界的某处注视你。

慢慢转过你的身子，在水之湄我会等待着捧你的娇容。

慢慢迈过群山，我会在一道丫口迎风等你为我戴上灿烂的花冠。

品

三个人都说是一种味道，他相信了吗？

有一次信了，很高兴，重赏了。有一次表面高兴，没有赏。

还有一次，他流下眼泪，没有说话，离开他们，走出了皇宫。

日落时分，他把自己撕成了三张嘴，扔在了荒野。

狼来了，很喜欢，叼走了一只。狐狸来了，觉得比自己的要好，也拖走了一只。剩下的一只，很久没谁要，腐烂了。

一朵花开了起来，三张花瓣，三种颜色，从来没见过。

谁也不知道，它是谁的神，因此没有谁理睬它。

这个世界还有救吗？换一个世界，世界已经不存在。

他的梦就做在皇宫的郊外。醒来后，一群大臣围住他，知道他做了什么梦，但没人敢说一个梦字。

回到宫里，他扔下皇冠，书写了一个大大的字，大笑，自己称赞自己，各种滋味回味无穷。

没想到，这是我在梦中戴上皇冠做了一个梦，梦见自己的嘴在梦中被撕成了三个扔在荒野。

我相信一个人用三张嘴说话。

但我也看见，那些独来独往的人，说话并不需要张口。

选自《水城》2016年第3—4期

世界，静止在湘家荡

鲁 橹

世界的大，都在湘家荡。

我没有去过湘家荡，我知道世界的大都在那里。

那是一个人文精神的汇聚地，自古已然。

古越浙江，有帝王鸿雁传书：爱人，陌上花开缓缓归，我的心意全在一朵朵花蕊里；

有梅妻鹤子的美丽传说，一个精神向度的隐士，洁身自爱，潇洒俊逸；

有大雪扑进西湖的张宗子，一个守护灵魂的人，至今是文人们心目中的神仙；

有苏东坡，有白居易，有保俶塔，有钱塘潮，有白素贞，有梁山伯与祝英台……

我真切地爱着这个省，爱着这个省的人民，爱着他们的天生丽质，丰神秀拔。

我还爱着这个出了无数学界巨子、精英的地方：王国维、丰子恺、徐志摩、巴金、张元济、张宗祥……

祖国浩大。任何时候我都不能穷尽，我只能去她的一角，爱她的具象。

一条船上，曾诞生一个伟大的政党；一把雨伞，在嘉兴南湖的湖心撑开，撑开了一个明朗的蓝天，撑开了一个崭新的世纪；从浙江，从浙江嘉兴，从浙江嘉兴的南湖，走来了一个伟大国家的英雄，走来了这个伟大国家顶天立地的主人翁；直到今天，直到现在，直到此刻，他们在规划，他们在建设、他们在脚手架上，他们在千顷良田、万顷碧浪……

一个叫湘家荡的地方越发的美了。

我的爱不是从湘家荡开始的，但肯定会从湘家荡延伸。

古越国的灵秀缘于水，水像一个曼妙的精灵，点缀着这一方神奇的土地，江南的诗话，就是一缕缕潮汐，一波波长，一波波落，像花神在指挥四季，又像画匠在天地间泼洒颜料，才有花的海洋，绿的长廊；才有妙曼的月亮湾、闪着奇异之光的凤凰洲，才有沁人心脾的绿色农庄，古朴典雅的的精严讲寺……才有英气勃发的少年，他的身影在渔港穿梭，才有袅袅婷婷的少女，她在花格窗后面，露出甜甜的笑，绣着家的精致，国的壮阔……

世界的美，全在湘家荡。

湘家荡不会令远途的人孤独，湘家荡是一个心灵休憩的港湾。那些来打捞记忆的人，将会满载而归；那些还在路上的人，早已备下一首诗一曲歌，只待到达，就会高声吟哦；湘家荡会用女儿红敬你，会用新鲜的鲈鱼接待你，你会想打包带走，美的食物美的风景美的人儿你都会想要是能打包带走该多好啊。

生活的美是由环境美衬托的；

环境美是由人的心灵构筑的；

月亮湾的沙滩有福了，恋爱的人儿摇响了串串风铃；

凤凰洲的绿地有福了，诗意的人们举起了相机，一个个精彩的画面将伴随着他们的足迹；

时光的列车到这里就停下了：它开到湘家荡，小草摆手，花儿含笑，鸟儿滴鸣，鱼儿舞蹈……这片土地，无论你何时而来，都是一副春天的模样。

来到湘家荡，我不再左顾右盼。我有定居之心，此心意已无数次和友人表达。

定居一方山水，有茶可喝，有戏可看，有美人陪我打坐，有诗人举杯，畅我胸怀。

人生得意，无外乎有仙音荡我肺腑，无外乎有知音慰我平生，高山流水，日月绵长，心灵的颂歌，悠悠回响……

世界的大，全在湘家荡，我收回憧憬的心，不再心猿意马。

世界的美，全在湘家荡，我停留，沐浴并享受这一轮伟大的光芒。

此时。此刻。世界。静止在湘家荡。

选自《长白诗世界》2016年第2辑

凝望大沽河（外一章）

鲁本胜

在一个晴朗的日子与你对视，阅读你的蜿蜒秀丽。

一个写在大地上的执政理念，在你怀中，风韵绰约，生机勃勃。

数百年，你吟风弄雪，一边缓行，一边伫立。

每一朵浪花，卷扬着赤贫霜寒。

数千年风花雪月，阅尽了人间冷暖。

凝望你，体味：历史与人生的每一个节点。

凝望你，感受：净水林木，无言的美。

做一株立在岸边的芦苇吧，或者，做一枝莲，盛开抑或凋谢，然后，走进每一寸时光，每一片火焰……

大沽河入海口

由清浅到蔚蓝，由宽阔到无边，由中和到交融，
你的温婉、秀丽融入博大、粗狂的因子……

大沽河，伟大的母亲河，
卸下行囊中所有的重、累和羁绊，一身轻松，
走向胶州湾，前面，是浩淼的太平洋……

选自《山东文学》下半月刊 2016 年第 10 期

秦岭：一个人的苍茫（外一章）

鲁绪刚

雪花飘落，穿着棉袄的秦岭显得臃肿。

八百里秦川，保持着一种意境，仿佛钟楼上，那口不再激昂的铜钟。

万千枫叶正在践踏疆土。

时光流转，渭河岸边，我掸掉身上的尘土，卸去负累，像一个臣子，去实现参见帝王的梦。

犹如我的孤独，超过了秦岭的高度。在这样的冬天，谁都可以固守洞穴，把生活过得踏实，平静，用歌声和笑声，书写点点滴滴的温暖。

这么多年，我想着复辟一片自己的阳光草地，追寻一份心情的辽阔，找到一双飞越千山万水的翅膀。漏洞百出的行囊里，却只装着半块月亮。

没有一块岩石能够解释此刻的沉默。

雪花一直飘落，在这惆怅的秦岭上，我踩下的脚印，又能证明什么？

在兵马俑

马蹄寂静，风拨弄着钟声，挽留不住擦身而过的时光。

几只麻雀，仿佛几枚钉子，装订着一部厚厚历史。一只《霓裳羽衣舞》在史书里叹息，音乐声突然响起，溅起的黄土，迷蒙了世界的眼睛。

唐朝的浩瀚早已被岁月掩埋。

只有这一排排整齐的兵俑是露在时间外面的见证。

从骊山望过去,它像一块伤疤,在阳光下显得格外耀眼。它们要是醒来,哪怕是再迈出一步,也会使大地剧烈震动。

站在兵马俑前,我看见落日以燃烧的方式,从唐诗里捡出适合抒情的句子。

一只风筝,像一只单独的翅膀,在天空缓慢移动,把历史的头颅按得很低。

选自《散文诗世界》2016年第2期

东湖寻春（四章）

谢克强

东湖寻春

节令刚过立春，我来东湖寻找春天，不想却与雪不期而遇。

雪花飘落，纷纷扬扬。落在湖水上的雪，悄悄躲进了水里，而落在湖岸上的雪，不一会儿就染白了湖边的小路。

踏雪寻春，岂不更有诗意么？

走着，走着，一阵寒风，挟着大朵大朵的雪花，朝我袭来。

我哈了口气，搓了搓冻僵的手指。

不想立春之后，天，还真有一点冷。

又一阵寒风袭来，来不及伸手握住一片碎雪，我转过身来，不禁大吃一惊，只见

湖岸随风飘动的柳枝上，渐次萌生一星一星浅绿，在寒风里闪闪烁烁。那星星点点闪闪烁烁的绿，不只是鲜亮了我的眼睛呵，也说出我贮了一冬的心思……

我庆幸，在东湖，在风雪里，与湖岸柳树枝头的一星星绿相遇。

题东湖行吟阁屈原雕像

你从那里来，来到这四面临水的岛上。

也许步履太重、叹息太重，偌大的一个楚国压在你的肩上，但

你没有弯下腰去，而是峨冠博带，衣裙漫飞，依然临水而立，遥将忧患的眼神投向天外，昂首问天……

而你那嶙峋的瘦骨，是不是你的诗笔，饱蘸浓郁的江水，狂草人间的千年沧桑。

曾经，你情涌血酿的诗汛，拍天裂岸，谁知竟敌不过聒噪的舌头的几星唾沫，你不得不从沉痛与悲愤中走来，一路跟跟跄跄，怀沙抱恨投入汨罗江中。当你跃入水中激起的波涛，顷刻溅湿了楚国的太阳，震撼多少百姓高官的灵魂……

于是，楚国哭了，泪雨中，国人争相擂响鼓点、划着龙舟，打捞你溺水的诗魂！

历史的涛声真的随着时间远逝了么？！

就在你曾行吟的泽畔，就在你愤然投水的两千多年后，在一次劫难中，你又一次怀沙抱恨，被人再一次投入水中……

那时，望着由清变浊的湖水，我低吟着你"长太息以掩涕兮，哀民生之多艰"的诗句，以诗的悲怆，默默站在你落水的湖岸，一任泪水溅起半湖秋水，默默悼你。

三闾大夫啊，是不是你以生以死爱着生你养你的土地？如今你又归来，以石的坚定站在行吟的泽畔，挥之不去的忧愤从你坚毅的目光透出，

审视着前来缅怀与瞻仰你的国人的灵魂……

樱花雨

为美而灿然绽放，绽放出一缕嫣然、一簇斑斓、一片含笑的云。只一夜，只一夜啊，樱花园里樱花一齐开放了，亮丽了四月的磨山。

转眼间，又为美而凋落。只一夜，只一夜呵，一树一树樱花，凋落成淅沥淅沥的樱花雨。

来也匆匆，去也匆匆。

而这个季节正是春心萌动的季节，面对飘洒的花雨，张不开口

的四月也要用情感的裂缝一小口一小口抿着天空,何况多愁善感的人呢?

逝者如斯。不必喟叹一生只有一次美丽呵,然而一世的永恒,也许不及这一夕的璀璨。

走马观花或驻足树下。

在没有斜雨打窗的日子,沐浴樱花雨,除了感到宁静、从容,甚至还有一点浪漫,更任樱花雨的香馨和温润,轻轻洗涤我有些疲惫的心灵……

怪不得樱花时节人们潮水般涌向东湖樱花园,只因樱花雨成了我们居住的这个城市一首怦然心动的诗啊!

老人与花

在三月的岸边,在黎明的窗口,在武汉植物园里,有的花开了,有的花还没有开,在开和没开的花间,有一位老人忙碌着。

我看见岁月的阳光在他的鬓边闪烁,而因周围红花绿叶的辉映,他的生命也显得有几分葱郁、芬芳。

那把剪刀,是剪裁生活的欢乐还是人生的意义?!

瞧,在昨日刚刚松过土施过肥的花盆里,他那把握了大半辈子粉笔的手正握着一把剪刀,像雕塑家审视自己的作品,忽高忽低,忽左忽右,修剪花树的枝条。

完了一道工序,该浇花。

他缓缓地兴起一把喷壶,洒下一阵阳光雨,正在梦中的花蕾在阳光雨里醒了,缓缓舒展深情的花瓣,吐露沁心的芬芳,似在与他作一次倾心的长谈……

忙碌了一会儿,他便站在开和没开的花之间,以手加额为美而冥想。

退休了,他有更多的时间摆弄花草了,于是,他来武汉植物园作了一名义工。是啊,在他眼里,这一朵朵缤纷而美丽的花,就仿佛是坐在教室里的一个个学生,给花培土施肥,为花修枝捻蕊,是

为了让它们更美地争芳斗艳，
　　去装扮三月万紫千红的春天！

选自《大沽河》2016年第4期

今夜（外二章）

谢明洲

今夜的月辉浅洒下冷漠。

默然倚窗远眺，诗者无法复述浮沉于胸间的那一缕乡愁。

经久的，执着的，随时光之水波涌却不随时光之水流逝的怀念。

多么想推开花朵的门扉。

多么想，我的乡愁与诗歌在这花朵里居住。

就在今夜。

就在这一刻。

清冷随月辉浅浅洒下。

诗者倚窗远眺，却无法复述荡于胸间的那一缕爱意。

澄莹的，无悔的，随时光之水近来却不随时光之水远去的一个名字。

多么想推开梦想的门扉。

多么想，我的爱意与诗歌在这梦想里居住。

多么想啊。

就在今夜。

就在这一刻。

初 冬

有一些门坎是必须付出才赋与心血，以及激情与想象才可以跨越的。

比如诗,比如艺术。

比如对风花雪月,乃至对整个季节对整个大自然的领略与聆听。

淡然着,慈祥着的

领略与聆听。

初冬已至。

菊的秀丽连同它的馨香也鸟翼般飞远。

彼岸的雾茫茫蔓延。

多么渴望这时候有碎雪一粒粒飘落,那些白色的蝴蝶欲栖未栖,将久违了的童年之梦重又唤醒。

当然,晚钟还会在黄昏如期响起。

松烟还会悠悠向远。

俯下身,诗人在自己的陶罐里注满了泉水。

他知道,阳光遁逝之后,沉思者是愈加少了。

必须跨过一些门坎,诗人告诫自己;比如初冬,比如恩宠,比如高高矮矮的疏疏密密的谎言与利禄功名。

毕 竟

毕竟夏日的蝉鸣还没有遍布长长的堤岸。

毕竟,浩大无边的流水与芦苇,还在毫不动摇地拯救荷花最后的韵致与纯洁。

毕竟:

开始有一种祝福箫声般送给衣带渐宽的人聆听。

多少年了?

等待的花朵只在黑夜中与冷冷的月影相视。

神明的指引何其遥远与空茫。

垂下虔诚的头颅,知道故土上的谷物,依然痴情不改地年复一年地如期地荣荣枯枯。

泪水和歌声会记住一切。

当然也会证明和波及一切。

应该是告别那些旧梦的时候了。

应该是。

毕竟，衣带渐宽的人已不容置疑地聆听到亲切祝福的箫声了。

选自《散文诗》上半月刊 2016 年第 11 期

有故乡的人（外二章）

蔡 旭

我没有故园。也没有故居。

当然，我有故乡。

出生的广东电白霞洞大村校园，那间老祠堂早拆掉了，但学校还在。

成长的小城水东，认识我的人已很少了，但老街还在。

读过的小学、中学，校名改来改去，校址也搬了，但上课的钟声还在。

土地与天空已被高楼商厦变了容貌，但旧地名还在。

海水与沙滩已被污泥浊水换了颜色，但大海还在。

许多美食已丢失了童年的味道，但甜美的记忆还在。

我在外地晃荡了五十年，口音已遭到各地方言入侵，但家乡话还在。

我的梦早已被人生的悲欢离合、甜酸苦辣充满，但故乡故人故事还在。

只要心还在跳动，我就会时常回到故乡。

即使常年累月在外，一年三百六十五天在外，一天二十四小时在外——

故乡啊，我都是永远不会走失的人。

家乡的水井

记得家乡的水井靠近蕹菜塘，里面倒映着我童年的照片。

水太清，又没有海滨的咸味，井边经常排着半座小城的水桶。

大旱时节，水桶打不到水，只能用旧篮球做成吊桶。

水更浅，就用鲎壳做成瓢，吊到井中一瓢瓢去舀。

后来水龙头走进千家万户，水井开始遭到冷落。如搬了家的邻居，逐渐疏远。

外出读书与生活后，我把水井背到了他乡。

把水桶、篮球与鲎壳，泡到清甜的井水里储存。

天再旱，也不愁打不到水，总有故乡水在心田滋润。

时光一下子流过五十年，已找不到蕹菜塘，更找不到童年的水井。

早在二三十年前就填掉了吧？——年轻人七嘴八舌，都说从小就没有见过。

更不知篮球与鲎壳，还有打水的功能。

我幸亏当年把水井背走，不然到老也不知井水的味道。

更不知现在外出的年轻人，没有了这口水井，去拿什么来装下——

他们的乡愁。

炒米饼

把大米炒熟磨成粉，用黄糖浆、鸡蛋、绿豆粉搅和作皮，为此酥、脆。

用花生、肥肉、白糖作馅，为此甜、香。

用土灶、荔枝木炭烘烤，为此有乡土味。

家乡的炒米饼，从小就让我津津乐道。六十年过去，至今嘴边还挂着童年的味道。

据说是我们的老乡、南北朝冼夫人转战岭南的军粮。你信不信？

反正我信。如此聪明的中国古代巾帼英雄第一人，当然会创制这种当年的压缩饼干。

友人从家乡寄来一箱炒米饼，唤醒了我的乡愁。

舍不得一下子吃完，每天都可以回到故乡。

岂止是"保质期六个月"？

从我的儿时算起，已保质了六十年。

从冼夫人算起，已保质一千四百多年了。

选自 2016 年 7 月 30 日《湛江日报》

节气里的江南（四章）

萧 风

春 分

白天与黑夜分享着春天的快乐——

黄鹂在翠柳枝叶间穿梭啼鸣，紫燕在斜风细雨中翩舞呢喃，蜜蜂在花蕊心房里低吟浅唱……

这是昼间欢快的乐章。

蛙鼓的初鸣怯怯地开放了，夜莺的欢歌悄悄地唱起了，虫儿的心弦悠悠地拨响了……

这是夜间婉转的吟唱。

绿叶与花朵分享着春天的美丽——

柳丝儿荡起绿色的风，草芽儿摇起绿色的旗，麦苗儿唱起绿色的歌……深绿、浅绿、墨绿、翠绿、碧绿、嫩绿……

这浩浩荡荡的绿潮，鲜亮了春天葱葱郁郁的主题。

粉红的桃花开了，浅红的杏花放了，火红的杜鹃笑了，还有那金灿灿的迎春花、紫艳艳的丁香花、雪白白的玉兰花……

这五彩缤纷的花朵，丰富了春天流香溢彩的意蕴。

少男与少女分享着春天的甜蜜——

女孩儿好似枝头含苞欲放的花骨朵，亮丽了春天迷人的风景；每个男孩都有一个开花的梦，都想读懂那本关于女孩子的书。

三月里，男孩牵着女孩的手，女孩牵着花朵的手，花朵牵着春天的手，一起走进大地的怀抱，一起走进明媚的阳光，一起走进甜蜜的爱情……

是啊，一切美好的东西都应当共同分享。

——这是春天告诉我们的！

谷 雨

念叨着"谷雨"的名字，我看见一位灵秀而丰满的女子，站在春的深处，粲然而笑……

这是一个多么富有诗意的名字呀——

谷雨，一滴雨就是一粒金色的谷子！

一场喜雨过后，谷粒们开始春情萌动起来。

一阵阵渴望被吻、渴望受孕的颤栗，自谷粒的心瓣间荡漾开来……

"快快布谷，快快布谷……"

踏着布谷声声的韵脚，和着小麦拔节的韵律，一群群金灿灿的音符，从一双双粗糙的手掌挣脱，带着重逢的喜泪，一头扑进大地温暖湿润的怀抱里……

一粒种子和一首诗，都有从孕育到破土的过程。

抓一把谷粒在手上，就有一种新芽拱土的感觉，从指尖一直痒到心底！

一枚颗粒饱满的谷子，就是一个美妙无比的词呀。我把它小心翼翼地搁在案头——

与我的诗一起，播进春天最后的一个节气里……

小 满

小满，是通往成熟的驿站。

这时节——

麦穗儿灌满了雪白的乳汁，

豌豆荚装满了翠绿的珍珠，

枇杷树挂满了金黄的喜悦，
桑葚果储满了紫色的甜蜜，
连芦笋青青的池塘里，也溢满了"小荷才露尖尖角"的诗情……
橹声蚕歌里的江南哟，
更加风情万种，更加楚楚动人了！
"小满三日望麦黄。"
麦子是大地上最亲切的植物。
站在郊外的麦田里，我扎根成一棵芒刺如针的麦子，开始在五月的暖风中灌浆。
阳光一束一束深入麦子体内，深入我的灵魂。
一种温度从芒尖直抵心底！
让那些日渐饱满的诗句，也激动地双眼盈满泪水……
不知为何，此时此刻，我忽然思念起故乡的麦田，思念起麦子般朴素而亲切的母亲……

霜　降

"清霜醉枫叶，淡月隐芦花。"
水乡晚秋的霜晨哟，一幅清幽淡雅的写意画。
一只鹭鸟，从画中的芦荻丛中飞出。
抖落一身霜花，溅起一天霞彩。
不经意中，已至霜降时节。
无边萧瑟里，一丛笑傲风霜的野菊，让我记住了"宁可抱香枝上老，不随黄叶舞秋风"的诗句。
父亲也是位爱菊的人。
站在篱边的老父，已淡如菊影。
让思乡的梦，又多了一些生动的情节……
霜，降的正是时候。
只有这时，才能真正感受到秋天的魅力。

你瞧,昨天还是满世界的绿,今天已是层林尽染——

山上的野漆树红了,水畔的乌桕树红了,窗前的三角枫也艳艳地红了……

村头的银杏树黄了,路旁的无患子黄了,园中的柿子树也灿灿地黄了……

真是"霜重色愈浓"啊!

五彩缤纷的秋哟,

正以灿烂的笑容,迎候着冬天的降临!

选自《水城》2016年第3—4期

荆棘之路

潘玉渠

早晨的枇杷,似一枚枚虔敬的词——
用以抒情,或皈依。

旭日熨烫好的视野,是温暖的。我们不用反复计量好与坏,得与失,沿途的风景,将有荆棘的点缀与修正。

感官的局限,会得到内心的补救。

我们的体内贮存了来自生活的坚毅,供奉着降伏堕落的神龛。脚步不停,便代表着身上仍有未尽的力量。

能被打散的只有尘埃与灰烬。

精彩或晦涩的历练,一定有着等量的核。顺境,会让人过早地堕落。我们没有必要在启程之初,就畏惧前方。

信念,是脚步实现突围的唯一武器。而作为一种隐性的索引,它还会让我们相信:荆棘丛中,一定埋有关乎精神的宝藏。

一如,乌云背后,满目星辰,光芒万束……

选自《扬子江诗刊》2016年7月第4期

天地书（外一章）

潘志远

蓝天的扉页上，太阳的金笔

在书写——

星星点点的文字。风霜雨雪的词汇……演绎出一朵朵云的飘逸。

妙手偶得——霞的绚烂，七彩虹的斑斓、鞠躬和垂询。

纷繁的目录，浩瀚的正文。

包罗万象，博大精深。

图与文毕肖，声和色俱佳；情，更自然渗透。

以大地为封底，宇宙公司出版的煌煌大著。查不到CIP，可谁也无法否认它是绝对的正版和精品。

无数人为它写后记，跋文。

朱红的太阳图章。银色的月亮印鉴。再盖上成千上万枚私人之戳——

有墓碑的款识。骨灰盒的造型。半圆锥体坟地的风格……啪，啪，啪

盖戳之声此起彼伏。

尘封。

永恒珍藏，伴以发掘、考据和解密。

而更多的书，永远失去了读者。

选自《星星·散文诗》2016年第9期

白马篇

白马甫生,一跃而为白马。

此白马无王裔之血统,王子之身份,却始终以王者风范而自傲,王者气度而自励。

此白马师承《诗经》《楚辞》之遗风,吸纳《野草》之精髓,兼收并蓄一切新文学的有益元素,以弘扬文化为使命,不畏路途迢递,重担在身,独步风骚,是它心中全部的信念。

敢于引领,一马当先。

敢于越轨,绝不亦步亦趋,中规中矩,只努力驰骋自己的路径,踏出如月的蹄印。

敢于嘶鸣,于散文诗的大合唱里,或高亢,或低沉,或粗犷,或尖锐,与和声迥异而贯耳。

敢于逆袭传统,比前卫更前卫,比先锋更先锋,比实验更实验。

此白马敢于高蹈白马之姿态,彰显白马之精神。

白马是马,又异于众马,只倾情遗世独立之雄风,遥遥领先之勇气。

白马非马,它质疑、思辨,叛经离道第一,独辟蹊径无双。

白马甫出,必将声嘶青云,蹄落闪电,精光万道于散文诗战阵。

十跃、百跃、千跃……而闯渐行渐远之丰功,渐辉渐煌之伟绩。

白马是我的转灵,我是白马的化身,合而为一,我在你的视野和感觉中幻化:时而我,时而白马,但从不独来独往。

有天马之孤傲,无天马之孤寂。我在尘世里,腾出一朵朵云,一团团棉,一匹匹丝绸……

我的编织,你的裁剪……永远不在同一个主题。

选自《蓝陵》诗刊2016年第3期

向南偏西（二章）

毅 剑

一只鹤和一只鸟的距离

因仙鹤的传说而得名的这座豫北小城，又因有着高铁站的存在而成为我心中的起点和归程。许多年了，它将我一次次吞进又吐出来，将我敞开怀抱迎回来或高举双手放飞去，我已习惯了它的气息，习惯了它季节的变更，也像习惯了我深居的另一座叫做濮阳的小城的一切。

我不知道，千年之前伫立于太行岩壁上的仙鹤它是不是一个过客？它会不会也像离家多年的我，早已把他乡视为故乡？但我知道，一块冰冷的山岩，注定束缚不了一只鸟一生的翅膀，它所有的停留都只是为了再一次更高更远的飞翔。

鸟的翅膀在凛冽的空气里抖动，它让我想起一个人的漂泊，一个人自小的离家远行，一个人他孤独地穿越命运的河流，犹如一片叶的风中飘零。

一年或者千年，在时间里都是一瞬；一天或者千日，在日子里都是一段。草木的一春，鸟兽的一生，都是一种生命的过程。生生死死，死死生生，在史书里，在经典里，在传说中，读了看了听了——只是感动或神伤，而只有扎在自己胸口的刀，才叫真实的——疼痛。

我不知道，一只鹤和一只鸟的距离，不知道一只千年之鹤与一座崭新城市的距离，不知道我穿越尘世，被风紧紧包裹着——又与风的真实距离？可即便我不说，我也知道，我和你的距离。

知道：从濮阳到鹤壁，上了高速——60公里。

连绵的阴雨，浸淫着这西南高原上的一切。习惯了北方干冷的我，陌生的不只是一路的风景，还有那冰凉湿冷刺骨的寒。

"大哥，等明年我经济好转，抽出时间，一定专程请你，到我老家一带的山区去看看……"这么多年来，我从不怀疑你这句话的真诚。只是，它不该在我一个人的黔西南奔波途中，歌谣般的一而再，再而三的响起。

我当然知道，此时，远在北方都城深处穿梭的你看不到我的身影，也看不到我在你熟悉的一片风景中睁大了的一双莫名的眼睛，更感觉不到我深远的想往和隐隐的遗憾与心痛。

车入安顺，这片长江水系乌江流域和珠江水系北盘江流域的分水岭地带，让我忽然就想到了，一个城市和另一个城市，一棵树和另一个树，一座山和另一座山，一个人和另一个人之间的距离。也像一条河与另一条河注定的交汇或错过。

浓浓雨雾中的黄果树瀑布，犹如一张熟悉而又陌生的脸，雨滴冰凉，山路湿滑，这四周的一切，都似乎让我无法靠近它原本壮观美丽的真实。

"我将相信你，即使向我开枪，我也会认为那是走火。"想起这句话，兄弟，作为兄长，我深深地感到惭愧。

但我还是坚信：错过了时间、地点和心情的许诺，注定是一种无法兑现的破碎和复圆。

同时，破碎了再也无法复圆的是——此世今生，注定不能与你一起看的风景。

一条再也找不到的路

一些人，走着走着就散了；一条河，流着流着就断了；可一条本应越走越宽广的路，怎么会一下子也就找不到了呢？

是的，那条原本的路，注定我今生再也走不回，也找不到了！

只是对于我，在心中，事实上，那条路一直还在而已。

20多年前，那年我只身一人，由成都经都江堰、过岷江、汶川，沿着黑水河去茂县的路，我曾来来回回，走了好几次，还有一次，只差半天的时间，就会被沿途的塌方堵在路上。

一次，我还曾在位于四川省西北部、阿坝藏族羌族自治州东南部青藏高原东南边缘，地跨岷江和涪江上游高山河谷地带的这个小县城里，住了将近一周的时间，竟终日大部分时间躲在小旅馆里，不知道走走它的老街，看看它的羌寨，望望它的自然风光，了解一下它的转山会、羌族俄苴节、羌族萨朗等这些独具地方民俗和民族的文化。附近不远就是举世闻名的"九寨沟"风景区，当时的我也竟浑然不知。

众所周知，发生在2008年5月12日14时28分04秒的"汶川地震"，早已改变了那儿的一切，"山移地动，河流改道"，那原本的沿江顺河山路，也应早被新修的另一条路所代替。

在大自然面前，人注定是渺小的。每一个活着的生物，都一定有着它生命的极限。只要它出生，就会有死亡；只要它流动，就会有干涸。世间万物，没有谁能够与自然和时间抗衡。

一条再也找不到的路，也像我们生命中遇到的某一个人一样，他死了，你也就再也找不到他了。

选自《六盘山》2016年第1期

黄河穿越鹊华二山

墨未浓

我看不见黄河，是因为我站得不够高；我看不见黄河，是因为黄河匍匐在大地的怀抱。华不注既然是一个含苞欲放的花骨朵，她的叶脉可否丰饶？

万马奔腾的黄河是一幅在云卷云舒里上下翻飞的鹊华秋色图，不羁的思乡之愁云蒸霞蔚，夹河而行。山是陡峭的山，水是咆哮的水。一道黄色的龙脉自天而降，劈开了大地的胸膛。不可降服的苍龙叫嚣着，摇摆着，臣服了错节肥沃的黄土层。

鹊山在左，是她的臂膀；华山在右，是她的脊梁。

有多少乳汁就能养育多少儿郎，大河上下的子子孙孙都在顶礼膜拜，一棵苍翠的杨柳，一丛馥郁的灌木，一树喧闹的花朵，一枝婆娑的丁香，一叶颠簸的扁舟，一群食草的黄牛……甚或一行鸣叫的雀阵，就是一块千百年来风风雨雨的石头，都毕恭毕敬地转过身来，面向黄河行进的前方，低下了高贵的头颅。

鹊山浑圆的峰巅像一颗收紧的心，不善言谈；华山拔地俊逸，像一柄携带着风声鹤唳的神来之剑，在半空中只那么轻轻地一抖，乱石滚动，万树叶落。

秋天还没有收起羽翼，黄河倏然劈开秋色，像一颗离弦之箭，穿越了鹊华二山。

选自《北方文学》2016年第4期

一匹白马入月光

霜扣儿

1

是大雪之罪，那片白超过记忆的任意窗。
窗关在每一次回头的岸上。
而草苍苍，水光远，废诗早已是我闲置的青衣。
诸般横练于心，风吹不起。
一段流风抢过东北的小腔，有一些暗自的无聊，被抹上如痴似醉的淡淡的霜。
一匹白马入月光——亦如，有心之处，无处是故乡。

2

道路去自己的方向。
分分如年，深冬夜多长。
凝视之外，身外事遍地。
灯光伸向枯草皮——那种死而未尽的意味轻轻恍如一块月痕隐进旧纱帐。
而我怀里尚无酒可温。在字句碎出的空地里，我好像一只没有年代的桨，摆在冰与水的空隙。
这是今日之细瘦，讲，还是不讲？
一匹白马入月光——亦如，无心之处，处处是故乡。

3

晓风凉。

风萧萧是怎么样的凉,风萧萧在晓风中拉旧人衣裳。

而夜色未央,怎样拉出红尘一丈,就此安置汤汤水,咽下前尘半片凋红,一寸柔肠。且只当一念百千劫,面壁如垒,别后不必离人归。

那也是覆水之罪。

我执杯而倾,倾一种是非。我执杯而倾——从此世道无是非——再抬眉,千山都隐万水,我走是回,我来亦是回。

向半坡,洒一把晓风担当泪。

丢了执著。

一匹白马入月光——亦如,有身之处,处处无故乡。

4

深有多么深,远有多么远。

"啊道且长"——经年压箱,如老歌淡淡唱,如旧人隐约望,如西风扫过,心事尖锐,语言如刺。

拆开看,都是温温火,不曾落尽的灰。

深有多么深,远有多么远?

这一年又站在生命的湖畔,不分我是谁,倒影是谁,不分天上人间。

一波压过一波的从前的雨,一阵压过一阵的现在的雪,一经涂写,混淆了婆娑。

一匹白马入月光——亦如,无身之处,处处是故乡。

5

不曾留下的，吻合了风。
不曾到来的，去找流云吻合。
我写的故人与旧事，月光与故乡，皆为非立体的意象。
我是一个坏人，在其中反复，把道路折磨。
我要说的是——
一匹白马始终在纸上，你轻轻看，它微微亮。
一看，一晃，树立成碑，人是草青黄。

选自《散文诗》上半月刊 2016 年第 7 期